南海精卫

荆永鸣 著

谨以此书献给中国南海岛屿的所有建设者

每一粒沙都是国土

每一段堤都是长城

每一分钟都是历史

每一个人都是英雄

     ——题记

目 录

第一部

第一章 002
第二章 017
第三章 031
第四章 046
第五章 061
第六章 073
第七章 094
第八章 108
第九章 127
第十章 138

第二部

第十一章 160
第十二章 181
第十三章 191
第十四章 201
第十五章 218
第十六章 234
第十七章 249
第十八章 267
第十九章 282
第二十章 291
第二十一章 305
第二十二章 316

尾 声 329
后 记 332

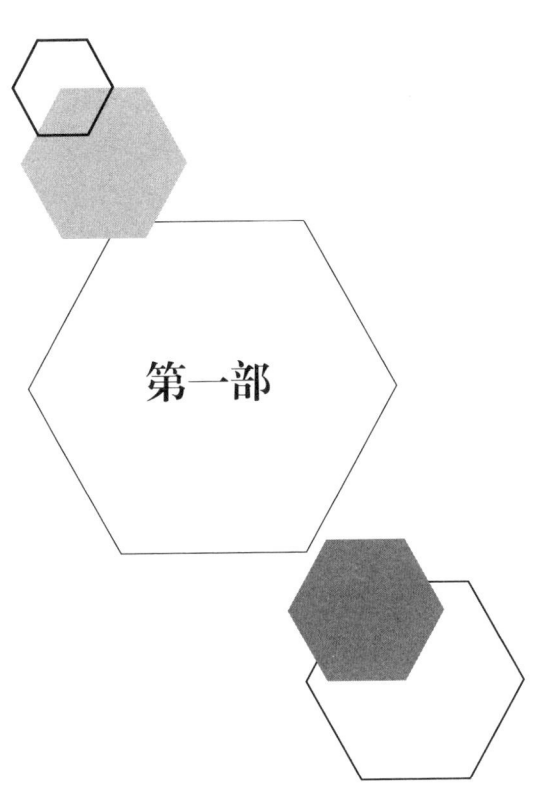

第一部

第一章

一

晨曦微露，微风习习。伴随着一声圆润、悠远的长笛声，"华威号"缓缓离开码头，驶向大海。当陆地上的事物渐退渐远，站在驾驶室的苏家灿陷入了沉思。

十天前，苏家灿刚办完离婚手续，正在琼海的姐姐家休假。他突然接到上级的电话，让他立刻回船，去执行一项特殊任务。由于家庭破裂，苏家灿正巴不得来一次脱胎换骨的远航。当时他二话没说，第二天便赶回单位。根据上级的指令和部署，立即组织船员对正在滨城海湾施工的"华威号"收尾、封舱。同时进行设备检修，组建团队，配备生产、生活物资。经过一周时间的紧张备航之后，由他率领的"华威号"正式启航了。

这一天是 2013 年 8 月 28 日。

根据里程计算，"华威号"到达指定现场，正常情况下需要十天十夜。这无疑是一次漫长的航程，但对于苏家灿来说却算不上什么。这些年他曾多次远赴重洋施工作业，从欧洲到非洲，从巴基斯坦瓜达尔的深水港建造到沙特巴林特大号大桥的人工岛吹填……他全都参与过。然而，以他的经验看来，这次远航却非同以往。起航开赴远海施工的指令非常突然，突然得近似于幻觉，让他有点措手不及，而领导交给他的施工资料，更是让他一头雾水，既没有明确的地点，也没有详细的名称，只有一个坐标点位。

"这是什么地方？"

"根据坐标去查。地图上有就有，没有就没有。"领导的话模棱两可。

"我和什么部门联系？"

"会有人联系你。"

这就是苏家灿得到的全部信息。之后他打开地图一看，位于一片深蓝之中的点位没有明确的描绘，只是从经纬度上可以看出，目标点位于南沙群岛。苏家灿不禁微微一怔，平时他比较关注南海的局势，从上级不够明确甚至有所保留的暗示中，他敏感地意识到，这将是一次非常特殊的任务。此后——直到目前，尽管他始终保持着不动声色，但心里却充满了一种隐秘的神圣感与使命感。

夏日的朝阳下，大海如同一面银镜，波光闪闪，渐渐地展开它的宽度。"华威号"破浪前行。连绵的海水在船的四周不停地打着漩涡，泛起层层叠叠的白色泡沫，在平静的海面上留下一条白浪翻腾的宽阔航迹。

这是一艘大型自航式绞吸挖泥船。庞大的船体上汇集着人类造船的最新技术，其设备先进、构造复杂，从外观上看，绝不亚于一座小型的现代化工厂。因此，当它第一次出现在南沙海域时，曾被某个国家称为"一艘外形奇特的船"。它走到哪儿，后边总有形迹可疑的船只远远跟随。像是偷窥，又像是好奇——事实上，却是在严密地监视着它在南海的一举一动。

从外观上看，"华威号"就是一座白色的钢铁小楼，主体共有五层，高低错落。假如你第一次登上"华威号"，无异于走进一座迷宫：肥大宽平的甲板上，布满了吊车、绞车、大小不一的机械设备和各种来路不明的管道。怯步走进船舱，什么左尾楼，右尾楼，左走廊，右走廊，到处是门和通道，拐来拐去，保准叫你晕头转向。而驾驶室、机舱里那些精密仪器和乱七八糟的设备，更是令你油然而生敬畏。但作为船长的苏家灿，对它的一切却早已了如指掌。

几年前，"华威号"刚出厂时，局里曾为这个"庞然大物"举办过一次技术培训班。作为其中的学员，苏家灿很快对船上每一种设备和性能都烂熟于心。结业时，他不仅理论考试得了最高的九十八分，在现场实际操作中的成绩也是名列前茅。当时，恰逢一位中央部委的领导到局里视察，指定要看看刚出厂的这个大家伙"究竟有多牛"。那次，为领导担任讲解的就是苏家灿。

"我们的'华威号'，是一艘大型自航式绞吸挖泥船。船长一百二十七点五米，型宽二十三米，吃水六米，不加任何负载，它的自重是八千四百吨。"

"小伙子，打断一下，我是外行，这'吃水'指的是？"

"船舶吃水就是 Draught，指的是船舶浸在水里的深度。也就是说，这艘船的船体在水面以下的部分是六米。"

"Draught，"领导重复了一句，"小伙子的英语很标准。好，请继续。"

"我们这艘船，设计航速是十二节，总装机功率为两万零二十千瓦，挖掘效率每小时四千五百立方米。它是目前世界上最大的三艘自航绞吸挖泥船之一。它的技术先进性、结构复杂程度，在世界同类船舶中均位居前茅。这艘船，适用于各种海况的大型疏浚工程，挖泥、输泥、卸泥等，均由挖泥船自动连续完成。此外，它具有目前世界最先进的集成控制系统，可以实现自动挖泥监控。它的位置、航向、挖掘深度等数据，都可以通过无线网络，传送给公司总部的管理部门，从而实现远程生产管理。"

在船上，围着听讲的人有十几位，除了那位主要领导，还有省领导、市领导、局里的党政一把手，此外还有几名工作人员。一个年轻的姑娘，端着笔记本，在匆匆地记着什么；两个扛着摄像机的小伙子，则不时把镜头对准苏家灿。

"小伙子，说说它的施工程序。"

"绞吸船挖泥时，通过横移挖泥、边线换向、倒桩、移锚四个工序循环往复，进行挖泥作业。施工的时候，我们要把绞刀放到水底，这时的绞刀头就像粉碎机，把水底的岩石绞碎，把土壤、沙石绞松，让泥沙跟水混合。通过水下的一台泥泵将泥浆吸进管路，再通过另外两个泥泵的高速旋转，借助巨大的离心力形成真空负压，把泥沙通过排泥管线吹送到岸上。我们这艘绞吸船，既可以开挖航道，也可以填海造陆。如果是造陆，它可以通过管线，把泥浆最远吹送到六公里以外的排泥区。"

"然后呢？"领导饶有兴趣地问。

"然后，我们再把那些松软的泥沙铺平、压实，这样就形成了陆地。"

领导总结似的说："明白了。从整个程序上说，一是用绞刀绞，二是用泥泵吸，所以叫绞吸挖泥船。"

"您说得没错。"

苏家灿里穿白衬衫，系蓝领带，外穿一套深蓝色的船员服，庄重、潇洒、帅气。他引领一行人从驾驶室出来后，又从甲板讲到机舱，从船头讲到船尾。他面露微笑，不慌不忙，讲得头头是道、有条不紊。讲解结束后，对领导提出的其他问题，都一一做了回答。领导听着，微微颔首。

参观结束时，那位领导亲切地握着苏家灿的手，用另一只手拍了拍他的手背，赞赏地说道："小伙子讲得不错，那么多数据都能记得清楚，不简单。什么时间做上讲解员的？"

"小苏是我们局里的劳模，他就在绞吸船上当船员。"局里陪同的一位局领导介绍说。

"噢，是这样。具体什么岗位？"

苏家灿腼腆地说："二副。"

"二副是个什么级别的职务？"

"船长的下级是大副，大副的下级是二副。"

"有三副吗？"

"有的。"

领导和蔼地笑道："小苏得努力啊，级别不高嘛。"

苏家灿的脸色微微一红。他说："我一定努力！"

这已经是三年前的事了。

眼下，"华威号"在海上继续航行。它的最大航速是十二节。通俗地说，就是每小时可以航行十二海里。不过，现在它却不能开足马力航行。这是由于施工时的辅助船舶——那艘锚艇①的最大航速只有八节,为了不使两艘同行的船舶拉开过大的距离,"华威号"不得不"委曲求全",中速行驶。

过去,苏家灿一直为"华威号"拥有的先进性能和自航能力赞不绝口。可此时此刻,他头一次感觉到它的行驶速度实在是太慢了。慢得像一只笨重的蜗牛,令人心烦。其实苏家灿也从未像现在这样,伫立在高高的驾驶台前,凝神地眺望着水天一色的海平线,心潮澎湃、思绪万千。或许,这不仅仅是因为本次任务特殊,同时也与苏家灿的家世有关。

命里注定,我生来就是一个和大海有缘的人。

我出生在琼海市潭门镇的一个渔民世家。从清朝起,我的祖祖辈辈都是以打鱼为生的渔民。我父亲叫苏南洋,他十二岁上船,跟着我祖父驾着木帆船闯大海。你肯定知道《加勒比海盗》里的杰克船长,他靠一个罗盘在大海里航行,曾闯入许多神秘的海洋禁地。过去,我们潭门镇上的渔民,同样凭借一个罗盘和一本《更路簿》②,在大海里披风斗浪,纵横闯荡。驾船时,船长会用罗盘按照《更路簿》上记载的角度方位,让罗盘所对应的角度对准子午线,并按照这个角度

---

① 锚艇:也叫起锚艇或叫抛锚艇。主要用于大型工程船舶起锚、抛锚,吹沙管道的吊装和船舶短途拖带。
② 《更路簿》:又称《南海航道更路经》,是海南民间以文字或口头代相传的南海航行路线知识。它详细记录了西南中沙群岛的岛礁名称、准确位置和航向、距离以及岛礁特征,是海南渔民祖祖辈辈在南海航海实践中传承下来的经验总结。《更路簿》在明朝初年就已出现,成熟于清朝,盛行于清代末期和民国前期,是当时每位船长必备的航海图。

行驶；当到达下一个岛礁后，再按照《更路簿》记载的角度，更换行船方向，行驶到下一个岛礁。如此连接下去，就会绕整个南海一圈。我父亲说，他很小的时候，跟着我祖父和村里的几个人，曾到过南沙的许多小岛。岛上有房屋，有水井，还有小神庙。我祖父带着他们在庙前磕头、跪拜。据说，在明朝时，我们潭门镇有一百零八个渔民到南海打鱼，遭遇海难，全部葬身大海。当时，我们潭门人都坚定地相信：那些遇难的人已经化作神灵，专门保佑耕海的渔民。人们把一百零八个遇难的渔民称为"一百零八兄弟公"。从此之后，几百年以来，凡是海南的渔民到过的岛屿上，都立有一座简陋的"一百零八兄弟公庙"。不管长期居在岛上的渔民，还是来岛上躲避风浪的人，为了祈求保佑，都会到庙前焚香、礼拜。

我问父亲，为啥要到那么远的地方去打鱼？

我父亲说，你不知道那里有多少好东西！他告诉我，在南沙群岛，不仅有近海里没有的优质鱼类，还能挖到马蹄螺、灵草、海参等许多珍贵海产品。当时，有的渔民干脆就在一些小岛上定居了。我父亲说有个文昌人，叫陈鸿柏，他在双子礁一住就是十八年；有两个姓符的小伙子，是亲哥儿俩，他们在南威岛上种番薯，直到新中国成立后，家里人喊他们回家结婚时，他们还不想离开小岛。在一座岛上，我父亲还看见过两座坟墓：一个墓碑上刻着"同治十一年翁文芹"；另一座坟前也有碑，刻的什么我忘了。

苏家灿出生的时候，他父亲已经五十三岁了。他是听着父亲讲海上的故事长大的。因此他很小就知道，在这个世界上，每个国家和民族都有许多关于大海的传说和故事。从《加勒比海盗》里的船长杰克，到《天方夜谭》中的商人辛伯达，再到《山海经》"常衔西山之木石，以堙于东海"的女娃……在父亲的启蒙下，苏家灿对所有关于海上的人物和故事——只要是关于海洋方面的书籍，都怀有一种浓厚的兴趣。现在，他已经分不清哪些故事是父亲讲的，哪些是他在书里读到的。

九岁那年，父亲第一次带他出海，他就记住了渔船航行在海上的味道。初中毕业那年夏天，他最后一次跟随父亲和村里人出过一趟远海，给他留下了更为深刻的印象。那时候，传统的木帆船已被机帆渔船所替代。捕鱼时，两只渔船拼对儿作业，一只撒网，一只收网。在二十多天的时间里，苏家灿见识了渔民的艰辛和喜悦。同时，那一望无际的大海，也为他留下了难以忘怀的蓝色记忆。也正是这次远航，对他的人生选择起到了相当重要的作用。

大学毕业时，苏家灿获得了航海驾驶专业学士学位，并通过了二副资格考试。随后他被招聘到这家疏浚企业，从一名普通水手做起，用了不到十年时间——在他三十二岁的时候，穿上船长服，成为了一名年轻的绞吸船船长。

现在，面对广阔无垠的大海，苏家灿想到了父亲。他在想，他现在要去的地方，正是父亲捕鱼的地方；父亲去过的地方，也同样属于父亲的父亲；而在他们之前，之前的之前，又有一代一代的父父子子——从谱系上说，他应该把他们统称为祖先。他从来没想过，有一天，他会沿着一代又一代人驾驶小木船走过的水陆，远赴南沙群岛，去执行一项神秘而又神圣的任务。

这个世界就是这样：过去与现实，现实与未来，总是被某种力量以神秘的方式连接在一起，从而构成应有的交会与重逢。或许，这就是一个民族的秘史。

二

> 只有汹涌的大海才能使我释怀
> 只有奔腾的浪花才能让我动心
> 我想，我是属于海的
> 我才是大海年轻力壮的儿子
> 重峦叠嶂的高峰已不能阻隔我的思念
> 荒蛮无边的草原也不能淡薄我的情感
> 我所有的骄傲
> 都来自一场惊心动魄的潮汐
> 一次关于海的歌赞

在"华威号"上，另有一番感慨的还有张同乐。他是一所海事学校的毕业生，两个月前招聘上来的一名实习水手。在船上的六十八人中，张同乐年龄最小，才二十二岁。他个头不高，一张娃娃脸上带着一种天生的喜感。他性格单纯、快乐，在船上，遇到什么不明白的事，一点就透，机灵得像一条泥鳅。出发前，听说要到很远的地方去施工，他乐坏了。这非常符合他的口味。也许年轻人都是这样，他们总是希望到远方去，到陌生的地方去，越远越好！在接到通知的那天晚上，张同乐兴奋得几乎一夜没睡。

有人说，在陆地上旅行，是一件非常惬意的事。透过车窗，有你永远看不够的风景：山川、河流、不同风格的农舍、田野、生机勃勃的树木……都在不断地流动、变化。而在海洋上航行则不同，极目所见，除了天空就是海水，视觉上没有一点差异，时间一久——甚至用不了一小时，人就会感到乏味和厌倦。

张同乐没有这样的感觉。自从上船之后，他就始终处于一种异样的兴奋之中。在水路漫漫的寂寞中，无事可做的人都窝在船舱里，不是睡觉，就是喝茶，或者凑到一块儿，没边没沿地闲扯，讲一些不正经的段子，把人逗得哈哈笑。张同乐却觉得那些诸如隔壁老王之类的段子，怎么变来变去，也就那么点东西，毫无趣味可言。他躺在床上看书。奇怪的是，怎么也看不进去，精力总是无法集中，享受不到阅读的快感，同时在船上看书也有点迷迷糊糊，犯晕，他干脆放下书，跑到甲板上去看海。

大海扑面而来。

水天相接，茫茫无际。

每次来到甲板，张同乐都会禁不住心潮澎湃。过去他在网上见过一组深海里的照片，惊异地发现，在神秘的海底，不但有各种各样的鱼类，还有一个童话般的世界。那些奇妙的水生动植物构成的梦幻之花，美轮美奂，令人难以置信。这孕育无限生物的丰富之海，深藏着多少让人无法尽知的神秘啊！

现在，张同乐站在海底世界的上方，他看到的则是另一番令人心旷神怡的景象：幽蓝、深邃的海水，在"华威号"周围翻卷着雪白的浪花；不远处，大小不一的鱼群不时地跃出海面，无数道银光腾空而起，又纷纷扎进海里；最可爱的是那些追逐船舶的海豚，像顽皮的孩子，仿佛在为船舶护航，又像是被破浪前行的船舶惊扰了它们的安宁，在向这个庞然大物表示抗议，可爱极了。

傍晚时分，天气清朗，海上的景色更是瑰丽无比：天边放射出一片片丝绸般的晚霞，海水一片嫣红。身姿健美的海鸥追逐着船只，上下翻飞，盘旋在大海落日的金色霞光里，想不出哪儿是它们的栖身之地。

张同乐从没有涉足过深海，也从未如此专注地感受过大海，那些美丽、奇幻的景象，如一幅幅生动壮阔的画卷，令他心醉神迷。要是有相机就好了。他遗憾地想，那样就可以尽情地拍摄眼前的美景。但是他没有相机。临行前，领导曾给船员们开会，公布了许多"严禁"事项。其中一条，就是严禁携带各种类型的照相和录像器材——包括具有照相和上网功能的智能手机。因此，张同乐只能眺望大海，任凭海风拂面，脸上的表情呈现着内心的激情澎湃，显示出一种雄赳赳的样子。有时他会情不自禁地喊一声："大海，我来也！"或触景生情地吟诵一首关于大海的诗。

张同乐喜欢诗。上大学的时候，他曾试图成为一名诗人。当他把不少诗作投给报刊又石沉大海之后，他鼓起勇气把那些诗拿给班里的一位女同学看，结果遭到了那位小有名气的"女诗人"的蔑视："看了你的诗，我怎么觉得你整个人都贬值了呢？"他至今还记得她说这话时的表情和语气。正是这句一辈子都忘不了的话，深深打击了张同乐的自尊心。为此，他曾仔细地研究了那个女同学的诗。或许，这个世界上什么事都怕"仔细地研究"。一经"研究"，张同乐就乐了。他发现，那个女同学的诗实在不敢恭维，除了一些浅薄的逆向思维或小哲理，就是个人生活中的小情小调、关于鸡毛蒜皮的磨磨叽叽。其中还有一组疑似写人体器官的诗：什么"柔软而又突然挺拔"，什么"宛如雏菊一般的美丽与温润"……"这写的什么呀这是!你瞧不起我,我还瞧不起你呢!"从此,张同乐便把对那个女同学的爱慕之情抛到九霄云外了,甚至他连诗也不写了。像许多"未遂"的诗人一样,他变成了一个不再写诗、却能背诵许多别人诗句的人。

三

夜幕降临。一轮银盘似的圆月挂在海天之间,"华威号"行驶在平静的海面上。船上除了守岗的船员,大部分人都已经昏昏沉沉地入睡了。这时候,张同乐却悄悄地来到会议室,当然不是开会,而是来找丁岩聊天。

由于这次任务特殊,"华威号"上还搭载了测量队、管线队等一些船外人员。船员室容纳不下,只能增加床铺。船上的健身房、会议室,全都铺上了临时的床垫子。在会议室幽暗的灯光下,张同乐坐在丁岩的地铺上。他们小声地交谈着。

丁岩是测量工,张同乐是实习水手,职业性质本不搭界,不知道是因为上了同一条船,还是彼此的言谈举止拨动了对方的哪一根神经,一见面,就像已经认识了好久似的。用张同乐的说法就是"与君初相识,犹如故人归"。他们成了没事儿就黏在一起的朋友。丁岩比张同乐大不了几岁,却自称是"老江湖"了。他皮肤白皙,文绉绉地戴一副超轻碳纤维近视眼镜,喜欢看书,能侃。他告诉张同乐,这些年他已经去过世界的许多地方。

"最远是哪?"

"没有最远,只有更远。"

丁岩漫不经心的口气，让张同乐更加敬佩。

"那就说说，'更远'是哪？"

"从目前来说，应该是爱琴海吧。"

张同乐惊讶地看着丁岩："真的吗？"

上大学时，张同乐就向往过许多地方，比如爱琴海、夏威夷、伊斯坦布尔、布宜诺斯艾利斯……在他看来，这些地方，光听名字就足以让人浮想联翩，太有诗意了。

"我说哥们儿，小点声行吗？"两个人正在喊喊喳喳，躺在地铺上的一个人抬起脑袋，压抑着嗓音，很不耐烦地提醒了一句。

没想到，两个人沉默了一会儿，又抑制不住地聊上了，只是声音比先前低些。岂不知，有时候，声音越小对听觉的调动力反而越大，想听听他们说什么又听不清。那个不耐烦的脑袋就抬得更高些——差不多已经坐起来了："还让不让人睡觉？想聊，滚一边儿去聊！"

没声了。后来，便是一阵窸窸窣窣的声音。

两个人还真是"滚"出去了。

"丁哥，我总觉得这次有点神秘。开会的时候也不说去哪，现在都走了三天两夜了，还远着呢，到底去什么地方呀？"

由于严格的保密，这次行动，除了船长和政委知道一个施工点的坐标外，其他人对于这次远航所要执行的任务则全然不知。但丁岩却似乎什么都知道。

"我估计是南沙群岛一带。"

"那么远呀？"

"你不说越远越好吗？"

"也是吹填造陆吗?"

"废话,造原子弹能让我们去吗!"

"你这个比喻有点噎人了。不过,道理倒是对的。"

"知道我们为啥要去南沙造岛吗?"

张同乐抱歉地摇摇头。

丁岩往前靠了靠身子,把声音压得更低些:"哥们儿,你平时不看新闻吗?现在南海局势那真是一个复杂啊。本来属于我们的岛屿,周边几个弹丸小国谁都想争,谁都想要。特别是菲律宾的那个总统更逗!竟然单方面把南海问题提交到所谓的国际法庭仲裁。虽然现在还没有结果,退一步说,即使菲律宾能得到它所希望的结果,我们也绝不会承认。为啥不承认?因为我们有足够的理由否认这种裁决的合法性。在这种情况下,我们填海造岛,扩大岛屿面积,增加军事设施,应该说,就是敌前工程。否则,将来一旦擦枪走火,动起武来连个站脚的地方都没有,怎么保卫领土呀,对不对?"

"让你这么一说,我们这次行动还真是不一般呀。"

坐在甲板上,两个小伙子就这么谈起了国家大事。特别是丁岩,很有一副"政治头脑"。在他看来,能参与这样的工程,不仅是人生中难得的一次经历,也是一种值得骄傲和自豪的资历。为此,神气十足的两个小伙子围绕这一话题,越说越激动。他们聊了许多,也聊了很久。

夜色已深。深邃的天宇上,繁星清晰而明亮,正是农历初七,一轮弯弯的月亮在慢慢移动。这样的情景,足以激发人对自然和生命的各种联想。两个都有点书生气质的小伙子,一时忘情于这朦胧雄伟的壮丽景色之中,不知谁唱起歌来了。先是一个人哼唱,

后来则变成了两个人的和声:

> 大海啊大海
> 是我生长的地方
> 海风吹
> 海浪涌
> 随我漂流四方

"谁啊?这么晚了还不睡?"

一束手电光斜射下来,头顶上方传来船长苏家灿的声音。

第二章

一

在绞吸船上,水手的工作相当杂乱。他们要根据大副的要求,在水手长的带领或指导下,去执行和完成一系列日常化的工作和任务。根据不同的资历,水手分为一等水手和二等水手,称为一水和二水。

一水要在值班驾驶员和水手长的领导下工作。备航时,负责试舵,检查航行灯,备妥需要的旗号和信号;航行中,按值班驾驶员口令正确操舵;不掌舵时认真瞭望,并负责信号旗、手锤、机械测深仪、拖曳式计程仪的检查和养护;同时按二副的指示,负责润滑操舵仪的传动装置,保证其正常运转;对舵杆、轴承等部位及时加油。

二水在水手长的领导下进行工作。值班时,听从值班驾驶员指挥,并接受一水的指导。在需要时,负责解系泊带缆,收放舷梯、安全网和引水梯;清理船上各种设备上的锈迹,涂刷油漆;负责起落吊杆和开、关舱门；管理甲板部的所有物料、属具，缝补帆布；整理养护各种工具、索具，装卸照明灯具、绳梯和引水梯；当船舶处于危险状态时，负责收放救生艇、救生筏和消防救生堵漏；在确保安全的原则下，经船长同意后，可在一水的指导下学习操舵。与此同时，水手每次执岗，须至少两到三次对船舶进行安全巡视，等等。除此之外，当船舶进入施工状态时，他们将会进入另一套工作程序。

这就是水手的工作。听起来庞杂、琐碎，如同一团乱麻。然而，就是这些杂乱无章的工作，在上船后两个多月的时间里，张同乐已经熟练地进入了角色。只要是经手的活计，全能拿得起、放得下了。

"华威号"已经航行了五天。它把大海远远抛在后边，但前面还是一望无际的大海。

这天下午，微风拂面，斜阳辉映在广袤无垠的海面上，波光浩渺，如同史诗般的宏伟与壮丽。此时，张同乐正和两名水手在船上进行安全巡视。当他们来到后甲板时，只觉天光一暗，天空突然阴云密布，海面上的能见度低了。紧接着狂风大作，直扑甲板。面对突如其来的风暴，两名水手迅速躲进了船舱。出于一种从未体验过的好奇，张同乐不顾呼喊，在甲板上四顾张望。只见海面上波涛汹涌，那种雄伟的自然力量让他有一种历险般的快感和刺激。像许多年轻人一样，张同乐不讨厌这种刺激。他觉得人在旅途，就应该经历一点危险的刺激！

风势不断加大，还伴着突如其来的大雨。张同乐躲在一处避雨的舷梯下，似乎被一种奇诡的力量所吸引，好奇地凝视着戏剧一般突然转换的海面，眼前的一切都在强烈地刺激着他的感官。只见空中电闪雷鸣，风雨交加，几米高的大浪滚滚而来，排山倒海，像开了锅似的彼此冲突、撞击，不断掀起狂涛巨浪。脚下的船舶在翻腾的海浪中仿佛失去了控制，忽上忽下，刚被举上浪尖，又倏地被摔进波谷——这时，船舷两侧竖起两道高高的水墙，让人觉得整个船体正朝着万劫不复的深海沉去……

或许，人是这样一种造物：知道自身安全，万无一失，往往会腻烦处境过于平淡，不好玩、没意思，甚至期望感受到一点危险的恐惧。可一旦危险真正降临，其精神向度就会立刻逆转。

张同乐突然害怕了。他虽然有颗好奇心，但不傻。他试图跑回船舱，却为时已晚。他刚要转身登上舷梯，突然一个浪头拍到船舷上，溅起一股五六米高的巨大水柱，其上冲的力量无比强悍，跌落下来的重力又重重地砸向甲板，致使整个船身一阵剧烈地摇晃。张同乐避之不及，一个趔趄摔在了甲板上。就在他趴到甲板上挣扎的一瞬间，脑海里突然闪现出了《泰坦尼克号》里的画面……

当他爬起来跌跌撞撞跑回到船舱时，这种可怕的真实感，绝不亚于一部惊悚的灾难片。随着船身剧烈摇晃，船舱里的人东倒西歪，一片惊恐。有人大喊大叫；有人拼命抓着船上的栏杆，像抓着最后一根救命的稻草；有人面色惨白，一声不响地哆嗦；极度的恐惧中，甚至有人毫无自尊地哭起来。

后来我们才知道，这场风暴叫"天兔"，是2013年在地球上出现的最强的一次台风，也是2013年第一个超级气旋。台风中心经过的附近海面，最大风力达到了十六级。虽然我们不是处于"天兔"的中心，但它环流直径超过了一千公里，我们还是领教了它的威力。

此时,船上的测风仪显示,风力九级,风速每秒二十米。摇摆仪上的指针在正负十度之间不停地摆动。

驾驶室,苏家灿全神贯注,紧紧盯着波涛翻滚的海面,冷静地指挥着驾驶员的操作。

"左满舵!"

"左满舵!"

"两车进一!"

"两车已进一!"

在驾驶员的应答声里,苏家灿听出了恐惧。

"别紧张!注意,右舵,向前!"

出发前,作为船长,苏家灿曾查阅过南海的一些相关知识,特别是详细地了解了南海的气候。他知道,南海属于热带海洋性季风气候。每年十月至次年三月为东北季风盛行期,6月至9月为西南季风盛行期。平均每年发生台风六至七次,最多可达十余次。他在网上了解到,2007年11月,南海水域曾发生过一次著名的热带风暴"海贝思",当时最大风力十六级,海浪高达二十米。风暴中,中国、菲律宾、越南等国家的三百多名渔民被困在中国南沙海域,其中一艘菲律宾渔船在南海沉没,二十五名船员失踪。

"大海可以给人财富,也可以夺去人的生命,时刻马虎不得。一个船长,要对船上所有的生命负责。既要顺从大海,又要与大海搏斗,全靠一身过硬的技能,必须不断积累经验,学会对大海察言观色,随机应变。"

这是父亲一生的经验。苏家灿十分敬佩自己的父亲。他早年出海撑的是小木船,其危险性更是难以预料。父亲常说,在凶险莫测的大海上,他会把每一天都当成最后一天过,"因为你永远不知道明天和意外哪个先来"。令人庆幸的是，在半个多世纪的捕鱼生涯中，父亲凭借着自己的航海技能，曾战胜过无以计数的海上风暴，从未发生过任何闪失。

据父亲讲，有一年他们到西沙去捕鱼，突然遇到了台风，根据多年的航船经验，他立刻将渔船开往永兴岛内躲避风浪。那场狂风暴雨裹挟着十多米高的海浪，持续了三天三夜。风浪过后，回到家里，听到的尽是海难的消息。当时和他同赴西沙的一艘很大的渔船，船上三十多人（包括苏家灿的一位堂叔），一个也没有回来。苏家灿记得，在讲述这件事的时候，父亲语调平淡，异常镇静，没有一点夸大。那时候的渔民看见死亡是常事，他们不会出于一种"大难不死"的虚荣心，故意夸大他们所经历过的危险。

苏家灿把父亲的话始终记在心上。十几年的船上生涯，练就了他像父亲一样的冷静与沉稳。他在心里告诉自己，如果现在出了事，岂不愧对已故的父亲，愧对在南海弄船的祖上世家？

眼下的南海，正处于西南季风盛行期，对此苏家灿心里早有准备。虽说这场突如其来的风暴如此猛烈，完全超出了他的想象，但是作为船长，在关键时刻，他知道自己必须保持应有的沉稳与镇定。

"大家不要慌，我在海上漂了十几年，有我在，就绝不会让弟兄们有事！"

"华威号"上，先是响起苏家灿向全船广播的声音。不一会儿，他的身影便出现在船舱的各个位置。从外表上看，三十六岁的苏家灿不像南方人，他的身材足以撑得起他的职务，魁梧、健壮，有着一副宽阔的肩膀；他相貌敦厚，眼睛并非大而明亮，倒是常常流露出一种温和善良的笑意。重要的是，他稳健的个性和亲和力与船长的职位非常匹配——或者说,这两者已完全融为一体,使他通身散发着一种权威和自信。面对船舱里惊恐万状的船员,他甚至化沉重为轻松地开了句玩笑:"我一紧张就抽烟。现在我连烟还没抽呢,你们慌什么?"

苏家灿有个习惯,他平常不抽烟,甚至不带烟。可一旦遇到什么紧张为难的事,就想抽上一支烟,让情绪平静下来。每当这时,他就会不由自主地冲着旁边的人不停掐着两根手指。常在一块工作的人都知道他这个习惯,就会有人马上点上一支烟,递过去。

由于任务特殊,这次"华威号"的配员,是一支临时组成的团队。从身体素质上说都是身强体壮者,大多是"80"后、"90"后的年轻人。有的苏家灿能叫出名字,有的面熟,有相当一部分面孔则完全陌生。此刻,苏家灿在这些年轻人的脸上看到的全是恐慌。他知道,越是在这样的情况下,就越是应该保持沉稳、坚定,让船员们信任他冷静的判断力。

"情况没那么糟。兄弟们放心,我能把你们带出来,就一定会把你们平安地带回去,我保证!"苏家灿庄严承诺。

只要上了船的人都知道,船长就是领袖,是主心骨,是灵魂。特别是处于当下的危险之中,船长的角色显得比任何时候都更为重要。看着苏家灿高大的体形,似乎蕴藏着满满的力量;看着他沉着、镇静的神态,又觉得这位年轻船长的经验以及他对安全的掌控能力,要比他们意识到的危险强大得多。人们的恐慌情绪稍有缓解。

大海仍然在咆哮。"华威号"在风浪中飘摇,它微弱的灯火,被裹在浓浓的黑夜之中。半夜时分,风雨有所减弱。海上的大浪开始变成涌浪,不再是劈头盖脸地迎面而来,而是从船下突然隆起,一拱一拱地把船舶不断举起又摔下，像儿童玩的那种跳跳马，随着它的忽上忽下，让人觉得五脏六腑都被掏空了。有人被摇晃得晕船了。一个，又一个……他们浑身出冷汗，面色苍白，直至腹内翻江倒海，大口呕吐，再到后来，严重者眼球都在颤抖。此时痛苦代替了恐惧，别说害怕，甚至想死的心都有。时间开始变得黏滞、混沌，仿佛失去了意义。人们已经不知道是白天还是黑夜，不知道船舶是在航行还是停着，是前行还是倒退。他们吐得一塌糊涂。再没什么可吐的之后，就躺在那里，浑身无力，迷迷糊糊，睡着了却像醒着；睁着眼睛，又像在做梦。

此时，有个人蜷缩着身体躺在餐厅外的过道上。他脸色煞白，皱着眉头，眼睛和嘴唇闭得紧紧的。他叫刘建浦，是"华威号"上的政委。他本来是个管人的人，但此时他却谁也管不了了。他一动不动地躺着，眼睛半睁半闭。不知过了多久，他觉得自己好像死了，或者正在死去的路上——那是一个完全陌生的地方，像是沼泽，周围尽是水坑和茂密的荒草，一望无际。他在沼泽里吃力地跋涉，突然双脚下一软，陷入一个泥坑，越陷越深。他不断挣扎，却浑身酸软，毫无力气……大地开始翻转，眼看就要沉入没顶之灾，突然有人在拉他，同时叫着他的名字。他睁开眼睛，却还在梦中，那种迷惘的眼神，就像婴儿在打量着一个陌生的世界。

"建浦，怎么躺在这儿了？快起来，到房间去睡。"

好半天他才认出眼前的人是船长苏家灿，正在拉着他的手臂，试图把他从地上拽起来。刘建浦挣扎着坐起身，一阵天旋地转，哇的一声吐了。这个仔细的人竟然给自己准备了一个呕吐袋……完毕，他用祈求般的口气说道："家灿，别管我了，这样舒服些……"说着，他又无力地躺了下去。

苏家灿拎走了那个纸袋，很轻，几乎没什么内容。也许是条件反射，也许是本该如此——这时，他突然觉得一阵反胃，便赶紧憋气，竭力忍住了。

二

在漆黑的大海上，"华威号"艰难航行。风暴时强时弱，已经持续了三十多个小时。苏家灿一直没有离开驾驶室。他心里明白，海上的意外变故，往往关乎人命。他不敢有丝毫的疏忽，生怕出现半点差错。根据经验，他密切观察，通过对海上风流、压差、航向航速的计算，综合风向和风力的影响，沉着地指挥驾驶员，采取时而绕航、时而顶风滞航的方式，不断调整船舶的航向和航速。

"华威号"是我国自主设计的，要比欧洲人设计的船舶宽大、阔气。（身材高大的欧洲人喜欢在小空间里动心思、求精致，包括酒店的房间也是。）它的驾驶室位于靠近船首的最顶层，四面临窗，视野开阔，可环视船舶首尾。室内分别设有驾驶操作台、通信台、挖泥操作台、生产状态监测台，共四组系统。风力监测、气象仪、摇摆仪等精密仪器，一应俱全。此外还有摆放船舶知识、操作规程、训练手册和施工卷宗的图书卷柜，并设有供船员休息的一组沙发和茶几。看起来，整个驾驶室就像一个现代化的集控室，空间面积足有四十多平方米。

夜里，壁上的石英钟指向一点。苏家灿坐在驾驶室的沙发上，脖子歪下去，又挺起来，像个瞌睡虫似的强忍睡意。在这三十多个小时里，他几乎没有合眼。

"船长，海上的风浪已经减小，你回去休息一会儿吧。"值班驾驶员叫牛河，长了一脸黑色的连鬓小胡子，英俊，帅气，尚未结婚，踢得一脚好球。

"我就在沙发躺一会儿，有事叫我。"说完，苏家灿歪在沙发上，调整好体位，让自己进入到一种休息的状态。他两眼一闭，积累的疲惫压下来，不出片刻，便打起呼噜。这时，驾驶台上的电话突然响起。

"驾驶台，驾驶台，请立即降速！机舱左侧主机出现事故，请立即降速！"

大管轮的声音，在电话里急切地呼叫着。

苏家灿一个激灵坐起来，心里突突直跳。

"什么情况？"

"机舱左侧主机出现事故。"

"减速！通知配电立刻停车，我马上下去！"

三分钟后，苏家灿已经跑到了机舱，里边朦朦胧胧，很难看清什么，一股浓烈的燃油气味扑面而来，连呼吸都困难。苏家灿的眼睛适应了室内的光线后，在大管轮的指点下，他发现左侧主机燃油进机管口处出现了缝隙，高压管路里的燃油从缝隙里喷射出来，从不同的角度射向各自所去的地方，最终化为雾气在空中散开、沉降，致使五十多摄氏度高温的机舱里油雾弥漫。这一发现，让苏家灿大吃一惊。他意识到眼前的情况万分危险，机舱内封闭空间大，结构复杂，并放有油柜、储气钢瓶和高压容器，可燃物质很多。不用说，高浓度的油雾一旦遇到明火，或哪台设备万一漏电产生火花，就会引起燃烧，甚至造成爆炸。这是常识。

"赶紧关闭进油阀！"

"船长，油雾面积太大，油温太高，无法接近进油阀。"大管轮焦急地说道。

之前，在接近燃油进机软管的另一侧，一个值班的机工拿起一个牛油空桶，慢慢接近喷油处，试图用那只空桶扣住漏油的缝隙，以此阻止燃油四处飞溅。但是没有成功。由于喷出来的油雾温度太高，使他无法靠得更近，尝试了几次结果都失败了。他正倔强地站在那里不服气，苏家灿的到来，又一瞬间激发了他的情绪，这个矮个敦实的小伙子跃跃欲试，正要冒着危险往近处里冲去。在雾一般的光线中，苏家灿及时发现了他的一时之勇，厉声喊道：

"危险，赶紧退回去！"

此时，在大管轮的电话呼叫下，睡梦中的轮机长迅速赶到了现场。这使苏家灿看到了希望。

"李老轨，赶快想个办法！"

李老轨其实很年轻，才三十五六岁。老轨不是他的名字，也不是外号，而是船上的人对轮机长这个职业的习惯称呼。轮机长是轮机部的行政负责人，也是全船机械、动力、电气设备的技术总管，全面负责轮机部的生产和行政管理。

李老轨叫李悦强，瘦高个，窄肩膀，聪明、机智，是船上公认的技术能手。有人说，机舱是船舶的心脏。事实上它比整个人体都复杂。你走进机舱会发现，里边布满了大大小小、奇形怪状的各种设备，管道纵横交错，无数的电缆更是穿来绕去，密密匝匝……所有设备运转起来轰轰隆隆，你都不知道这声音是从哪里发出来的。每个机器都似乎静止没动，事实上所有的机械都处于一种隐形的运转状态中。外行人一看就觉得乱七八糟，晕头涨脑。然而正是这些乱七八糟的机器设备，和它们精确的技术要求，让瘦小的李老轨显得与众不同。他头脑活跃，思维敏捷，面对这些大大小小的设备，就像个出色的全科医生，每台机械、每个部件、甚至每一根"毛细血管"，都尽在他的掌握之中。一旦出现故障，他不用细看，只需侧着耳朵一听，就差不多知道是哪个地方出了毛病。

李悦强仔细地观察着现场，目光机警地闪动着。"船长你看……"他用手指着前面的一个地方说，"那里是不是有个可以接近进油阀的通道？"

顺着李悦强手指的方向，苏家灿发现，在控制面板和齿轮箱之间，有一个接近进油阀的通道，狭窄、隐蔽，不经仔细观察，很难注意到。

"虽然那个通道也有大量的油雾，但是旁边有一个进风口，温度应该降低了不少。我可以从通道里过去，看能不能靠近进油阀。"在隆隆的机器轰鸣中，李悦强的声音很大，他三言两语说出了自己的想法。

苏家灿忧虑地说："通道太窄了，能过得去吗？"

"我这副小体格，应该没问题。"说着，李悦强已经转身离去。只见他熟练地绕过几台设备，慢慢地靠近了通道。他稍作停顿，然后侧着身体，腰板一挺，一闪身便挤了进去。

"李老轨，要小心，先看里边的油温高不高！"苏家灿喊道。

李悦强的判断十分准确，通道里的油雾虽然浓度很高，但是温度已经不是很高了。只是，当他接近进油阀时，从油管缝隙喷出的油雾太大、太猛烈，喷得他根本睁不开眼睛。但李悦强不愧是轮机长，做什么事一向干脆、利落、敏锐、灵活，他凭借多年的经验，非常熟悉进油阀的位置，就像熟悉自己身体上的每个部位，哪怕闭上眼睛,也能准确地摸到。于是他顶着喷射的油雾,闭着眼睛,一把就摸到了目标,出手奇快,只用三秒钟就关紧了进油阀。

真是尺有所短,寸有所长。苏家灿暗自感叹,要不是这个身材很瘦的李悦强,就是挤扁脑袋,他也进不了那条通道。

经查看,原来是燃油进机管的皮垫断裂了。更换好皮垫,苏家灿回到驾驶室,挂在墙上的电子钟已指向凌晨三点。

那场风暴时来时去,断断续续地持续了两天。两天里,许多人都没吃东西。当大厨喊我们去吃饭时,我都觉得恶心。第一天呕吐,吐出头一天的食物;第二天呕吐,吐出的全是苦水。再后来,已经没什么东西可吐了,五脏六腑都在抽搐。那是真正的生不如死。挨到第三天早上,风停了,浪小了,我们又可以站起来活动了。当大家都挤到餐厅吃着泡面时,我突然发现,能回到正常人的生活,是一件多么美好的事。

大海终于令人感激地平静下来。那是由一场狂野、躁动而铺垫出来的平静。一连几天,天空和海水暗淡无光,一片铅灰色。有时还飘着蒙蒙细雨。静穆的大海,像是沉入到一场激情澎湃之后的筋疲力尽,已经毫无威胁地打不起精神。"华威号"仿佛行驶在一种隐秘的时间里。最终,经过十二个昼夜的航行,终于接近了目标点位。

那是个阳光灿烂的早晨。

天空明净,温风习习。

平旷的海面上微波细浪,无限温柔。

早饭后,张同乐来到甲板上,沐浴在新一天壮丽的霞光里,他已经没有了最初的心潮澎湃。多日的海上航行,周围总是一片汪洋海水,白天黑夜,只是偶尔看到太阳和月亮在慢慢移动。无边无际的大海缓慢向前,极目远眺,永远是没完没了的海平线。就像工友们站在甲板上喊的那样:"大海啊,你全是水!"

几天下来,张同乐新奇的目光早已疲惫,麻木得毫无新鲜之感。特别是在那场风暴的折磨中,一种生不如死的晕船反应,让他领教了什么是真正的痛苦,什么是真正的"悲催"。正如船员们总结的那样:一言不发,两眼无光,三餐不进,四肢无力,五脏六腑,七上八下,九(久)卧不起,十分难受。

虽说那场风暴已经过去两天,张同乐仍然有些萎靡不振。早餐时,他只喝了一小碗鸡蛋汤,胃里没有丝毫渴望吃饭的欲望。面对这样一个难得的好天气,想起几天前那场残酷的壮丽,张同乐仍然心有余悸,总疑心眼前的平静不太真实,不怀好意,说不定潜藏着更为凶险的暴力也未可知。在甲板上,他环抱双臂,极目远眺,发现遥远的海平线上出现了一种异样的景象:只见蔚蓝色的海面上,隐约浮动着一片奇幻的白云,远远看去,水雾蒸腾,如烟缭绕。他正要仔细看个明白,不知哪里传来一声呼喊:

"兄弟们,我们的目标点就要到了!"

随着接龙一般的呼喊,人们纷纷涌出船舱,所有甲板上都站了人。由于连续的晕船反应,有人脸色如蜡,目光呆滞;有人摇摇晃晃,身体发虚,酸软无力……但此时此刻,每个人都在眼神里打起精神,他们热切地注视着前方平旷延展的蔚蓝。令人迷惑的是,烟波浩渺的海平线上,既没陆地,也没岛屿。茫茫碧波中,目之所及,除了隐约可见的一片白色气体——如同海面上升起的一片炊烟，除此之外，他们什么也没看见。

十五分钟后，距离缩小，当"华威号"渐渐接近了那片白色的气体时，人们才愕然发现，那是海潮不断涌向岛礁、撞碎在黑色礁石上的白色浪花与飞沫，同时传来轰雷般的大海之声。

"华威号"像是走不动了，又像是不知该往什么地方走……它迟疑着、踌躇着，航速渐渐慢下来。

连日来，人们眺望水天一线的远方，眼巴巴地期待着陆地的出现。可做梦也没有想到，等待他们的却是一座浪花翻卷的礁盘，就连船长苏家灿也禁不住为之一顿。他站在驾驶室，注视着万里无云的海上晴空，脸上一片茫然困惑之色。

这就是我们的目的地？

第三章

一

天空刚刚呈现出一种淡灰色的曙光,他一个激灵醒来了。听着海水有节奏地拍打着船舷的声音,他回想着一个多月来所经历的一切,竟然恍如隔世一般。

此人叫李铁报,山东汉子,中等身材,四十岁左右,面庞消瘦,有一双大而明亮的眼睛。他原是广东南沙工程的项目经理,一个月前,他突然接到局里的通知,他被任命为南海某疏浚工程项目经理。他立刻赶回滨城总部,迅速进入角色,用了三天时间,简要地了解了一下工程概况之后,便率领几名测量人员,乘坐一艘租用的渔船,从三亚出发,在海上航行了十天之后,在一个白雾茫茫的傍晚,来到了这座浪花飞溅的岛礁。

我不知道到了什么地方。只见海面上有一片浪花翻卷的岛礁。后来我才知道这是华阳礁,历史上被我国渔民称为"铜铳仔"。它是我国军队目前驻守的南沙群岛中最南端的一座岛礁。它位于北纬八度、东经一百一十二度附近。整座礁台长约五公里，宽约两公里，礁体是东西走向、呈纺锤形和新月形。整座礁盘的面积是七点六平方公里。

抵达岛礁后，根据局里的部署，按照疏浚工程的基本流程，李铁报带领测量人员立即投入前期工作。他们察看、测量海水深度，描绘礁岩与暗礁的位置，确定施工区域，设计排泥管线。由于礁盘区域内航行条件有限，他们只能乘坐渔船上备用的两艘小艇，在礁石的空隙间往来穿梭。

李铁报和所有队员都是第一次远海作业。他们惊讶地发现，过去所见的大海，跟眼前的大海根本不是一个概念。这里的海水，远看是真正的蔚蓝，往下看，十几米深的海水清澈无比，就像平时在花鸟鱼市里见到的鱼缸——各种各样的鱼，五颜六色，畅游在千姿百态的贝类和漂荡的海草之间，令人惊讶不已。李铁报和他的队友坚定地认为，世界上再没有哪片海水比这里更美了。

不好的是，这里的海况变幻莫测。有时光滑如镜，有时白浪滔天。南沙群岛的七月正是西南风盛行时期，忽而烈日炎炎，忽而大雨滂沱，小艇上的几个人常常被浇成落汤鸡。即使不下雨，由于小艇体积又轻又小，坐在上面，摇摇晃晃，飞溅的浪花不时地泼向小艇，也会把船上的人浇个通透。为了不让外业电脑和测量仪器受到海水损害，他们每次坐上小艇之后，首先把电脑和测量仪器裹在怀里。

尽管南海的气候如此恶劣，他们的工作却一刻没有停息。每天早晨，他们每人带着一包压缩饼干和一瓶水出发，晚上带着许多现场信息回到住宿的渔船上，吃过饭后，还要在电脑上制作图纸、处理各种测量数据，同时为第二天的任务做准备。几个人一直忙到该说"早上好"的时候，才互道"晚安"。这是常事。

昨天是个例外。

整个下午，李铁报和几名队员没有外出作业。他们围坐在船舱里，仔细研究岛礁外侧的水深数据，确立船舶的抛锚地点，并准确地安装进渔船上的导航系统。傍晚时分，一切就绪，李铁报来到甲板上。一阵急雨刚过，海水和淡水熏蒸起云气，在西方的天空上形成了一道弯弓般的彩虹。与此同时，云朵中露出夕阳，投映到海面上，波谲云诡，绚丽多彩。面对眼前大洋落日的奇幻景象，李铁报顿觉心情舒畅，自从来到这座岛礁，他第一次觉得浑身上下有一种说不出来的轻松。

回到船舱时，他听到小厨房里有人在哼哼呀呀地唱歌。此人叫吉德令，是个四十五六岁的黎族人。他是这艘渔船上的船老大，而渔船却是别人的，他只不过是一个打工者。这个打工的船老大并不健壮，甚至有些瘦小，但人乐观，一双小眼睛敏锐、灵活，洋溢着喜人的生气。令人佩服的是，他凭借一副瘦小的身躯，带领几个年轻的船夫，长年在远海进行捕捞作业，面对海上难以预料的狂风暴雨和种种危险，毫不畏惧。他还有个本事，就是能预测天气。在后来很长一段时间里，作为"华威号"雇用的辅助船只，这个渔船的船长，没少帮过苏家灿的大忙，他曾多次为苏家灿提供了非常准确的气象信息。

李铁报听到吉德令在哼歌儿，便凑到厨房门口，想看看他准备什么伙食。

南沙群岛靠近赤道，气候炎热，平均气温高达四十摄氏度，大部分蔬菜无法保存，又因水陆遥远，补给困难，船上的伙食十分单调。平时除了冻肉，就是腊肠、腊肉、黄豆、蘑菇、木耳之类便于储存的干货。李铁报和他的队员已深受其苦。由于长期吃不到新鲜蔬菜和水果，无法补充体内的维生素，来到岛礁之后，他们无一例外地得了肠胃病。大便困难，嘴角冒血泡，一不小心撕裂开，就会形成一道血口子。有次吃饭，吉德令发现李铁报手里的馒头上沾着鲜红的血迹，不仅一惊："李经理，我雪白的馒头，到了你嘴上怎么就变成血馒头了呢？"

说完，吉德令转身回到自己的房间。返回来时他递给李铁报一个纸包。李铁报打开纸包一看，是一种淡黄色的粉末。他不解地看着吉德令："这是什么？"

这个瘦小的船长神秘地一笑："我发明的神药。你试试，敷到嘴角上，保你管用。"

李铁报迟疑地看着吉德令，试探着做了。原来，吉德令的"神药"，不过是被碾碎了的一种普通维生素。但不管怎么说，后来几个队员都尝试过吉德令的这种"神药"，还真是有效。

在窄小的厨房里，吉德令正一边哼歌，一边锅碗瓢盆地鼓捣着。

"吉船长，今晚是黄豆炒黄豆呢，还是腊肠炒腊肉？"李铁报打趣地问道。

"李经理，这次你可猜错了。换换口味，吃点新鲜的。"吉德令沙哑着嗓子说道。

其实，李铁报早就嗅到一股诱人的香味了。

"哈哈，是炖鱼？"

"不是炖鱼就怪了。"

吉德令是个快乐的人，风趣而友善。他知道船上的伙食太过单调，有时会头顶四十多摄氏度的高温，坐在甲板上，耐着性子，钓几条活蹦乱跳的鱼。有的鱼李铁报都从来没有见过。吉德令告诉他，"这叫尖嘴""那叫军曹"。尖嘴要设假饵，用漂流钓；军曹也叫海鲡，背部茶褐色，侧部浅褐色，白肚皮。常见的是那种全身布满黑色斑点的石斑鱼。

吉德令介绍，南沙群岛的石斑鱼可不一般，它的肉质特别好，食物是红鱿鱼。尤其在美济礁一带，那里的水温和海水盐度，都非常适合石斑鱼的习性，因此生长很快。如果在三亚，同样的鱼苗，长到成鱼得一年；在美济礁，却只需九个月，肉质也比三亚的要好，吃起来，跟野生石斑鱼没什么区别。

"几年前，有个大学教授，福建人，据说还当过水产部门的官员。退休后，他在美济礁海域开辟了一个网箱养殖场，专门养殖昂贵的东星斑和老虎斑。有个年轻人，也是渔民的后代，胆量更大，在那个老教授的鼓动下，他带领着九艘作业船和八十多名船员来到美济礁，投资一千多万元，建起了养殖场，这些年一直在那里养鱼。"

"真不简单。"

"哎——鱼好了。"

"好了就吃呀，我还真饿了。"

"这次我来了个重口味的，你们东北做法，垮炖。"

说到这儿，吉德令突然想起了什么，神秘地说："李经理，这么好的鱼，想不想和弟兄们喝几杯？"他眨着眼睛，期待地看着李铁报。

"喝几杯？喝几杯就喝几杯。"李铁报经不住对方眼神里的怂惠和诱惑，索性说。平时李铁报喜欢喝一点酒，酒量不大，他喜欢小酌几杯之后那种酒意微醺的感觉。可自从来到这座岛礁，每天从早忙到深夜，他还从未沾过酒呢。现在既然前期工作已经基本就绪，庆祝一下也好。

"我出酒，正宗的海口大曲。"说完，吉德令像猫似的笑了。

吉德令喜欢喝酒，不单是性情所致，也不完全是为了排遣寂寞，而是海上湿度太大，他身上的风湿很严重。"过去，我的手可以绣花，现在早就捏不住针啦。"

这是一个温馨而充盈的傍晚。渔船甲板上有一个用铁管撑起的棚子，三面通透，可遮光避雨，棚下放着几把椅子，平时可以坐下来休息、聊天儿。由于天气不错，吉德令把一张餐桌放到了甲板上。海水波澜不惊，微风拂面。在摇篮一般轻轻摆动的渔船上，李铁报跟队员们围桌而坐。自从来到南海，这是他们第一次怀着兴致而不单单是为了充饥果腹的一顿晚餐。正所谓把酒临风，此乐何及！

开席了。石斑鱼既鲜又嫩，还配了油炸花生米、猪肉炖土豆、圆葱炒腊肉。三荤一素。酒也好。几杯过后，所有人都活跃起来，你兄我弟，海阔天空，亲热无比。吉德令更像通上电一般的兴奋。他给每个人都敬了酒，脱口而出的酒令一套一套的，你不喝，都觉得对不起他那副嘴皮子。后来为了躲酒，李铁报提议吉德令唱一段。他知道这个瘦小的船长平时喜欢哼几句家乡的小曲儿。

吉德令媚着一双小眼睛笑了："别唱了吧？还是喝酒好。"

"唱一个，对酒当歌嘛！"李铁报进一步鼓动着。

像许多渔民一样，吉德令喜欢唱歌，常年漂在海上，因为无聊，因为寂寞，有时候则是为了在风浪中壮胆。他最拿手的是那首黎族民歌《心上人唱给你听》。

"唱一个？"他似乎在问自己，其实已心有所动。

"唱一个。"众人说道。

吉德令恢复了严肃，妥协地说："既然大家想听，我就来一首。"他清了清沙哑的喉咙，略微一顿，便自说自话般地唱了起来：

> 太阳是红色的呦，玫瑰也是红色的
> 对你的爱是什么，也是火热的呦
> 天空是蓝蓝的，大海也是蓝的
> 温柔的你想什么，相爱是幸福的
> 看，看那潮来潮去，那是我在想你
> 听，听完这首歌曲，我的爱唱给你
> 嘿……呦嘿呦，嘿呦嘿呦嘿呦……
> 歌声里唱的爱，代表我的心
> 嘿……呦嘿呦，嘿呦嘿呦嘿呦
> 心上人轻轻地靠在我身边，永远不分离！
> 月光是洁白的呦，云儿也是白的
> 你的心事是什么，月老是明白的，明白的……

虽然嗓音沙哑，但唱得情真意切，非常感人。以致歌声停下来的时候，众人依然沉浸在歌声里，仿佛被一种沉甸甸的情绪压住了，谁也不吭声，连个掌声都没有。

"老兄，大嫂是不是很漂亮？"李铁报打破了沉默。

"李经理，看看我啥样，你就知道她肯定错不了。俗话说，好汉子没好妻、赖汉娶花枝嘛。主要是年轻,比我小一轮儿。我是二婚嘛。头一个两年前走了,出海的时候病在了永暑礁,奔命般地回到海南时,人已经在船上走了。没办法,太远了……唉,走了的就不说了。这个也好。常年跟我漂在海上,温柔体贴,能吃苦。"说到这里,他有些惋惜似的说,"本来,要不是这次规定不允许带家属,你们是可以见到她的,还能吃到她做的鱼。她做的鱼那才叫鱼呢,小虾也焖得好。"

李铁报点点头:"想她了吧?"

吉德令笑了笑:"我倒没啥。估计她会想我。自从结婚,我们还从来没有分开过。年轻嘛,是不是?"

李铁报笑着说:"是啊,是啊,那么年轻,能不想吗。"

没话了。

这时,一个测量队的小伙子突然双手捂脸,肩膀一耸一耸地抽泣起来,像个受了委屈的孩子,难以自持。这富有戏剧性的一幕让人莫名其妙,所有人都错愕地看着他。

"怎么啦?"

"没怎么……"

"肯定是想家了。"

没有人再说话,全都沉默了。

四周一片宁静。海浪轻轻地拍打着船舷,可以听到鱼在海里跳跃的泼剌声。此时,南海的夜空清澈透明,一轮明月泛着清亮的光辉,星星像蓝宝石似的点缀着青色的苍穹,幽远而深邃。一时间,让人精神恍惚,像是梦游。

还是李铁报打破了沉默:

"这扯不扯。行了,行了,喝酒吧。"

"喝酒。"

低落的气氛重新活跃起来，比先前还热烈。酒也喝得更狠些。李铁报隐约记得，三瓶海口大曲，开始几个人都说绝对喝不了，结果全造光了。算了算，除去三个滴酒不沾的人，其他人每人平均半斤，而李铁报自我估计，至少喝了有六两，超过平时酒量的一倍。他好生奇怪，在海上，人的酒量怎么比陆地上要大呢？不过当他朝着船舱走去的时候，还是有些摇摇晃晃——不知道是人晃，还是船晃，抑或是人和船同时在晃。

李铁报躺在床上，仿佛躺在一个美丽的童话里。渔船随波摇荡，像个摇篮似的摇啊，摇啊，摇个不停……听着海浪有节奏地拍打船舷的声音，他不一会儿便进入了梦乡。

这天早晨，李铁报起得比往日更早些。通常说，每个早晨给人的感觉都美好的，即便是在远离陆地的海上也是。跟往常一样，他首先来到甲板，观察天气。他欣喜地发现，这是个令人眼前一亮的早晨。正是涨潮时间，岛礁那边传来大海之声，在一种透明的色调中，褐色的礁石和白色的浪花清晰可见。李铁报在甲板上舒展臂膀，心情很好地做了几个扩胸运动，然后把目光投向东方的天际线。

热带地区的早晨有个特点，清朗的天气，日出的酝酿时间极短，东方天际刚刚露出鱼肚白，转眼之间，仿佛在海里泡了一夜的太阳，便迫不及待地一跃而出，骤然升高，此时红色的朝霞已经消退，天空蔚蓝，在明亮的阳光照射下，海面如同洒了无数鳞片，晶莹透亮，波光闪烁。李铁报站在八月的晨光中，不禁暗想，真是天公作美。这是他来到南海之后最好的一个早晨。

这一天，"华威号"即将抵达岛礁。

李铁报从甲板回到船舱,在窄小的洗漱间里刷牙、洗脸,几天没刮胡子了,剃须刀的声音显得格外卖力。他专注地看着镜子里的自己。在一个多月的时间里,这张面孔变化之大,令他吃惊。那张圆润白皙的面庞,似乎留在了两千公里之外的陆地。镜子里的人瘦削,皮肤黝黑,好像已经不是他自己。其实说起来并不奇怪。这座岛礁距离赤道只有几个纬度,气候俗称有"四高":高温、高盐、高湿、高辐射。正是炎热的夏季,如果天气晴朗,太阳直射,气温在四五十摄氏度以上是常事,有时礁盘的地面温度高达六十摄氏度。湿度也大,空气一捏一把水,晒干之后一把盐,人就像泡在糨糊里,整天都是黏糊糊的。为了防止紫外线的强烈照射,每天外出作业,李铁报和几名队员都必须"武装到牙齿"。他们身穿长袖工作服,一副大号太阳镜,再戴上那种不太招人待见的遮阳帽——彼此讶异地打量着对方,竟然像极了那些抗战电影里的日本兵。

"我瞅你怎么像大佐呢?"

"你像龟田。"

"哈哈,这不是猪头小队长吗?"

几名队员都是三十岁左右的小伙子,活泼,热闹。他们相互调侃,嘻嘻哈哈地取笑,同时看一眼同样装束的李铁报,都觉得他像某部电影里的一个日军指挥官,只是谁也没好意思说出口。即使这样从头包到脚,在没有任何遮挡物的太阳的照射下,在海上连续作业,没过几天,每个人的脸上都晒脱了一层皮。

李铁报对着镜子涂好防晒霜,感觉精力异常充沛。他招呼几个队员赶紧起床、吃饭,做好迎接"华威号"的一切准备。

二

上午九点，"华威号"靠近了岛礁。

李铁报带领吉德令的渔船到预定点位去接应。他站在渔船的驾驶台前，紧紧盯着 GPS 上的航迹，一边配合吉德令驾驶导航，一边给后面的"华威号"做向导。经过一段紧张的忙碌，最终引导着"华威号"避开几处暗礁，顺利进入了预定点位。

"华威号"停稳后，吉德令的渔船"很小心"地靠上来。李铁报匆匆登上"华威号"，和迎接他的苏家灿在三层甲板迎头相遇。两个男人不约而同地张开双臂，第一次拥抱了彼此。之后，他们各自把着对方的肩膀，相互凝视。

"铁报兄，你咋这么黑？要不是通了电话，我真是认不出你了。"

"老弟，用不了几天，说不定你比我还黑。"

"这么说，这里的阳光够毒的。"

"超出你的想象。"

作为项目经理，这些年李铁报曾与苏家灿有过多次工程合作，很融洽，私交不错，彼此称兄道弟。苏家灿发现，眼前的李铁报虽然脸黑得让人陌生，细加打量，透过言谈举止，依然能看出他以往的精神与豪气。

"你什么时间来的？我一点不知道。"

"还差两天，满一个月了。家灿，兄弟们一路辛苦啊。"李铁报亲切地问候道。

"途中遇上一场风暴,折腾够呛,但还算平安。你在这里怎么样?"

"别的还凑合吧。几个人在这里熬着,有点寂寞。"

苏家灿笑道:"这回好了,我给你送来了一船人,六十八个,不少了吧?"

"那就看你的了。"李铁报认真地说,"只要'华威号'能在这里站住脚,据我估计,六十八个人还真是太少了,甚至再加十倍也不算多。"

苏家灿凝神地琢磨着李铁报的话,似乎没明白他在说什么。这时船政委刘建浦来到了甲板。

"刘建浦,我刚搭伙的政委。"苏家灿向李铁报介绍说。

刘建浦乐呵呵地笑着:"临时受命。"

两个人握手寒暄。

望着眼前这个四十岁左右、身材健壮的汉子,李铁报认出了他是本局里通华轮上的政委。"局里的工作会上,我们是不是见过面?"

刘建浦也突然想来似的:"没错,没错。"他疑惑地盯着李铁报:"李经理,你怎么变得这么黑了?"

李铁报哈哈一笑:"你也这么问,看来我是真的黑了。"接着,他像检讨似的打趣说:"不过,按非洲的美学标准,我可能还有些差距。哎?刘政委,你的脸倒是有些黄啊。怎么,不舒服?"

"路上晕船了。"

在船上有过二十多年工作经历的刘建浦,是第一次远航,也是头一次晕船。苏家灿告诉李铁报,在那场突然而来的风暴中,刘建浦把胆汁都交给大海了。最严重的时候，他蜷缩在餐厅外面的过道里，一动不动。

刘建浦苦笑着说："别说动呀，当时我连眼睛都不敢睁一下……谢天谢地，总算熬过来了。"

三个人站在甲板上。苏家灿茫然四顾，航程终止的地方，目光却没有任何阻拦。天空如洗，阳光明亮，大海在眼前铺开一片纯净的蔚蓝。西北方的海面上，只见潮水不停地撞击着礁石，雪涛般的浪花一片欢腾，发出连续不断的大海之声。

"铁报兄，我们这次到底什么任务？"

李铁报拍了拍苏家灿的肩膀："家灿，先别说任务。走，到你房间去，我看看你带来什么好吃的没有。"

"华威号"船长室。李铁报坐在沙发上，咔地咬下一口苹果，却不咀嚼，而是贪婪地吮吸了一下那酸甜的汁液。眼睛一眯，满脸幸福。苏家灿微笑地看着李铁报的吃相。

"铁报兄，这里吃不到水果？"

"别说吃呀，我都忘了水果长什么样了。"李铁报端详着手里的苹果，好像真的忘了苹果的模样似的。

这时，刘建浦手里拿着几个金黄色的橘子走进来，抱歉地说："全烂掉了，就剩这几个。"

"要是不烂，也就谈不上珍贵了。刘政委，放那吧，这么好的东西我不能独吞，得给那几个小兄弟打打牙祭。几个小伙子真是熬苦了。哎，对了，你们船上有什么绿色蔬菜没有？"说完，他觉得这个"绿色"用得不妥，生怕引起误会，又马上解释道："我不是说那种有机的、没上化肥、没打农药的那种绿色，只要是绿的就行。"

刘建浦说:"走时倒是装了不少蔬菜,路上吃了些,大多烂掉了。早晨吃饭时,我听白师傅说只剩下几棵大白菜了。"

"太好啦。跟厨师说一下,中午搞个特权,给我们开个小灶。别的不要,就炖大白菜。对了,千万别放肉。平时都说肉好吃,现在我都快得恐肉症了。"

"还想吃点啥?"刘建浦看着李铁报。

"还有比大白菜更绿点的东西没有?"

刘建浦想了想,抱歉地说:"应该没有了。"

"刘政委,你这个'应该'用得太无情了。"李铁报笑着说,"算了吧。过去,我们东北有句不太文明的土话,'吃了五谷想六谷,吃了那个什么什么……想脆骨'。看来,得寸进尺是人的本性呀。"

三个人会意,同时哈哈大笑。

李铁报说:"对了,大葱有没有?"

刘建浦说:"大葱应该有。"

"这个'应该'用得好。那就再来个大葱蘸酱。"

刘建浦笑着说:"李经理的要求不高嘛。"

"不高?过几天你就知道这有多么奢侈了。"

苏家灿说:"建浦,你打个电话,跟食堂说一声。"

"我还是去一趟吧。看能不能再找点别的什么,让李经理他们解解馋。"刘建浦长了一副高大的身材,却是个仔细人,说完便乐乐呵呵地出去了。

"铁报兄,我感觉这次任务很特殊。来的时候,领导没有详细交代,只说到了地方就知道了。我到这一看,满眼是大海,是个四不靠的地方，我们到底做什么呀？"苏家灿看着李铁报。

"地方不一样，工程还是老本行，吹填造陆。"

"吹填？这四面全是水，往哪填呀？"

"有礁盘。"

"把礁盘造成岛？"

"没错。你在家里听到南海的新闻了吧？"

苏家灿若有所思地点点头说："我一直在关注。"

"下午我带你坐小艇到礁盘去转转，让你看看部队的战士是怎么守礁的。他们的哨所就是那种只有十几平方米的碉堡，也叫海上高脚屋。这比以前的还好多了。以前的哨所叫海上'猫耳洞'，是用竹竿、篾席和塑料布搭起来的。再往前说，二十世纪八十年代什么也没有，守礁的官兵就站在礁石上。落潮时，他们站海水之上；涨潮时只能站在没膝的海水里。我这么一说，你就知道我们为啥要在礁盘上吹填造陆了。"

苏家灿的眉头渐渐舒展开了："老兄，我基本猜对了。你说吧，什么时间开工，怎么个具体方案？"

李铁报笑着说："家灿，我看你啥时候也改不了这种急性子。方案肯定是有的，回头我们用图纸说话。"

第四章

一

八月炎热的下午,热浪扑面。"华威号"宽阔的后甲板上站满了人,他们在开会。作为船长,以前苏家灿很少召开全体船员会议。通常情况下,有什么必须让船员知道的事或工程部署,都是召集管理层开个碰头会,再由各部负责人分头向船员传达。这次,苏家灿觉得有必要开一次全体动员会。由于会议室改成了宿舍,而且人员太多,船舱里没有什么地方能容得下这么多人,于是,政委刘建浦便把船上所有人包括测量队、管线队人员都召集到了较为宽阔的后甲板上。

会议已经开到一半儿。苏家灿用他浑厚有力的声音在讲话:

"大家已经知道,这里就是我们的目的地,是我们的施工现场。刚才,铁报经理已经讲过了,我们这次的任务和以往不同,完全不同!"

人群里,丁岩用手指捅了一下身边的张同乐,交头接耳:"哥们儿，怎么样？我说对了吧。"

"我知道，一连几天的海上颠簸，大家已经十分辛苦了，而且许多人都有晕船反应，我们本来应该休整两天，让大家缓解一下疲劳。但是，因为时间紧，任务特殊，特别是作为第一艘进入南海工程项目的施工船，我们以什么样的状态投入施工，将会受到各方面的关注。因此，我决定，从现在开始，我们要用最快的速度、最短的时间，做好开工准备。因为这不是一项普通工程，我们担负的不是企业任务，而是国家任务！我相信，大家能够理解其中的含义。"

说到这里，他像是有意地停顿了一下。

甲板上鸦雀无声。

"我觉得，作为一个普通的疏浚人，我们能来到祖国的最南端，参与这样的工程，我个人的感觉是，这辈子都值了！"说到这里，苏家灿似乎被自己的讲话感动了。他目光炯炯地看着大家："从现在起，两天之内，我们要做好各项开工准备，大家有没有这个信心？"

以往，苏家灿从不使用这样的口吻讲话，更不使用煽情式的语气向船员们提问。大家的回应不太一致，不够整齐划一。

"有！"

"没问题！"

不知道谁还喊了一声"整！"把其他人逗得哈哈笑。

"真二。"丁岩小声地对身边的张同乐说。

但不管怎么说，从不够整齐的声音中，苏家灿听出了大家的劲头都很足，很有信心。这就够了。

根据惯例，绞吸船的施工准备工作极为烦琐，通常需要几天时间才能准备就绪。不用说,在两天之内做好开工准备,时间紧的同时还意味着,所有经历过海上十余日颠簸的船员,在没有得到充分休息的情况下,必须立刻投入高强度的作业,这对船员们的体力和精神都无疑是一次挑战。但在苏家灿看来,既然是一次特殊的任务,就要以一种特殊的姿态对待。而且,他有这个信心。

散会后,按照以往的程序,甲板部、轮机部的所有船员各就其位。与此同时,根据局里施工方案的具体部署,苏家灿亲自驾驶"华威号",利用海上风流,快速、有效地控制船舶方向,准确地切入了开挖区。

解封。

竖桩。

调试、维护所有设备……

在"华威号"上,每个岗位上都有紧张忙碌的身影。八月的南海烈日炎炎,天气又闷又热。为了遮蔽火辣辣的阳光,每个人的安全帽下都压着一条毛巾,但每个人的工装都处于汗湿状态。烈日下工作,船员们极容易口渴,五百毫升的矿泉水一瓶接一瓶地喝。每分钟都在计算,每秒钟都在争抢。船员们竖桥梁仅用二十多分钟都感到用时太长了。最终,经过三十六小时发了疯似的紧张忙碌,"华威号"完成了开工前的全部准备,静待上级的开工命令。

一场高效率的劳作在漫漫沉淀。

船上的每个房间和过道上,到处都是躺倒的人们。由于没有陆地可以居住,虽然到达了目的地,管线队和测量队的人却只能住在船上。前期住在渔船上的李铁报等人,为了便于协调工作,也都搬到了"华威号"上。船上原有的秩序再次被打乱了。每个船员室都塞满了人,狭窄的走廊过道上都放上了床垫。测量队的人除了睡觉还需要办公,便在会议室的条形会议桌上摆放了六台电脑,桌下塞着六把椅子。其余空间全是地铺。狭窄的铺与铺之间只能容纳下一双鞋,有的干脆没有任何缝隙地连成了大通铺。睡觉的时候,一旦有人因劳累或在噩梦中抡胳膊抡腿,往往会打着另一个人的鼻子;至于有人鼾声大作,满屋子的人都得听着、忍着。当然,忍无可忍之下,会有人轻轻地捏住"造声者"的鼻子,使坏,憋他。此外,也有用小纸球塞住自己耳朵的人。

作为船长,也许我的决定太激进,太不近人情了。当时看着船上到处都是累瘫了的身影,我本想说几句感谢与道歉之类的话,可我只觉得喉头一哽,像被什么东西噎住了似的,一句话都说不出来了……我心想,一个大男子汉,我这是怎么啦?

二

在等待开工指令的过程中,作为项目经理,李铁报并未感到轻松。根据现场踏勘的各种数据,结合局里的总体要求,他和苏家灿、刘建浦等人反复地讨论具体的施工方案。

"这里地形比较复杂。"李铁报用铅笔指点着茶几上的一张图纸,"在这片礁盘的北侧,有露出水面一点五米左右的礁石。礁盘的东端,外侧的海底突然变陡,不到一公里,海水的深度已经达到四千多米。"

"怎么个干法?"苏家灿问道。

"第一步，我们要从深水区开始，向浅水区挖。首先打开通往岛礁的通道，也就是口门，再进行吹填。"

"挖通口门的距离是多少米？"

"两百多米。"

苏家灿倾下身体仔细地看着茶几上的图纸："距离不是太远，只是越挖越厚。"

李铁报说："是这样。还有一点，虽然我们干了十几年的疏浚和吹填，但是像这样的远海施工还属于首次，没有可供我们参考和借鉴的经验。这次我们真正是摸着石头过河。"

苏家灿说："我看施工交底资料全是珊瑚礁底质，这也是我头一次遇到。"

李铁报说："我正要说这一点。珊瑚礁非常坚硬。"

"这个珊瑚礁我还真是不太了解。"刘建浦说。

"所谓珊瑚礁，它的主体是由珊瑚虫组成的。"

刘建浦惊讶地看着李铁报："珊瑚虫组成的？"

李铁报点点头："珊瑚虫是一种圆筒状腔肠动物，个头只有米粒大小。它们能吸收海水中的钙和二氧化碳，分泌的石灰石会形成硬壳，保护自己。它们喜欢群居，一代又一代的珊瑚虫不断分泌出的石灰石，被挤压、石化，最终形成了珊瑚礁。"

苏家灿说："没错，我在哪本书里看到过，珊瑚就是微小生物的集合体。珊瑚虫有一个独特的生殖器，繁殖很快。我们常说大地创造动物，其实动物也创造大地。过去我以为珊瑚就是石头，是无机物。事实上，它们是一种在漫长的时间中硬化了的生命。"

李铁报笑了："看来，你比我这个科班出身的人还内行。"

刘建浦看着李铁报："老兄专门研究过？"

李铁报说:"这是我大学的专业课。不过,这些年也差不多都还给老师了。"

"施工区域的水深是多少?"苏家灿看着施工图纸。

李铁报说:"平均水深大约二十二米。其实,不管深浅,最让我担心的还是珊瑚礁。我们施工的区域,水下全是珊瑚礁底质,非常坚硬,这可是一块难啃的硬骨头。"

"再硬的骨头也得啃。"苏家灿满有信心。他熟知"华威号"的威力,其绞刀功率奇大,对付中等硬度的岩石,不过是小菜一碟。

"但是,我们还是要有应对预想不到的困难的准备。"

"兵来将挡,水来土掩。俗话说,没有过不去的火焰山。铁报,我们什么时候开工?"

"这要等待局里的指令。南海问题很复杂,他们要综合各方面的考虑,所以不会提前给你预期,只告诉我们要做好准备。我估计,只要符合开工条件,就会立刻行动。"

三

这是个清朗的早晨。天空湛蓝,阳光毫无阻拦地照射下来,亮得刺眼。从赤道吹过来的热带风,黏糊糊地扑向甲板。一大早,地面温度已经高达四十五摄氏度。甲板上的船员身穿一橘黄色连体工装,头戴红色安全帽,显得天气更加炎热,如同下火。

苏家灿站在驾驶员旁边。

"下刀!"

随着他一声令下,驾驶室下方甲板上的两台巨大绞车开始转动,位于船首桥梁上的绞刀头缓缓浸入海水。绞吸船施工的起始状态是这样:当绞刀沉入到一定深度的海底时,顺着左右方向绞挖岩石,用旋转的绞刀将岩石变成粉碎的沙石和泥浆,通过水底的第一台泥泵吸入泥池,再经过第二台、第三台泥泵的依次传递,最终将泥浆沿着输泥管线吹送出去。

一时间,"华威号"上所有的机器都运转起来。不一会儿,一股海底泥浆从船尾的吹泥管口喷涌而出,像一条褐色的巨龙。

"试挖成功!"

船上响起一片欢呼声。

作为进入南海的第一艘绞吸挖泥船——"华威号"机声隆隆,建设者们以前所未有的豪迈姿态,在中国的南沙群岛,正式拉开了岛礁建设的序幕。

绞吸船的施工昼夜不停。船员分四班倒,工作六小时后,休息十二小时。平时有事,随叫随到。

正是换岗时间,船舱狭窄的过道里人来人往。

"哈哈,比洗桑拿还过瘾。"

"知道人肉是什么味道了吧?"

从甲板上回来的人汗流浃背,身上散发出一种盐的味道。南海的天气实在酷热,靠近赤道的阳光毫无遮拦地照下来,下火一般。站在甲板上,脚底烫得直发痒。含一口水吐下去,哧的一下就不见了。

中午,船员们在餐厅里用餐。靠近门口的一张餐桌前,李铁报和苏家灿正在吃饭。主食是馒头,副食是土豆丝、圆葱炒肉片,外加一个紫菜汤。

李铁报问:"刘政委怎么没来?"

平时,如果没有特殊情况,吃饭的时候,三个人总是不拆帮。

"他吃过了,说是去轮机部看看。"苏家灿拿起一瓶辣椒酱,打开盖子,"来点吗?海南的黄灯笼辣椒酱。"

"辣不辣?"

"不辣怎么吃呀。"

李铁报犹豫了一下,还是退缩了:"按说,没有蔬菜可以用辣椒补充维生素。算了吧,天这么热,这不是火上浇油吗?"

"那也得吃啊。"苏家灿用筷子夹出一点辣椒酱,放到馒头上,仔细抹匀。

"穷人的命。没有辣椒,我是吃啥都没味。"

他转换话题:"从上午试挖的情况看,这种深度,加上坚硬的礁底,各项参数都不是很理想,必须想办法加以改进。"

"怎么个改进法,有没有具体方案?"

"我感觉,这不是一个方案就可以奏效的。我想试挖一天看看,还会不会遇到其他问题。"

正说着,放在桌上的高频对讲机咔啦一响:

"船长——"

苏家灿立刻站起来拿起话筒:"什么情况?"

"船长,绞刀头吸口脱焊了!"

苏家灿嘴里嚼着馒头,不禁一怔。两秒钟之后才说道:"知道了,我马上过去!"

苏家灿和李铁报离开餐厅,迅速来到位于船头的绞刀平台。正在仔细地查看绞刀头吸口时,苏家灿手里的高频对讲机又响了:

"船长，水下泵泵壳爆裂！"

"船长，船长，钢桩不太稳定！"

一切都发生得太快。这一连串的信息撞在一起，让苏家灿一时难以消化，许多精准和模糊的判断在头脑中逐一闪过。他快速地综合了一下突然出现的情况，立刻向驾驶室下达了停工指令。

停工之后，苏家灿从船头走到船尾，又从甲板走到机舱。他一边吩咐有关人员对损坏的设备进行电焊抢修，一边并用高频对讲机指示其他船员，检测所有机械是否正常，并趁停工间隙，加装燃油。

在现场，针对设备出现的问题，苏家灿和有关人员进行了仔细的探讨和研究。最终确定出几项具体措施：一、施工时，必须采取特殊的控制办法，在海底岩石上，重新固定好钢桩，保证船舶的稳定；二、珊瑚礁底质过于坚硬，挖出的石块太大，容易造成堵泵，必须拆卸绞刀头，进行技术改造，使刀齿间距缩小；三、在绞刀头内焊一个挡圈儿，把进入吸口的石块二次粉碎。

四

第二天下午，设备抢修和绞刀头技术改造全部完成。苏家灿来到驾驶室，指示各部，做好开工准备。这时李铁报一摆手，说："家灿，先等等，说不定暴雨就要来了。"

透过驾驶室宽大的瞭望窗，只见一片巨大的阴影笼罩下来，天空突然变暗。苏家灿开门走向左侧甲板，望看西边的天空，潮涌般翻滚的黑云已经遮住太阳，空气中有温热的海腥味儿。一股劲风猛地袭来，眼瞅着海浪骤然高涨，船舶明显地晃动起来。苏家灿顿时一惊，他突然想起昨天晚上的情景，心想：说不定吉德令的预报真要应验了。

作为同一个船组的辅助船只，吉德令的渔船和那艘锚艇，是"华威号"的左膀右臂：测量，架设管道，短途运输，跑交通，缺一不可。虽是社会上雇来的船只，但苏家灿和两位船长都处得非常融洽。特别是吉德令，因为和苏家灿同是琼海人，是老乡，又同样有着渔民世家的背景，头次见面时，两个人就多了一份亲近，而且越聊越近。

"什么叫缘分？这就是呀。你爹、我爹，你爷爷、我爷爷，都是闯海的人，说不定，他们早就在这里见过面了呢。你看，现在又轮到咱们了，这就叫什么来……对了，薪火相传嘛，是不是？"当时，吉德令竟把他们的见面与久远时光中的老一辈人联系起来，一边说着一边搓手，激动得像个十岁的孩子。

昨天傍晚，苏家灿正在甲板上和船员们抢修，吉德令端着一盆土豆笑呵呵地凑了过来。

"老兄，端的什么，我可不收礼呀。"

"惭愧了兄弟，我船上没菜了。我刚找白师傅借了点土豆。"

"几个土豆借什么呀。我说了算，不用还了。"

吉德令搭讪了几句便告辞了。他端着土豆从"华威号"的船舷跨到紧挨着的锚艇上，走过锚艇，就是他的渔船。可是他回到船上之后，又转身返回到锚艇上，冲着苏家灿喊道："苏船长，明天可能有大雨呀。"

"哪的预报？"

"我的预报。"

海上的渔民有个习惯：不管白天夜晚，没事儿的时候，他们喜欢躺在甲板上往天上瞅，沉默而神情专注。在他们的眼睛里，不仅有寂寞、运气，有喜乐、艰辛，同时还有日月星辰，他们就是在这种长年累月、有意无意地观测中，看出了风，掌握了雨。

苏家灿抬头打量着天空。像早晨的日出一样，南海的天空几乎没有黄昏，夕阳落入苍茫的大海，瞬间便会升起耀眼的星辰。苏家灿第一次发现，南海的星星比陆地上的星星要大，而且亮。看到当时晴朗的天空，同时也是忙于紧张抢修，他并没把吉德令的话放在心上。

现在，就在苏家灿回想着这一幕的时候，蔚蓝的大海已经变成淡灰色。头顶上的乌云越积越厚，在翻卷、流动。突然，一束明亮的电光劈开乌云，刷地一闪不见了，骤然而至的雷声在头上一炸，吓人一激灵。随后几颗铜钱般的雨点斜射到甲板上，力度很大，发出啪啪的响声。不一会儿，雨点由疏到密，最终连成一线，伴着不断加大的阵风，拧着劲地下。顷刻之间，海上白浪滔天，一片苍茫。

一场暴雨酝酿得如此迅速，让苏家灿始料不及。经历过这场大雨的验证之后，他渐渐发现，吉德令简直就是个奇人。他看一眼天空，嗅一嗅风的味道，就知道第二天是什么天气；望一眼流动的云彩，就知道哪块云朵里有雨。他还能从海水的变化中看出大海的脾气。"海面起蛮涌，必将刮大风""小潮像大潮，台风随即到"，这些海上谚语，吉德令张口就来。苏家灿知道，同为渔民的父亲也有这样的本事。吉德令告诉他，白天看起来波澜不惊的海面，晚上一旦出现一个个像海螺那么大的漩涡，就是暴风雨来临的信号。后来，苏家灿根据吉德令的经验，特意观察过几次，尽管都是一些小暴风雨，却也多有应验。

不过，南海的气候变化，比人的经验判断和科学预测要狡诈得多、复杂得多，常常具有欺骗性。

二十分钟后，骤雨突然减弱。苏家灿以为暴风雨结束了。没有料到，接下来"华威号"将遭遇的打击，比出海途中经历的那场风暴更为惨烈。

暴雨减弱后，海面上的风势丝毫未减。其实在海上你看不到风的影子，只有海浪才是风的注脚。从船上的测风仪表看，风力已达八级，阵风达九级，海浪高达五米。"华威号"像摇篮一样，不停地摇摆、晃动。

这时，李铁报接到了局里的电话，为避免可能遇到的不测，建议"华威号"立刻采取避风措施，退出施工区。

"船长，风力太大了，船舶摇摆得厉害。这样下去，恐怕钢桩难以承受！"高频对讲机里传来水手长周健焦急的呼叫声。

话音刚落，船体猛地一震，只听一声金属撞击的声音从船尾传来。高频对讲机里咔啦一声，在呜呜作响的风声里，再次传来水手长周健的声音："船长，主钢桩折断了！"

"什么？钢桩断了？"苏家灿不敢相信地重复了一句。

"是的，主钢桩折断！"

苏家灿顿时愣在那里，仿佛遭到了突然袭击。

五

钢桩是绞吸船的定位装置，恰如"定海神针"。不同类型的绞吸船的配置不同，有的是一个，有的是两个。"华威号"有两根钢桩，一主一副，位置在船尾。长柱圆体形状，下端呈圆锥形。处于收回平放状态时，就像船上装载着两枚巨大的火箭；竖起来又像两个高高耸立的大烟囱。它的壁厚是六十厘米，直径一点八米，高度是五十三米，单体重量达九十吨。

钢桩的作用是，在船舶进行挖泥作业时，将其中一根钢桩插入水底，作为定位桩，并以这根定位桩为中心，利用船头绞刀桥梁前部的左、右两个锚缆，通过左右摆动，拉动挖泥船挖泥。前移时，用另一根钢桩交替换桩，固定船位，像两条腿走路。挖泥作业时，整个船舶呈扇形向前推进。不用说，一旦钢桩折断，不仅无法作业，在涌浪的不断撞击下，船舶的安全也会受到极大威胁。

当时我都吓坏了。在绞吸船上工作过的人，还没人遇到过钢桩折断的情况。听到我的呼叫后，船长和政委全都跑到了后甲板。经过分析，造成钢桩折断的原因是海上风力太大，在涌浪的推动下，船舶不停摆动，钢桩难以承受那种巨大的摇摆力度，所以被折断了。

钢桩折断后，失去定位支撑的"华威号"在剧烈摇晃。因施工区域的水太浅，且海底全是坚硬的珊瑚礁底，船舶无法原地下锚抗风。紧张的氛围笼罩了全船。苏家灿立刻指挥船员收起折断的钢桩，决定退到附近的深水区域去漂航[1]。

---

[1] 漂航：船舶主动停车、停止用舵，在无动力状态下，让船舶随风、海流和涌浪漂流的一种操纵方法。

幽黑、混沌的夜幕中，海面上风啸浪涌，四千多米深的海水波涛翻滚。处于自由状态的"华威号"，左右漂摇，时而向前，时而后退。在四周巨浪的冲击下，白花花的水柱飞溅到空中，足有七八米高，落下来狠狠地砸向第一层甲板。最糟心的是，在漂航过程中，用以紧固自浮管线的钢丝缆，又先后崩断了三次。多亏水手长周健，硬是率领两个同样富有冒险精神的小伙子，乘坐锚艇，惊险地从狂涛巨浪中抢回了三次。这使苏家灿稍感欣慰。

次日凌晨，天幕上有了星星。风也变软了。苏家灿指挥"华威号"返回施工区，下好辅桩和摆动锚①，调整好船位，以减少摇摆。出乎意料的是，风力减弱之后，海面上的涌浪才刚刚开始。上午九点，剧烈摇摆下的"华威号"再次遭到重创：先是右侧摆动锚锚缆拉断，随后船体猛地一震，辅钢桩又像一根脆弱的旗杆一样被折断。失去平衡的"华威号"，霎时间在大海里不停摇摆，又一次陷入危险的困境。

此时，苏家灿几乎被狂虐的风暴激怒了，差一点暴跳如雷。他一面竭力克制"破口大骂"的冲动，一面为自己缺乏预见的乐观判断而懊悔。在驾驶室，他像赶路一样，阔步走了两个来回，然后停住。他皱着眉头，一言不发，直捻手指。刘建浦领会到他的意图，立刻从衣兜里掏出一盒香烟。

糟糕的是，不知道是汗水浸泡，还是海水作孽，一盒香烟早已又湿又皱。抽出一支是断的，再抽出一支……还是。这种情况下，苏家灿是一种什么的心情，只有老烟民有最深的体会。所幸，刘

---

① 摆动锚：在施工挖槽两侧抛设摆动锚，由钢缆与船首摆动绞车相连。通过两部摆动绞车的收放，达到绞吸挖泥船船体以船尾定位钢桩为中心摆动施工的目的。

建浦还有备烟。即使刘建浦没有,别的船员也能拿得出来。毕竟只是一支香烟。

苏家灿沉默地抽着烟。思绪像缭绕的烟雾一样纷乱、纠缠。几年来,他率领各种类型的挖泥船南征北战,从国内到国外,从巴基斯坦瓜达尔的深水港建造,到沙特巴林特大号大桥的人工岛吹填,可谓所向披靡,无坚不摧,他从来没有失败过。尤其是这艘装有国际一流设备的"华威号",更是给了他一种超级自信。这次来到南海,他原以为会马到成功,却不想,刚开工就被狠狠地来了个下马威。面对眼前如此惨烈的打击,苏家灿感到无比愤怒和茫然,一时间,他几乎不知道该如何应对了。

这时,李铁报接到了局里的建议,为保证船舶和人员的安全,"华威号"必须立即前往计划中的锚地[①]避风。

在驾驶室,李铁报看着苏家灿:

"家灿,看一下,锚地距离这里有多远。"

苏家灿把锚地经纬度输入导航仪。

"不太远,只有四十海里。"

[①] 锚地:可供船舶安全停泊、避风,海关边防检查,检疫、装卸货物和进行过驳编组作业的水域。又称锚泊地,泊地。其面积因锚泊方式、锚泊船舶的数量和尺度、风浪和流速大小等因素而定。

第五章

一

事后回忆起那场风暴,有人说那简直就是一场噩梦。事实上,令人不快的噩梦很容易忘记,但那场风暴给人留下的惊悚感,却一生都不会忘记的。

仅仅四十海里的航程,"华威号"所遭遇的危险,比苏家灿预想的还要吓人。航行途中,山似的大浪一个接一个,滚滚而来。忽悠一下不见了,一眨眼又来了。"华威号"迎面撞上去,时而推进,时而后退。海水透过船头的桥梁夹缝,不断窜上二十多米高的驾驶台,落下去,又像瀑布一般砸向底层甲板,四处飞溅。船身上下起伏,剧烈摇晃。人已经无法站立了,无论是驾驶员,还是其他岗位上的船员,每个人都难以保持平衡,只好用绳子把自己绑在操作台上。原本三个多小时的航程,整整航行了十一个小时。这期间,"华威号"再次受到重创,重达数吨的绞刀维修平台①，硬生生地被海浪打落坠海。

好不容易到达锚地，避风条件仍不理想。抗风过程中，左横移锚杆②限位缆崩断，限位缆绞车同时损坏。一种恐慌的气氛笼罩着"华威号"。

苏家灿立刻召集相关人员，针对船舶所遭受的重创，紧急磋商，制定抢救措施。

"水头儿，两个钢桩已经折断，不能倾放，你安排人员，用焊接三角支撑板的办法，尽量加固。"

"好，我安排！"

"抓紧时间，立刻行动。"

周健听命而去。

苏家灿接着说："左锚杆限位缆绷断，收放绞车电机已经损坏，锚杆无法收回，我们得想个什么办法把它固定住。"

虽说有船长，有船员，但他们是开船的、用船的，不是造船的，也不是修船的。面对这种从未遇到过的突发状况，大家都没有应对的经验，得想。

大副刘大爽想了想说："我倒有个办法。"

"说说看。"

苏家灿期待地看着他。

刘大爽不善言谈，一副谨慎平和的样子，却是个巧妙人。他喜

---

① 绞刀维修平台：用于绞刀修理时的工作平台，为悬吊活动式钢铁结构，需要时可向上翻转。

② 锚杆：该系统设置在上甲板首部，两舷各设一套。抛锚杆是用于移动横移锚。每套抛锚杆系统由一根抛锚杆、一台起锚绞车、两台抛锚杆牵引绞车以及钢索、导向滑轮等组成。

欢琢磨事儿，装着 脑袋的奇思妙想和各种各样的小知识、小技巧。在甲板部，一旦遇到什么技术方面的难题，别人束手无策，他一到现场，三下五除二问题便解决了。不仅如此，谁的指甲刀钝得咬不动指甲了，他拿过去，不出几分钟就回来了，像变魔术似的，一试，锋快。原来是他给你磨过了。刀不快可以磨，剪子钝了也可以磨，那凹进去的指甲刀怎么磨？刘大爽就能磨。用什么办法磨的，他不说，反正是磨了。咔咔的，比新的还锋利。真是奇了怪了。

刘大爽说："我们先把右锚杆收放绞车的钢丝缆拆下来，利用船舶的钢结构，把钢丝缆在合适地方绕过来，拉过去，再绕过来，经过几个变向，最后，接到左锚杆的相应位置上，这样就可以实现收回锚杆并固定的目的。"

在场的人直着眼睛听着，费劲地跟随着刘大爽的思路绕来绕去，最终却一头雾水，都被他的"几个变向"绕蒙了。

苏家灿似乎领会了刘大爽的意图。他参照"华威号"的船体结构，考虑了一下，在脑子里过了一遍方案的每个步骤，认定这是一个可行的手段。

"不过，在船舶摇摆的状态下，操作起来有一定危险。"

刘建浦担心地说："如果不能保证人员安全，不能轻易冒险。"

刘大爽看着刘建浦："刘政委，我们目前的安全已经无法保证。为了不造成更严重的后果，这个险我觉得不得不冒。"

苏家灿站起身来，想了想，果断地说道："这事儿就由大爽负责，按刚才说的，立刻分头行动。"

室内人员全都站了起来。

突然，船猛地一晃，刘建浦又坐了下去。

苏家灿关怀地看着刘建浦："建浦就别下去了。你晕船厉害。休息一下，照顾好自己。"

刘建浦说："我没事，比上次强多了，好像有点适应了。"

苏家灿又建议李铁报："你就不要去了。人手够，用不上。"

"帮不上忙，我可以打打手电，照照明。"说着，李铁报晃了晃手里的手电筒说，"也算多发一份光。"

夜色苍茫，黢黑的海面上浪潮汹涌激荡。狂风吹在船舶的钢檐、铁角和各种器物上，打着呼哨，发出阵阵啸叫，制造出一种阴森恐怖的气氛。甲板上，除了必须到场的人员，其他人一律不得靠前，由苏家灿一人指挥。需要谁，就用高频对讲机呼叫，随叫随到。

在风浪中的船上干活十分费劲。手要用力，脚要站稳，否则一个浪头打来，不是摔个倒仰，就是闪个侧摔。刚要开始行动就有两个水手先后扑倒在甲板上，他们无声地爬起来，似乎早有预料，很正常。按照刘大爽设计的方案，首先对右锚杆进行加固。第一步，他们非常费劲地把右锚杆收放绞车的钢丝缆拆下来。

"你们都退到五米以外。"刘大爽岔开两条腿，以便最大限度地保持平衡与力量。他一边熟练地编插钢丝缆，一边指挥旁边的水手后退。他知道，在这样的气象条件下，设备一旦异常损坏，稍不留神就会置人于危险之中。

"把扳手递给我。"

"大副，在这。"

紧张可以使人变得亢奋，甚至悲壮。几个船员原本挨得很近，由于风大、海浪喧哗，使人好像隔着很远的距离，每个人都在大喊大叫。

"大爽，注意安全！要站稳，千万不能摔倒！"苏家灿眼盯着刘大爽，大声地提醒他。话音未落，绞刀桥梁和船体的间隙中冲出一股五米多高的海水，劈头盖脸地浇下来，流进眼睛里，杀得生疼。所有人都湿透了，衣服黏在皮肤上。

刘大爽抹去脸上的海水，继续紧固着螺栓。接下来，他和几个水手一起，把一根胳膊般粗细的钢丝缆，惊险地绕过两根三米多高的将军柱，再越过高出主甲板的两条起桥钢丝缆，最后牵引到舷外左锚杆的固定点上。刘大爽突然发现了问题："船长，左锚杆临时焊接的封板开焊了。必须抓紧焊接、锁定，不然就前功尽弃了！"

苏家灿意识到问题很严重。他来不及回应刘大爽，立刻对着高频对讲机呼叫："水头儿，水头儿，钢桩的三角支撑板焊好没有？船头急需电焊，船头急需电焊！"

"船长，这边已经搞定！我们马上过去！"

不一会儿，电焊工带着电焊设备，跌跌撞撞地从船尾来到甲板，并立刻投入工作。夜幕中，焊花飞溅，映亮了船头。十五分钟后，开焊的封板重新焊好。苏家灿仍不放心，又让水手找来一根钢丝缆，在焊接好的封板上做了双重加固。如此这般，总算把折断的左锚杆固定得万无一失。

然而船上的人并没有因此感到轻松。随之而来的是生存与死亡的考验。随着风力不断增强，大海发出比先前更为巨大的轰鸣声。"华威号"忽上忽下，好像天地已经翻转。突然，船舱里摆放在桌上的物品，全部滑落到地上。霎时间，噼里啪啦，满船都是令人惊颤的响声。

会议室里，丁岩跪在地上胡乱地摸到了眼镜，戴了几次才成功。他直愣愣地看着地上的电脑，屏幕已经碎了，半天才缓过神来，绝望地说道："完了，完了，我的数据全完了。"

此时的海面上，狂风肆虐。大海像被猛地捅了一刀，翻滚着，咆哮着，愤怒痛苦到了极致，完全疯掉了。狂涛巨浪不停地撞击着船舷，每个浪头打来都会伴随着巨大的轰鸣声，怪异、凄厉，如同来自地狱的吼声。"华威号"左右倾倒，上下起伏，一切都摇晃起来。连人带物，重达九千五百吨的钢铁巨轮，就像一片微不足道的羽毛，随时都有可能陷入灭顶之灾。

面对这种强大的自然威力，人们蜷缩在船舱的各个角落。在极度的惊骇中，跟许多动物一样，人的眼睛可以放射出恐惧的光芒。不过却极为短暂。随着船舶的左摇右摆，上下颠簸，人们东倒西歪。许多人已经晕船，呕声四起，开始狂吐。一个五十多岁的老船员，甚至吐掉了假牙。每个人的心脏都在超速运转，每个人的神经都处于高度紧张状态。一种不祥的气氛笼罩着"华威号"。人们一声不吭，心里不再是惊骇，不再是恐慌，而是绝望。

后来我在网上查阅过，前一场风暴叫"天兔"，这一次叫"蝴蝶"。我不明白如此惨烈强悍的热带风暴，怎么会有这么一个可爱、轻盈的名字。"蝴蝶"的中心，位于南海中部海面，当时最大风力十二级，风速达到每秒三十三米。多亏我们没有被卷入"蝴蝶"的中心。作为一艘钢铁巨轮，"华威号"不过被它轻轻地扇了一下，就被打得落花流水。

事后，在一种完全平静的状态下，人们回忆起这场风暴中的各种情形，简直是丑态百出。有人虚脱，有人哭泣，有人直言不讳地说："当时差点吓尿了裤子。"最有趣的是张同乐，回忆起那场像灾难大片似的海上风暴，他坦率地告诉工友，当时他吓得把遗书都写好了，装进一个矿泉水瓶里，做好了葬身大海的准备。

"给谁的遗书？"

"我妈。"

"你咋写的？"

"我说，妈，我感谢你的养育之恩……"

"怎么没写上你爸？"

"我没爸了。"

"对不起……"

"接着说，你咋写的？"

"我说，妈，我感谢你的养育之恩。儿子不能为你尽孝了。你不要为失去我而悲伤。儿子是为国捐躯，你要为儿子感到骄傲和自豪……"张同乐表情严肃，甚至有些夸张。

"哈哈，你咋不说'出师未捷身先死'呢？"

"你还真把自己当个豆儿了。"

"同乐，你写得这么慷慨激昂，当时怕不怕死？"

"鬼才不怕。"

"非常奇怪，人早晚有一死，为什么会怕死呢？"

"因为你还没死过。"

人们七嘴八舌，没把人乐死。

人就是这样，当时恐惧得不行，甚至做过最坏的打算，可一旦化险为夷，又觉得幸亏有了这次历险，人生才多了一份值得骄傲与自豪的阅历。如果一帆风顺，也许反而会令人沮丧。

不过，话是这么说，在很长一段时间里，人们对这场风暴仍然心有余悸。甚至当时的场景经常出现在许多人的梦里：各种惊悚、紧张、绝望，周围尽是大浪滔天的海水，极度的恐惧和挣扎中，一个激灵醒来，心里仍止不住突突直跳。

二

大海能把人逼疯。

我曾在一本书里读到过，十九世纪苏格兰有个爱探险的传教士，从非洲带出一个黑人。那人是个壮汉，聪明，勇敢，不怕狮子。但他从未坐过船，没看见过大海。在船上，面对一望无边的大海和船上不可思议的航行技术，他感到无比惊骇，最后竟然神经错乱了。有一天，在人们怎么也没有看管住的情况下，他一跃跳进了大海里。

也许有人会说，这种恐惧也太幼稚了。我不知道这个世界上有没有一种"成熟的恐惧"。其实，幼稚也好，成熟也罢，无论你把恐惧划分出多少个种类，在本质上，它对人的精神作用是没什么不同的。说实话，我是个胆子很大的人，在水上漂泊了十几年，从来没怕过什么。但这次我害怕了。

说真的，什么坚强、勇敢、沉着冷静，那不过是事后充好汉罢了。叫我说，武松打虎也是被吓出来的勇敢。再说，大海可比老虎的威力大多了，大到什么程度？咱先从远的说起吧。

我看过一篇资料，应该是1789年，一场龙卷风把印度的一个沿海城市淹没了，让两成居民死于非命。1882年，在孟加拉河口，一场龙卷风持续了一天一夜，把水吸上高空，卷进去五万人。也许有人会说，这些都是过去的事了，是历史了，那时候人们对海洋的认识和防范非常落后，比不了现在。这话没错。在十五世纪，穿越大西洋能成为盛典，现在即使绕着地球转上一圈，也都是稀松平常的事了。可那又怎么样？十多年前，也就是2004年，印度尼西亚苏门答腊岛附近海域发生的那次海啸，有十多个国家受影响，照样有二十三万人遇难，四万多人失踪，一百多万人无家可归。不是我记忆力好，而是那些巨大的灾难对人的心理冲击力太大了。只要你知道了，就不会忘掉。

其实人就是这样，在某些事情上，你知道得越多，心理障碍就会越大。在这场风暴中，我感觉世界上最坏的事情好像突然降临了。面对大海这种疯狂的挑战，你根本抵抗不了。说老实话，我不但害怕了，甚至比船上任何一个人都恐惧。

为什么？我是船长呀。

在驾驶室，噩梦一般紧张、纷乱的思绪在苏家灿心里翻腾。他意识到"华威号"的处境十分危险，危险到他都不敢说出来。他把抽到一半的烟捻灭了。就在他捻灭香烟的一瞬间，他对"华威号"的处境做出了判断。不是细节，而是全局。

"船舶已遭受重创，即使气象条件好转，也无法继续施工，再撑下去已经没有任何意义。为保证人员生命和船舶安全，我决定，各部立刻行动，做好返回大陆的准备。"

李铁报谨慎地看着苏家灿:"家灿,这次任务特殊,我们是不是先请示一下局里再做决定?"

此言一出,看着苏家灿坚毅的表情,李铁报对自己的提示后悔了。尽管他是项目部经理,在船上却不过是一个普通的乘客。他知道船长是领袖,拥有绝对的指挥权。船长一旦做出决定,特别是在眼前的情况下,所有人都无权干涉,不可争辩。

"铁报,我已经请示过局里,领导同意我们返航。根据局里提供的天气预报,五天后,南海水域还有另一场台风。所以,我们必须抢在下一场台风之前,以最快的速度返回陆地。"

李铁报点点头:"那就尽快做好返航准备。"

刘建浦看着李铁报:"锚艇和渔船怎么办?要不要一块儿返回?"

作为"华威号"辅助船舶,锚艇和渔船通常总是不离"华威号"左右。这场风暴席卷施工区时,由于两只船体轻小,有几次都差点被大浪抛到"华威号"的甲板上,场面十分惊险。不过,船小好调头。在"华威号"前往锚地之前,两艘船已先行出发,目前正在适合小型船舶的3号锚地躲避台风。

李铁报想了想:"同时返回的成本太高了。再说,两只船的航速太慢,如果遇上下一场台风,麻烦更大。"

苏家灿说:"没错。来的时候,如果不是和锚艇同行,也许途中我们就不会遇上那场风暴。"

李铁报说:"所以,锚艇和渔船继续在3号点避风。'华威号'上的所有人员一同返回。家灿,你看这样行不行?"

苏家灿说:"只能如此。不过有个问题必须想办法解决。"

由于收放绞车的电机损坏,"华威号"上两只重达十二吨的摆动锚无法收回固定。摆动锚锚杆在船头两侧，像蝴蝶的两根长须似的张开着。航行时，如果任其自由摇摆，将是船舶安全的重大隐患。

"政委什么意见？"苏家灿看着刘建浦。

刘建浦思索了一下："我觉得保留摆动锚的风险太大。还是下决心忍痛割弃吧。"

其实苏家灿是这么一个人，在征询你的意见之前，他已经有了打算。

"水头儿——"

周健应声道："船长，我在。"

"想个方案，做好弃锚准备。"

"是。"

"铁报兄，你找两名测量员，在弃锚的水域记好坐标，我们回来时再打捞。在航行中，要全力保证摆动锚锚杆不会滑落，根据时机，再收回固定。"

"好，我马上安排测量员到场。"

"船长，我们还要回来？"不知谁问了一句。

苏家灿半天不语。过了一会儿，他用疲惫而低沉的声音说道："如果不回来，我觉得人生就失败了。"

在驾驶室下方的甲板上，水手长周健已经策划好弃掉两只摆动锚的具体方案。先是在连接锚杆与摆动锚的钢丝缆上拴一条绳子，由众人拽住绳索，给原有的那条牵引多一份助力，以免重达十二吨的摆动锚在突然坠海的一瞬间，上端几十米的钢丝缆和摆锚锚杆会因失重而突然弹起，像钢鞭一样在空中飞舞，造成意外事故。

最后，用电焊在绳索下端切割钢丝缆。

方案确定后，在靠近船舷的上测，一名电焊工开始小心地切割钢丝缆，焊花飞溅。当胳膊般粗细的钢丝缆被割断到一半时，苏家灿叫停了焊工，让他以更小的幅度进行切割。这样点点、停停，循序渐进。整个钢丝缆被切断到三分之二时，周健让焊工停止了切割，收起焊枪，解开人力牵引的绳索，并让所有人躲得更远些。他抡起太平斧，准确地砍在剩余的钢丝缆上：一下，两下，又一下……声音沉闷。每一下都像砍在人们的心上。想想威武的"华威号"，这种万不得已的舍弃，无异于英雄断腕般的无奈与悲壮——人们在心里替它疼痛。

在周健的斧头下，钢丝缆终于被彻底砍断。刹那间，重达十二吨的摆动锚，沉闷地坠入海底。随后，他们用同样的方法，弃掉了另一只。

丢盔卸甲的"华威号"，在茫茫的大海上，朝着遥远的北方，返航……

第六章

一

天高云淡。视野中的陆地不断放大。山丘，树木，楼宇，各种清晰或模糊的物体，码头上一台台橘红色的长臂起重机——渐渐向眼前推来。北风带来了泥土的气息，人们已经清晰地看到了陆地。

经过五个昼夜担惊受怕的航行，遍体鳞伤的"华威号"终于疲惫不堪地停靠在了漂着一层浮油的码头。

"总算回来了。"

每个人的心里都发出同样的感叹。一个多月的海上经历，无异于与世隔绝，没见过山，没见过土，没见过一砖一瓦、一草一木，没见过一张陌生的面孔。每天睁开眼是一望无边的海水，闭上眼是连绵不断的涛声。除此之外，就是两场像噩梦一般的海上风暴。如今，那一切仿佛是很久以前的事了。

天空清朗，阳光炫目。满是各种停泊船舶和高架吊机的码头，弥漫着浓烈的燃油味、海腥味，还有陆地上的味道。从"华威号"

上走下来的人们，像一群从战场上退下来的溃兵，怀有一种灰心丧气、疲惫不堪的意味。每个人都显得摇摇晃晃，仿佛一时难以适应陆地的坚硬和它的"一动不动"，个个像是"醉地"似的，轻一脚、重一脚，走在平坦、坚实的混凝土路面上，有人竟然"闯"了腿。直到这时，他们才明白了，从宇宙飞船上下来的航天员为什么会被人抬着走。

扰攘的气息扑面而来。港岸上等候着一些各种各样的人，其中有航道局的领导，有一般工作人员，也有一些居住在附近的船员的家人或朋友。他们是来迎接"华威号"的。从远方归来的人，首先认出了迎接自己的人，但在他们黝黑的面孔上却看不出太多的惊喜，甚至有些木讷。直到近前，等候的人才认出对方是自己的丈夫或未婚夫。两股人流开始相互交融和混杂，有的拉手，有的拥抱，有的一句话没说，只是目光一碰，便含意复杂地哭了。

人群中，一个面容姣好的年轻女子焦虑地探着身子，用急切的目光搜索着从船上下来的人。她想尽快找到自己盼望的那张脸——那是她婚后不到半年的丈夫。在返航途中他病了，又吐又泻，通体发烧。最严重的时候烧得胡念八说，生说看到了他爷爷。其实他爷爷在他八岁的时候就死了。吓得张同乐左右寻找，头皮直麻。那两天张同乐始终守护着他，打饭、倒水、用酒精给他搓背。这个病了的人，就是戴一副碳纤维近视眼镜的测量工丁岩。直到昨天早晨，丁岩的病情才有所好转，但走起路来仍然浑身没劲儿。下船的时候，他被张同乐和另一个小伙子一路搀扶，直到交给他的妻子。

这天中午，除了丁岩直接回家休息，"华威号"上所有人都被接到一家宾馆里。局里为他们举办了一个简单的接风仪式,对饱受折磨、平安归来的船员们表示慰问,并请大家吃了一顿丰盛的午餐。之后,所有人员四散而去,各回各家,一边休假,一边待命去了。

最后,只剩苏家灿一个人,三位领导把他送到二十五层的一套宽大客房里。一位是局里的副总经理田春,四十岁出头,瘦高个儿;另一位是船机设备部的部长、工程师张一民,近视眼,戴一副笨重的眼镜,是个表情老实的中年人;还有一位是"华威号"所在分公司的书记赵大江。

"田总,我们什么时间去船厂?"一到房间,苏家灿便问了一句。

"家灿,有关'华威号'的事,明天上午我和张主任来宾馆接你,我们一起去船厂再说。"

"我觉得,除了更换维修损坏的设备,为了适应南海的施工条件,提升船舶性能,有些设备必须得改进。"

"你先有个基本想法。明天到船厂我们再商量。现在你的首要任务就是好好休息。"

此时的苏家灿的确需要休息,补一补极为渴望的睡眠。返航途中,尽管狂暴的风浪已然平息,为了应对随时可能袭来的"下一场台风",苏家灿一直坚守在驾驶室,一路上基本没怎么睡觉。送走三位领导,苏家灿关上房门,脱掉工作服,在床上躺了下来。床铺十分柔软。他很想享受一下这种久违的舒适与宁静,可上千吨的疲惫压下来,一眨眼的工夫,他便进入了沉沉的睡眠。

一觉醒来,苏家灿感觉神清气爽,好半天才回忆起自己身在何处。他以为到了夜里,看看手表,才晚上七点二十五分。他走到窗前,迷幻、错落的城市灯火扑面而来。马路上,川流不息的汽车灯光,像一条流光溢彩的河流,站在二十五层高楼的落地窗前,仿佛置身在璀璨的星空中,面对如此美丽、开阔的城市夜景,苏家灿却是一脸茫然。

他突然想起,应该洗个澡。他走进浴室,打开淋浴,调好水温,闭着眼睛站在花洒的水流下,全身立刻感受到一种说不出的惬意和舒爽。漂泊在南海的日子里,由于船上淡水有限,又遭遇台风而没能及时补给,他已记不起多少天没享受到这种水流冲淋全身的快感了。一个多月的海上漂泊,经历了那么多危险的考验与折磨之后,能回到一种正常的生活程序,是一件多么美好的事。

洗过澡,苏家灿换上一套宽松的蓝色运动服,顿觉一身的舒爽与轻松。他乘坐电梯下楼,穿过迎宾大厅,来到灯火辉煌的大街上。南国的秋天,街道上的树木有的已经变黄,在斑斓的灯光辉映下瑟瑟抖动。夜晚的城市都一样,鳞次栉比的楼宇,如河水一般的车流,绚丽的灯光泼洒下来,熙攘的人流交织在人行道上,悠闲或匆忙地奔往目的地。

根据不远处一座很有特点的大厦,苏家灿确定自己所在位置是汇彩路。他知道,从这里向西不到十公里,就是他过去居住的小区,那是他一生中最好的港湾。他喜欢小区里的拱桥流水,喜欢它的长廊、翠竹,尤其喜欢它隐于繁华之中的那份恬淡与幽静。如今,那个小区还在,那套八十平方米的两居室还在。但是那片屋顶下的男主人却不在了。从婚姻里走出来的苏家灿已经回不到从前。生活已经改变,这是没办法的事。离婚时,根据双方协议,苏家灿带走了一张余额二十五万元的银行卡,其余三分之二的存款、房子和房子里共有的一切，全都留给了前妻和六岁的女儿。当时他本想临时租个一居室，即使光杆儿一个人，也得找个睡觉的地方。可就在彼时任务来了，他便急匆匆地奔向了远海。

苏家灿形单影只地站在街头，茫然四顾，一阵凄凉。他伤感地觉得，在这座生活了十几年的城市里，他已经变成了一个无家可归的异乡人。但不管是什么人也得吃饭。他突然记起，一年前，他们一家三口曾在附近的一家小餐馆里吃过一次过桥米线。当时他还给女儿讲了过桥米线的故事。

"这都是后人瞎编的。"

当他讲完那个故事之后，妻子鄙夷地说。

他很吃惊："这么温暖的故事，怎么能跟孩子说是瞎编的呢？"

"对孩子就应该讲实话。"

苏家灿试图找到那家小餐馆。他想，吃一碗过桥米线也不错。遗憾的是，他沿街一路行走，却没有找到那个小餐馆。不是他记错了位置，而是他沮丧地发现，那家小餐馆已经变成了一家美容美发店。其实这没什么奇怪的，在这个变化的世界上，在你看到或看不到的地方，什么都在变。

后来，苏家灿走进一家叫"南国之恋"的餐馆。宽阔的门厅摆放着绿色的阔叶芭蕉和棕榈树。向右一转，是个开放式的餐厅，装修别具一格，中间一条河卵石铺成的小道，像一条久远的小街被无数鞋底磨蹭得十分光滑。分列两侧的餐位，被镂空的隔栅分割成半私密的就餐小空间。环境不错，也很有情调。苏家灿在一张空桌前坐下来。他翻看着女服务员递上的菜单，眼睛倏然一亮，竟然有几道他很久没吃过的家乡菜。他的肠胃立刻活跃起来。他郑重地点了"白切文昌鸡""酸菜炒海螺",又加了一道他最喜欢吃的"农家猪脚煲",还要了一大扎鲜啤酒。

等菜的过程中,透过镂空的隔栅,苏家灿无意地打量着前边的一张餐桌,几个青年男女嘻嘻哈哈。有个很胖的小伙子,光头,两个女子则戴着帽子吃饭,还像男人似的点了一支烟,一边吸着,一边笑。他听了听,觉得她们笑的原因很无趣。

"阿姨,我们要打包,谢谢。"

苏家灿寻着一种童稚的声音看过去,只见和他相对的右手一侧,有一对就餐的母女。他的目光立刻落在了小女孩儿的脸上。她大约五六岁的样子,穿着小短裙,脸庞消瘦,额头上两绺头发有点卷曲,皮肤很白。苏家灿久久地看着她。

小女孩像是感应到了什么,她转过头来,正好与他的目光对接。小女孩的目光没有躲闪,很有礼貌地问候了一句:

"叔叔好。"

"你好。"苏家友好地回应了她。

这时一个年轻女人的目光参与进来,她看着苏家灿,微笑着点点头,算是打了个招呼。然后,她拎起服务员打包好的餐袋,牵着小女孩的手离开了餐桌。在经过苏家灿跟前时,女人转头看着小女孩:"跟叔叔说再见。"

小女孩很有礼貌地照做了,还冲着苏家灿摆了摆手。

苏家灿克制住了想抱一抱小女孩的冲动。他坐在那里,扭转身体,一直望着母女俩走出餐厅。他的眼睛湿润了。

在即将抵达滨城的这天早晨,苏家灿打开了已十分陌生的手机。自从"华威号"驶往南海,根据上级要求,船上所有人的手机都交给了政委。苏家灿的手机也一直处于关机状态。(不关机也没用,根本就接收不到信号。)直到返航并接近目的地时,船上的人才拿回了自己的手机。这时候,苏家灿决定给前妻陈晔打一个电话。

她手机的振铃音乐由过去的《滴答》换成了哀怨无力的《天问》。

"你好……是我。"

对方迟钝了一下:"有事吗?"

"麻烦,让米乐接个电话。"

"她不在家。"

"去哪了?"

"姥姥家。"

米乐的姥姥家在海口。当年因为同是海南人,苏家灿和陈晔在一次同乡会上认识了。那一年,她在一所外国语学院读大二;他在一所海事大学读大三。邂逅之后,他们便开始了一种"同城跨校"的交往。开始是五十多人的聚会,后来是三五个人的小型聚餐,再后来,便是他和陈晔两个人单约。陈晔是黎族人,皮肤是那种淡淡的古铜色,眉眼清秀、俊美,充满了青春的活力。他们一边吃饭,一边闲聊。她父亲是大学教授,母亲是一家国有企业的会计,她还有个哥哥,是海口一家房地产公司的副总经理。苏家灿讲得最多的是他父亲。他是渔民,六十岁之前在海上打鱼,到了七十岁是一家渔业公司的顾问,母亲是家庭妇女,他有个姐姐,嫁给了当地的渔民。他考上大学的时候,父亲高兴地哭了。

尽管两个人的家庭条件落差很大,却没有影响他们的交往。没过多久,他们恋爱了。那是1998年的晚秋季节,北方的各种植物、树木色彩斑斓,静美的落叶给人一种淡淡的忧伤,是个很适合恋爱的季节。二十世纪九十年代末期的大学生，恋爱方式已经非常自由、开放，甚至可以说是敞开灵魂了。在彼此的欣赏中，他们得到的乐趣是甜蜜的，幸福的，也是多方面的。

毕业后，苏家灿一头扎进现在的企业，成了绞吸船上的一名水手。陈晔毕业后追来滨城，几经波折，在一所职业技术学院当上了英语教师。三年后，他们正式结婚，之后有了一个可爱的女儿，并度过了几年非常幸福、美好的时光。

这期间，陈晔一直是英语教师，苏家灿一直在绞吸船上工作。他由水手到二副，由二副到大副，再到船长，可谓一步一个台阶。他满怀激情地驾驶着他的施工船舶南征北战：三亚，西沙，沙特瓦尔港。刚在深圳完成工程收尾，又远走非洲……这些年，曾跨越过无数江河湖海的苏家灿，怎么也没想到，他的家庭小船说翻就翻了。

事情的起因就出自苏家灿的那条"大船"。改革开放后，随着中国经济不断崛起和迅猛发展，像其他各行各业一样，疏浚企业也是更加繁忙。这种繁忙落到苏家灿头上，就是他在船上的时间越来越长，跟家人团聚的时间越来越短。平时休假回家，就像一次短期的拜访。他知道妻子很辛苦，工作，持家，带孩子。他感激，他心疼，同时也愧疚。每次休假回家，他都一头扎进家务里，买菜、拖地、做饭、洗衣服，只要能看到眼里的家务活，什么都做，朋友请客也不去。一有空闲，他就会把女儿举到头顶，甚至恨不得含在嘴里；到了夜里，他则像一辆坦克车似的补偿着对于一个女人的亏欠。

对于这样一种团聚方式，最初陈晔还能以一种积极的态度去接受。特别是刚结婚的那两年，苏家灿每次休假回家，她都像一只快乐的小鸟，跑到车站或码头去迎接他。他至今还记得，每当重逢时她那种欣喜的表情，目光是那么的生动感人。可是后来，陈晔便渐渐厌倦了这种聚少离多的日子，认为"真正的生活不是这样的"。虽说久别胜新婚，但是过不了几天他还得走。再见到他的人影时，少则三个月，多则半年。特别是他去非洲那次，一走就是十一个月。回到家里时，女儿就像见到了一个陌生人，怯生生地不敢靠前。妻子则耷拉着眼皮，一脸打不起精神的样子，不咸不淡地说道："你还能找对家门，真是让人吃惊。"

苏家灿只能解释。但所有的解释都唤不起她的热情。特别是他把自己的职责看得过重这一点，也让她反感。

"你是船长，我忘了。"

"即使是省长，也不可能几个月不回家。"说完，她便背过身去抹眼泪，同时毫不掩饰地擤鼻涕，把声音弄得很大。

原本一次难得的休假，就这么变味了。苏家灿满心苦涩。好像也就是从那次开始，女教师变了。她开始抱怨、唠叨，由冷嘲热讽到直截了当，不断地挑着他的毛病，到后来简直不可理喻了。

"船长，"她厌恶地重复着这个词，"我告诉你，船长多了去了。我要的是丈夫，不是什么狗屁船长。再说，你父母也不是为了让你当船长才生了你。"

她话语粗糙，越来越刺耳。她总是拿他的长处当短处，攻击他最疼痛的地方。他又不能反唇相讥、还以颜色。这时候苏家灿觉得他整个人都被她废掉了。他痛苦地发现，一个仇视寂寞的女人，什么刻薄的话都能想得出来。

苏家灿知道，这一切都是因为他的工作。可工作毕竟是一个人生命的寄托。当然，在这个自由择业的时代，工作不是不可以改变的。从大致可以参照的方向上说,他可以去当建筑工人、保安、快递员,甚至谋个厨师的职业说不定也能做得来。可与那些朝九晚五的工作相比,他还是眷恋绞吸船上的工作。毕竟他已经做了十几年,要想改变自己的人生轨迹不是一件容易的事。苏家灿深感两难:一头是他离不开的工作,另一头是他所爱的家庭。他曾强忍忧伤地想,本以为工作是维系家庭生活的必要手段,两者可以相互契合、相得益彰,不料却滋生出这么大的矛盾。

就因为这个化解不了的矛盾,两个人时有争吵。每次休假回来,没进家门他就提心吊胆,甚至默默地祈祷,以求免于争吵。但争吵却总是不可避免。说不定哪句话就成了导火索,原本不值得的一件小事,最后也要吵得天翻地覆。

苏家灿有一种隐约的担忧,维系两个人的关系越来越困难。但他还是不断宽慰自己:吵就吵了,有道是"恩爱夫妻不到头,吵来吵去更皮实"。父亲和母亲吵了一辈子,也相互陪伴了一辈子。母亲去世的时候,八十多岁的父亲老泪横流,悲伤得像个八岁的孩子。苏家灿总是用这样的例子说服自己,达观地看待他和陈晔之间的争吵。

遗憾的是,这个世界上没有完全一样的婚姻。结果,吵来吵去,两个人的关系终于恶化了。他没想到,妻子决意要离婚。这使苏家灿深深陷入痛苦中。他爱妻子,尤其舍不得和六岁的女儿分开。但妻子却执意要离。有什么办法呢?毕竟婚姻不是一个人说了算的时代了。直到办理了离婚手续,苏家灿才不得不承认自己是真的失败了。在此之前,直到两个人走进民政局,他还心存幻想,说不定妻子会突然回心转意呢。

餐桌上,满是硕大的啤酒杯。

这天晚上，苏家灿感到异常孤独，他成了"南国之恋"的最后一位客人。

二

清晨六点，苏家灿在酒店宽阔的房间里醒来。尽管昨天晚上贪杯有点喝多了，他还是像往常的时间一样起床了。在随后的洗漱和吃早餐的过程中，他又在脑子里梳理了一遍，"华威号"需要改进的设备和具体要求。在"华威号"返回途中，针对船舶在南海遇到的各种问题，苏家灿召集各部有关人员已经进行过详细探讨。大家提出了许多问题和建议。比如，由于船舶吃水过大，铰刀平台收放方式不科学、不便利；两抛锚杆将军柱附属滑轮位置欠妥；铰刀平台和锚杆回收系统不适应恶劣海况作业等，都需要利用厂修的机会加以改进。

吃过早餐后，苏家灿回到房间，找出笔记本，根据当时的记录，开始整理"华威号"有关设备的改进建议，一共六项。他逐条地写在纸上。这时候，他听到敲门声，是政委刘建浦站在门外。

"建浦，你怎么来了？不是让你在家休息吗？"

"跟你一块去船厂。晚上顺便找几个朋友一块坐坐。"

"还坐呀。昨晚上都'坐'多了。"

"和谁啊？"

"没谁了，就我一个人。"

"怎么不给我打个电话？"想到苏家灿无家可归，刘建浦有点心酸。

苏家灿笑着说:"你刚跟嫂子团聚,怎么忍心叫你。我谁也没打扰。"

"跟她团聚是小事,我主要是得看看我母亲。"

说起来,刘建浦也有他的难处。没去南海之前,父亲突然发病去世,身体本就病弱的母亲始终无法接受这个现实。他放心不下母亲的身体状况和精神状态,也担心刚刚小学毕业的女儿。家里正是需要儿子和丈夫支撑的时候,为此他向公司领导申请,想在陆地上做一份工作,以便在这个特殊的阶段,多给家里一些照顾。当领导突然通知他立刻到"华威号"就职时,他敏感地意识到了这次任务的特殊性。既然领导清楚他的家庭情况,如果不是工作急需,党委不会做出这样的安排。他二话没说,欣然服从了组织的决定。

门外走廊里传来说话声。是田总带了好几个相关部门的人来了。苏家灿热情地和大家打了招呼。

田总说:"船长政委都在,我们去看看'华威号'怎么样了。"

"遍体鳞伤。"苏家灿苦涩地说道。他把桌上的两页纸递给田总:"这几个部位都需要改进,这是我拟的方案。"

田总看了看,把方案递给了船机设备部的张部长:"专家看看吧。"

张部长接过苏家灿的改进方案,近距离地看了看,眼镜后边的小眼睛兴奋地亮了,赞赏地说道:"苏船长搞得很详细。"

苏家灿说:"这只是我们的初步想法,到船厂我们还得听听专家的意见。"

此后一行人离开酒店,乘车奔往船厂。

接下来的一周,苏家灿是在紧张的工作状态中度过的。在造船厂，经过一整天的反复研究、论证，最终确定了苏家灿对"华威号"部分设备提出的改进方案。从船厂抽身后，苏家灿连同李铁报和刘建浦一起，对"华威号"在南海岛礁所遇到的情况，向局党政一把手作了详细的汇报。

在一间小型会议室里，五十多岁的冯书记和年轻的王总坐在会议桌旁，安静地听着苏家灿的汇报。在两个多小时的汇报中，两位领导神态专注，仿佛在听一个传奇故事。他们只是偶尔插上一句话，询问一些细节问题。

汇报结束之后，王总把身体往椅背上靠了靠："看来，'华威号'也不是什么样的工程都适应啊。"

苏家灿感叹地说："最棘手的是那里的天气，说变就变。过去无论在什么地方，我从来没遇上过这么复杂的天气。"

李铁报说："我们这次失利，给南海的整个工程都罩上了一层阴影。"

王总语调沉重地说："所以，集团的领导也很着急，指示我们要尽快修船，返回南海。"

冯书记问："船厂有没有预计时间？"

苏家灿说："正常情况下得需要一个半月。由于我们有特殊的任务，他们制订了方案，争取在一个月之内完成抢修。"

"扔掉的那两个摆动锚，还有没有可能找回来？"

"有定位，必须找回来。但是我们需要专业的潜水员。"苏家灿看着王总。

"潜水员好找。只是路途太远，费用可能高一些。"

苏家灿说："再高，也高不过我们那两个摆锚钱。"

"没错。这事儿我找生产部，让他们负责联系，有什么问题，直接和你沟通。"

说完，王总忽然想起了什么："家灿，你的事我听说了，开始我是不知道你家庭遇到了麻烦。不过，话说回来，现在我们也不可能换人了。你已经有了一次经验，还得顶上去，能不能转败为胜，就看你的了。"他用期待的目光看着苏家灿。

"王总放心，我会尽力而为。"

"家灿，你个人生活上有什么困难吗？尽管说。"冯书记关切地说。

苏家灿冲冯书记伤感地一笑："光杆司令啦，人走家也搬。从目前看，在相当长一段时间里，我可能遇到的困难都在南海呢。到时候有铁报经理，还有刘政委，我们一起克服吧。"

王总在椅子上换了个姿势，回到原来的话题："你们再考虑一下，根据上次经验，我们再去，除了不可预测的困难，其他方面还存在什么不足，需要做哪方面的补充和调整。"

"我正想说这个问题。"苏家灿看了看手里的笔记本，"劳动保护方面需要做一些准备。南海的气温太高，紫外线强。没有太阳镜的船员，在甲板上作业确实够呛。我建议应该由公司统一配备。"苏家灿又看了看笔记本说："还有鞋，鞋也是个问题。"

"鞋是怎么回事？"冯书记不解地问。

"一般的鞋不经烫。阳光充足的时候，甲板上的地表温度能达到六十摄氏度，特别烫脚。假如你穿着一般的胶底鞋站上去，一会儿就会被铁质的甲板烫化了。"

冯书记肃然地看着苏家灿："有那么严重？"

刘建浦说："家灿没夸张。最热的时候，在甲板站上一会儿，鞋底就不行了，就像走在那种刚刚铺过沥青的路面上，咯噔咯噔的。有两次我的鞋都被拔掉了。"

苏家灿说:"这可能得直接跟鞋厂联系,定做那种耐高温的特制鞋底。"

王总略微想了一下,说:"这个应该不难办。除此之外,还有什么其他问题?"

李铁报说:"食品保障是个大问题。其实,说起来也很难保障。施工地点太远,一旦遇上台风,补给船不能按期到达,所有蔬菜在途中就烂掉了。过去我们在其他地方施工,不管是国内国外,都是在近海作业,员工们可以在下班时间到陆地上买点零食、水果,甚至下下餐馆都行。可是在南海就不行了,下不了地,更没什么街可逛。每天住在船上,周围全是汪洋大海,只能船上有什么吃什么,员工们的生活条件非常艰苦。"

刘建浦笑着说:"李经理去的时间比我们长,这方面可能是最有体会了。"

王总说:"那就在其他食品上多增加品种,除了随船带的,补给的时候多运些不易腐烂的蔬菜。海上的自然条件那么艰苦,就要多想办法,尽量让员工们吃得好一点。"

刘建浦:"这事儿我跟厨师商量一下。另外,我觉得应该再增加一部分图书。"

"现在还有人看书吗?"冯书记笑着说。

刘建浦说:"在别的地方可能没有,都玩手机了。在南海不一样,就像李总说的,员工们下不了船,没电视,没网络,什么也没有,业余生活很枯燥。没事的时候看看书,既可以增长知识,也是一种消遣。"

苏家灿说:"这事儿就你办吧。在网上买,便宜,啥书都有。

尽量买一些有关于海洋方面的书,在海上嘛,就得读一点和大海有关的书。"

刘建浦谦虚地笑了:"这方面我还真不是太在行。"

苏家灿提示说:"像凡尔纳的《神秘岛》《格兰特船长的儿女》《海底两万里》,还有《鲁滨孙漂流记》,此外像《天方夜谭》,只要是故事性强的,都行。回头我给你列个书单。"

"那敢情好。"刘建浦感激地笑着说。

王总往椅子上靠了靠,微笑地看着刘建浦:"听说你也晕船了?"

"晕得厉害。"

"晕船药不管用吗?"

"一点作用没有。"

苏家灿笑着说:"刘政委对付晕船有办法,厉害的时候就躺在地板上不动;轻的时候,走到哪儿都提着个塑料袋,做好随时呕吐的准备。"

刘建浦不好意思地说:"下次会好些,我现在就开始锻炼了。"

王总不解地问:"晕船怎么锻炼?"

"我每天都扶着桌子或窗台摇晃脑袋。"说到这里,刘建浦摇晃着脑袋示范说,"就这么摇……顺时针……逆时针……然后再前后晃,左右晃。我在网上查了,说晕船是因为内耳平衡器官和前庭器官,对旋转等不规则的体位变化适应能力较差造成的。刚开始锻炼的时候,我晃几秒钟就晕得不行,现在,我可以摇上十分钟,一点感觉没有。"

冯书记笑了："这办法说不定还真管用，你可以告诉那些晕船的人，待着没事儿，让他们晃呀。"

几个人都乐了。

王总看着刘建浦，认真地说："这次的人员配备，还是原班人马。那些吃了苦头的员工，能不能保证按时上船？"

刘建浦说："在船上我们已经开过会了，应该没问题。"

冯书记说："'应该'不行。你是政委，得提前摸底，遇到问题，提前做工作。要尽快把人员确定下来。"

"我会的。"刘建浦停顿了一下说，"不过，我想还是等几天，让大家稳定一下情绪。刚回来，有些人对海上的遭遇可能还心有余悸，一个淹过水的人，刚刚被拖到岸上，你马上让他下水游泳，他肯定会害怕，退缩。俗话说，好了伤疤忘了疼。我觉得这话是符合人性的。对我们来说，这里面却包含着一种积极意义。"

王总笑着说："你们做思想工作的，要善于利用心理学。但你别忘了，有好了伤疤忘了疼的，还有一朝被蛇咬十年怕井绳的呢。你要有这个思想准备。"

三

出租车开进小区，在一幢住宅楼前停下。从车上下来的苏家灿关好车门。几棵高大的银杏树在秋天的暮色中黄得耀眼，非常漂亮。小区里飘浮着淡淡的花香，同时有割草机刚刚修剪草坪留下的青草味道。苏家灿感到一阵熟悉与亲切，这是他喜欢的味道。他转身看了看耸入夜幕中的高层塔楼，无数窗口亮着明暗不一的灯光。

他怀着复杂的心情走进了单元门。

几天前,苏家灿去海口看望女儿。在得到前岳母的同情和理解后,他把米乐接到宾馆,跟女儿尽情地享受了三天的时光。回到滨城后,他跟前妻通了电话。

"我去看米乐了。"

"哦。"

"什么时候方便?"

"你是说我吗?"

"嗯……我想去取点东西。"

"什么时候?"

"今晚,你在吗?"

"你不是有钥匙吗?"

有时候,通过无线电波能看到对方的脸。因为人的表情和口吻基本是对称的。几句话下来,苏家灿的心里一片冰凉。

电梯准确地停在了十七层。在安静的楼道里,苏家灿站在一扇紫檀色的门外边。门两侧还完好地保留着春节时的对联:

盛世千家乐

新春百家兴

苏家灿敲了两次门,没有回应。这个他曾经的家,他人生中遮风避雨的最好港湾,如今门里已经没人在等他了。苏家灿拿出钥匙,把它插进锁孔的时候,迟疑了一下,还是打开了房门。

屋子里是黑的。苏家灿熟练地摸到了开关,打开灯。客厅很整洁,换了新的沙发套,茶几下多了一块淡绿色提花纯毛地毯。餐桌上放着一个陶艺花瓶，造型古怪地插着一束新鲜的百合花。屋子里有淡淡的花香，同时有一股奶油味，这是少有的。感觉上，她把家里的环境和生活弄得愉快了不少。

苏家灿站了一会儿，首先推开靠近客厅那间卧室的门。这是他的习惯。在过去很长一段时间，他每次远归进家，都要先到父母的房间打个照面。结婚后，苏家灿把父母从海南接了过来。其实年事已高的父亲一直不喜欢滨城。他喜欢潭门，那里有他的熟人、朋友，有他一生关于大海的蓝色记忆。他喜欢大海，好像他一生的荣耀都在海上，连他扎的皮带扣上都带着小船的图案。结果两位老人在这里只住了一年半，还是回他们的"快乐老家"去了。两位老人在四年前先后去世，他们一直由苏家灿的姐姐照顾。苏家灿的父母走了之后，陈晔的母亲住在了这个房间里，直到外孙女上了幼儿园，老太太才回到海口的儿子家。那时候，苏家灿每次休假回来，也总是先到这个房间问候一下老岳母，每次都是。那是个慈祥的老人，端庄、文静。几天前苏家灿去海口看望米乐的时候，老太太似乎突然老去了几岁，两鬓间添了许多丝丝缕缕的白发。见到苏家灿，她很是悲伤地哭了一鼻子："我为这件事睡不着觉，心里一直很难过……"她甚至劝说苏家灿，"都好好想想，冷静一段时间，还是复了吧。"

如今这个房间已经空下来。在一张没人住的双人床上，放着两个很大的尼龙包，里面塞满了苏家灿过去的衣物。地上很整齐地摆着几个纸箱，一个纸箱里是他的各种奖励证书和奖杯，另两个纸箱是他舍不得丢掉的书。一个很大的行李卷，被两条旧领带咬牙切齿般狠狠地勒着，躺在床上。这便是他离婚后的全部家当了。在这些过去的物件中，苏家灿很快找出了他要取的物品：其实不过是几件内衣，几本书，一把没开包装的飞利浦剃须刀（忘了是什么活动发的奖品）。他之前的那把"吉列威锋"还没用多久，可能是南海湿气太重，电池受了损伤，充足电，用不了几次就没劲儿了，已经享受不到那种动力十足的欢畅与快感，尽管他的胡须不是很茁壮，但老是卡。他随后又找出一个帆布旅行包，把这些东西仔细地装进包里。

苏家灿回到客厅，觉得有点失落，有点说不清楚的意犹未尽。他把旅行包放在沙发上，来到主卧室的门口。门关着，一把钥匙插在锁孔里，小铁丝环上还吊着相同的另两把。自从装修入住后，卧室门上的钥匙就原封没动，或者就从来没离开过锁孔，可能多数人家都这样。苏家灿知道屋子里没人，还是礼貌地敲了敲门，没动静。他犹豫了一下，该不该进去？最后他还是压开黑色的门把手进去了。

他打开灯，环视着房间，似乎还是他离开时的样子，但很快又感觉什么地方不对劲儿。稍一定神，他看出了变化，是原先的那张双人床变了。那是一张多么温馨而亲切的大床啊，宽阔，结实，一声不响地承载过他们多少温存、躁动，以及轻微的鼾声和甜美的梦境。如今已经被换成了一种陌生的样子。高高的床头不再是那种雕花的密度板，而是变成了时尚的布艺软包。他从没见过的床单也是异常的整洁、干净。如此看来，那张他们曾共有过的大床和床上的一切，从物质到精神，包括他们的体味，全部被前妻作为旧物、废品、垃圾，甚至是精神污染，清除殆尽了。

苏家灿凝视着那张和他再也没有任何关系的双人床，禁不住涌起一点醋意的心酸。他的目光继续搜索，古怪地希望再发现一点别的什么蛛丝马迹……这样的想法，让他突然有点不大自然，并为此而羞愧。事实上,他什么也没发现。

苏家灿意识到自己在这里的无聊,很没趣儿。于是他背上那只旅行包,准备离去。来到门口,才惊讶地发现门上贴着一张留言条:

最好把你的物品全部取走。我要更换门锁。

第七章

一

2013年11月20日,"华威号"缓缓驶离了码头,开启了南下的航程。在过去一个月的时间里,船厂对它被损坏的设备进行了全面的维修,并根据苏家灿提供的建议,对部分设备进行了改造。之后,经过五天时间的紧张备航,重返南海。

这一次,船上储备的各类生产备件和食品物资更多了,人员也增加到八十五人。其中,除了固定的四十六名配员,其余都是管线队员和测量人员。前一次从南海回来的人,有三人缺席。一个是测量工,在南海期间由于湿气过重,回来后得了湿疹,浑身起斑点,没有不痒的地方。"痛可忍,痒不可忍",严重的时候直想撞墙。这还咋去? 赶紧治病吧。另一个是管线工,休假期间因为心肌缺血,住了三天医院,不严重,自称已经痊愈,好了,没事儿了。可心脏是大事,万一犯了病,有个三长两短的怎么办? 绝对不行。必须换人。此外还有个小伙子,是跟张同乐一同上船的实习水手,本来什么事儿也没有，身体壮得像牛犊子，他却主动请示政委，说他身体不行，心脏不好，受不了惊吓，不能去了。刘建浦颇费口舌地做他的工作，手机都说烫了。对方就是不去了。

"心脏不好，一旦遇到上次那样的风暴，浪涌船颠的，连死人都能颠活，我可受不了那个惊吓。"

"不是没吓坏吗？"

"哎呀，没吓死就是个奇迹啦，我可不敢再去冒那个险了。"

"能参与这样的工程是一种荣幸，有的人想去还去不了呢。"

"我把荣幸让给别人不是更好吗？"

一朝被蛇咬，十年怕井绳。这事儿还真是让我们领导说中了。我搞了十多年的思想政治工作，还没遇上过这么难对付的员工。其实我是一个不喜欢耍脾气的人。对船员要有耐心，这是我给自己定的原则。那天我却控制不住地生气了，恨不得把手机摔碎了。

事后，我才知道这个小伙子的家庭背景。原来他是个富家子弟，他父亲开了一家很大的建材商店，有的是钱。他到船上工作，不是为了养家糊口，不是为了挣钱，也许是为了想给那些游手好闲的富二代做个榜样，也许是出于好奇，甚至就是想找个工作干着玩玩。话说回来了，想玩，你找个好玩的工作呀，他跑到绞吸船上来了。说实话，他根本就不是什么心脏不好。他之所以要到南海来，就是为了体验刺激，甚至是追求浪漫来了。可南海哪是追求浪漫的地方呀。结果他觉得太艰苦，不好玩，宁可辞职也不来了。

坦率地说，在南海这样的地方，吃不了苦头的人也不止他一个。后来,我听说别的施工单位也有借休假机会找各种理由不再来的。这没什么。俗话说,人上百,形形色色。你想,在上万名南海建设者中,出了几个退缩的人不是很正常吗?

"华威号"一路南下。

十一月的南海气候,由西南季风转成了东北季风盛行期。幸运的是,重赴南海的"华威号",在连续几天的航行中,顺风顺潮,遇上的都是一些小风浪。这使苏家灿绷紧的心弦略有放松。他不时地来到甲板和机舱,察看船舶各部位是否正常,移位物件有没有出现松动,是否需要加固。没事的时候,或眺望海天一色的壮丽景观,或坐在船长室里看书,看海图。为了进一步消磨实在过于漫长的时间,有两次他还饶有兴致地跟李铁报杀了几盘象棋。平时苏家灿不喜欢下棋,棋风浮躁,喜赢不喜输,只要连输两局就不玩了。经过两次交手,他就被李铁报封为"当之无愧的臭棋高手"。但苏家灿却不以为然:"凡是以游戏的方式跟人较量的事,都没什么意思。"

水路漫漫,是那种没完没了的宽阔与通畅。经过五个昼夜的航行,"华威号"渐渐抵近上次返航的避风锚地。人们不会忘记,这里就是"华威号"丢盔卸甲的地方,也是苏家灿决定弃掉两个摆动锚的地方。

在此之前,对如何寻找和打捞两个摆动锚的一些相关事宜,苏家灿等人和两名潜水员已经做过详细的探讨。他们没有先进的打捞设备,没有超声波测位仪,只有一部水下照相机和简单的测量仪,好在请来了两位专业潜水员。

在船长室,苏家灿看着两位潜水员:"首先,我们要根据当时记下的定位和坐标参数,做好水下探摸,找到那两只锚的具体位置,根据周边的水下情况,再决定用什么办法打捞。"

"锚地的水深是多少?"一位潜水员问。

水手长周健回答说:"大约二十五米。"

潜水员看着周健:"算不算海浪的高度?"

"不算。当时的浪高是三米。"

潜水员说:"最主要的,还是取决于天气情况。如果当时的定位准确,海况良好,没有太大风浪,我们的打捞就会顺利一些。"

"但愿天公能作美。"素有雄心抱负的苏家灿,已领教过潜藏在大海深处那种巨大的暴力,所谓人定胜天,不过是一种虚妄。

中午时分,"华威号"顺利到达锚地。根据测量队员当时记录下的定位和坐标参数,苏家灿指挥船舶抛锚停泊。草草地吃过午饭,寻找和打捞摆动锚的工作便依序展开。甲板上聚集着许多船员。虽然当时记下了弃锚的准确定位,但再次寻找的过程还是颇费周折。好在天气不错,海水较为平静。

在众人新奇的注视中,两名潜水员开始鼓鼓捣捣地装备自己:面罩、潜水衣、腰铅、靴和脚蹼、输气管、通信电缆、电话、应急气瓶等。不厌其烦,一样样地往身上鼓捣,最后变成了两个像水怪一样的"蛙人"。

他们只能这样,必须这样。海洋是一个由水组成的世界,宏大、幽深,充满了人类无法探索的神秘。平时,人们常以为水是最柔软的东西,其实只要汇聚在一起,且足够庞大,其坚硬的程度就会令人难以战胜。人类可以站上陆地的最高点珠穆朗玛峰的山顶,却很难抵达地球最深的海底。(最深的地方是马里亚纳海沟,其深度在海平面以下一万一千多米。)在那个黑暗的王国里,即便是海洋生物，生存极限也只有八千多米。一旦超越极限，任何动物、生物都会被强大的气压挤成齑粉。气压是个神秘的东西，在海洋里，每下沉十米就会增加一个大气压，对于潜入海里的人来说，一个大气压，就相当于五十公斤的重量在挤压着你。二十五米是个什么概念？外行人可能不太清楚，但对于职业潜水员而言，却是最基本的常识。他们知道用什么办法来保护自己。

在众目注视下，两名潜水员以熟练而潇洒的姿势潜入海里。经过一个多小时的探摸，终于在二十三米深的海底先后找到了"华威号"的两只摆锚。之后，他们很费劲地系挂上钢丝扣，进入打捞程序。当第一只摆动锚被船上的起重机缓缓吊出水面时，甲板上，满怀期待的人们立刻爆发了一阵失而复得的兴奋欢呼：

"上来了，上来了！"

"哈哈，成功啦！"

"谢天谢地！"

苏家灿搓了搓手，长长地松了一口气。

二

夜色里的华阳礁。云层遮蔽了月亮，只能看见几颗零落的星星。礁盘附近，涛声喧哗。"华威号"灯火通明，停泊发电机隆隆作响。正是晚饭后的休闲时间，船上一派抵达目的地之后的休整景象。有人换岗，有人哼着歌曲洗衣服，有人只身穿一条三角裤头摇摇摆摆去了洗澡间。陡峭的楼梯和狭窄的过道里人来人往。最热闹的要数会议室，里面增加了地铺，同时摆放着办公电脑和各种测量仪器，显得比原来更加拥挤。此时一伙人正坐在地铺上打牌，本来是个消遣的活动，但几个小伙子却打得叽叽歪歪，如同输房子、赢地般认真。在靠近最里的一个角落里，丁岩正躺在地铺上翻看一个笔记本。他突然看到面前出现了两条腿，顺着两腿往上看，原来是张同乐正嬉皮笑脸地俯视着他。

"你吓我一跳。"丁岩坐起来。

"我说哥们儿，我怎么觉得这船越晃越厉害了呢，是不是又起风了？"

"南海就这样，无风三尺浪，有风浪滔天。"丁岩把笔记本压在了枕头下，"坐下，聊一会儿。"

张同乐席地而坐。

丁岩从枕边的一个包里拿出一个纸袋。

"来一块儿。"

"这啥呀？"

"米姜，防晕船的。"

"我带的是我们东北的咸菜疙瘩。我听白师傅说，晕船最管事儿了。可这次我没晕船。"说着，张同乐捏出一片米姜，放进嘴里咀嚼着，"比咸菜疙瘩好吃。"

"老婆给带的。"

张同乐立刻想到在港口见到的那个女人。

"嫂子对你可真好，还那么漂亮。"

他忽然想起似的说："哎，上次你被折腾得那么悲催，这次嫂子愿意你来吗？"

"你说她呀？觉悟比我还高呢。说国家这么大个事，竟然和你有了联系，我支持你去。能参与这样的工程，是一辈子值得骄傲的事。"

"真透落。嫂子是做啥工作的?"

"公司后勤部的会计,兼机关工会的宣传委员。"

"我说呢。"张同乐嘻嘻笑着说,"我妈就没那么高的觉悟。听说上次遇到了台风,这次死活不叫我来。我说你不让我去,我只能回来下煤窑了。我妈立刻慌了,因为我爸就是死在煤窑里的。这一辈子她最痛恨的就是煤矿。她说那你还是去南海吧。"

"你妈是做什么工作的?"

张同乐告诉丁岩,他母亲是个典型的农村妇女,缄默坚强,淡然顺从。年轻时当过两年村里的民办教师,后来被有更高文化的人代替,从此一直跟他哥哥种地。

"不过,去年已经熬上基本养老金了。每月一张半大票儿,还挺有成就感似的。你说,我不出来挣点钱怎么办呀?算了,不说我妈了,说起来都是泪。还是说点高兴的事吧。哎,你和嫂子是怎么认识的?"

"我们是大学同学。"

"谁追的谁啊?"

"谁也没追。四目一碰,一个会意的眼神就搞定了。"

"吹牛皮。嫂子那么漂亮,保准是你追的她。"

丁岩呵呵一笑,不置可否。

"说说你的经验呗。"

"男女之间的事,没什么固定经验,也不能细说。你还是个雏儿呢,着什么急呀。聊点别的。"

"聊啥?"

"我这个人有个习惯,就是走到哪说哪。在南海,咱就得说南海的事。"

"还说南海呀？"

自从上了船，丁岩的话题就一直没离开过南海，什么《海洋法公约》啦，"九段线"啦，喋喋不休。好像他就是个专门研究南海问题的专家似的。

"我考考你，南沙群岛有多少个岛礁？"

张同乐坦率地说："不知道。我读的书太少。"然后，又认真解释道："再说，过去这地方离自己太远了，根本就没关心过。"

"哥们儿，现在可不同了。你已经跟南海有了联系，这种难得的经历，将会成为你生命的一部分。以后你跟人家聊起南海，啥也不知道哪行呀，对不对？"

张同乐赞同地点点头："那倒是。"

丁岩继续说："在南沙海域，有超过二百个无人居住的岛屿和岛礁，它们通称为南海诸岛。不过，我昨天说的'九段线'其实已名存实亡。你知道南海诸岛目前都被哪些国家占据着吗？"

"不知道。"

"你是一问三不知。"

张同乐笑了："不知道就是不知道。我这个人的最大优点，就是不喜欢假装有学问。"

这时候，旁边几个打扑克的一小撮人，因为有人偷牌、玩赖，打恼了，不欢而散之后，也都加入到丁岩的场子里来，不请自便地分享着丁岩的米姜。

"好吃。"

"再来一块。"

丁岩毫不吝啬。他觉得被人恭顺地围在中心的感觉总是好的。

101

就像孔乙己，哪怕仅仅是向围观的孩子们发上几颗茴香豆。

"越南最多，占了二十九个；菲律宾占了八个；马来西亚占了五个。还有印尼和文莱分别占了两个。知道中国实际控制多少个吗？"丁岩说话喜欢卖关子。

张同乐可怜巴巴地盯着丁岩说："拜托了，大哥，你就别问了，你越问，就越显得我是个白痴。想说啥你就直接说吧。我洗耳恭听还不行吗？"

丁岩看着张同乐："个小样儿，还烦了呢。我问你，是为了让你参与进来，这样才能记得住。"

然后他回到正题："中国实际控制多少个？九个。其中大陆八个，台湾一个。平时，我们总说南沙群岛是中国的固有领土，因为在汉朝时，中国就已经发现南沙群岛的航线。在《宋史》中，还记载了宋朝曾抚恤过在南海诸岛遇难的外国船员。我们也算是测量员，可你们知道最早到南海搞测量的人是谁吗？"

没人答得出。

这正是丁岩需要的效果，他推了推了眼镜，说："是元代的天文学家郭守敬。他奉旨进行四海测量时，在南海的测量点就在黄岩岛，当然他主要是进行天文观测。可这些岛屿为啥后来被瓜分了呢？不是我们没有控制能力。知道郑和吧？"

张同乐说："又问上了。这个我还真不好意思谦虚了。郑和者，明朝太监也。他是中国历史上伟大的航海家，曾七次下西洋，从西太平洋穿越印度洋，直达非洲东岸，途中到达过三十多个国家和地区。对不对？"

丁岩看着张同乐："行呀。知道哥伦布吗？"

"不是发现新大陆那个人吗？"

丁岩一笑："哥伦布是1492年远航，他从西班牙出发，终点是海地。郑和呢？他第一次下西洋是1405年，从苏州刘家港出发，终点是非洲东海岸。不仅航程远，从时间说，要比哥伦布早八十多年。还有麦哲伦，葡萄牙人，也是世界上著名的航海家，他环球航行是在1519年，要比郑和晚一百多年。还有，世界记载最早的英国挑战者号，进行海洋调查是在1872年，比郑和下西洋要晚四百多年。"

丁岩平时迷恋各种读物，喜欢获得一些古怪的零碎知识。他有个特点，无论到什么地方施工，都会提前把这个地方的天文地理做一个大概的了解，就像去一个地方旅游，当地都有什么景点、有哪些传统小吃，事先都要关注一下。在休假的一个月的时间里，他一直搜集与南海有关的各种资料，把自己装备起来，为他"走到哪，说到哪"做了较为充分的准备。

张同乐很是佩服丁岩，觉得丁岩就是一个古今中外、天文地理无所不知的"博学家"。直到后来有一天，他发现丁岩有个笔记本，里边抄录的全是关于南海的一些零零碎碎，才突然明白，这家伙原来是备过课的。不过，话又说回来，即使备了课，那么多的年代和数字，你能记得住？张同乐发现，在船上有两个让他佩服得五体投地的人，他们都有着一种超常的记忆力，一个是丁岩，另一个就是船长苏家灿。

"郑和的船队那是相当庞大，他率领二百多艘船只，共两万七千多官兵，浩浩荡荡地远渡重洋。试想一下，那是多么宏大的场面。其中有一条船，长达一百三十八米，宽五十六米，从体积上说比我们的'华威号'还大。郑和为什么那么厉害？因为国力强大。当时中国的造船能力，远远走在了欧洲前面。明朝皇家拥有的船舶就有三千八百多艘，超过当时欧洲船只的总和。可是，从明朝末期到清朝时期就不行了。不但不重视航海了，还下令规定'片帆寸板不许出海，出界以违旨立杀'。"

"为什么？"

"当时海盗盛行，先是为了抑制海盗，接着却因噎废食，最终造成了闭关锁国。结果，一个伟大民族的航海事业从此搁浅了。后来，当日本的舰船从海上打来，大清帝国依靠洋务派的一点见识，拼凑了一支北洋舰队，号称亚洲第一。可结果怎么样？甲午一战，竟被日本那么个弹丸小国打得落花流水。我们为什么会输给日本？就是我们的海军装备不行。为什么装备不行？在甲午战争之前，当时清朝宫廷半个月的费用，可以买一艘吉野级巡洋舰；一年费用可以装备一支海军舰队；为了让老佛爷开心，光颐和园改建工程所花的费用，就可以组建十支北洋舰队。这还不说，当时马来商人为清政府捐款八十万两白银买军舰，结果也被挪用修了颐和园。再看看海峡对岸的日本，当时倾全国之力，来打这场战争。据说，天皇的娘子连脂粉钱都捐出来了，很多鸡皮鹤发的老武士都请缨参战。对比一下，我们能打赢吗？不但战败了，还从此一蹶不振，再也没有一支强大的海军了。甚至连海权观念和海洋意识也淡漠了。再加上二战之后的复杂争端，才造成南沙群岛被瓜分的局面。哥们儿，你们都知道南沙群岛是中国的固有领土，却不知道这些历史背景，说不出个子丑寅卯哪行。"

有个小伙子逼视着丁岩："那我问你，我们为什么要造岛？"

丁岩的表情从容不迫，似乎早已做好了被提问的准备："简单地说，有三点。第一是为了改善驻岛部队的生活条件，第二是战略需要，为了更好地维护和行使我们对南海的主权。二战期间，美国和日本在太平洋上展开了拉锯战,焦点就是争夺岛屿。如果我们在这里有了站脚的陆地,就进可攻,退可守。第三是能源战略,为了更好保护和利用南海的资源。知道南海都有哪些资源吧?"

有人说:"这还用问?有丰富的渔业资源呗。"

张同乐说:"主要是石油和天然气。"

"还有啥?"

"有你个头。知道你就说得了。"

众人都笑了。

丁岩没有笑,他扫视着周围,发现旁边的人面面相觑,没人开口,便用一种权威的口气说:"可燃冰[①]。"

张同乐像是没听明白似的:"什么什么?可燃冰?什么是可燃冰?冰可以燃烧?你别逗了。"

丁岩微微一笑:"孤陋寡闻了吧。这不是我们常说的那种普通的冰。看起来像冰,但遇火即可燃烧,是一种可以取代煤和石油的新型能源。我估计,用不了多久,一旦技术成熟,我们就可以正式开采。从这种意义上说,南海是我们国家未来的一部分,而我们就是南海现在的一部分。"他总结性地收住了话题,不无调侃地说道:"小子们,好好干吧,我们是为子孙后代而奋斗,干好了,错不了。"他一番海阔天空,把张同乐和旁边的几个小伙子侃得

[①] 可燃冰:又称天然气水合物,它是一种甲烷和水分子在低温高压的情况下结合在一起的化合物,因形似冰块却能燃烧而得名,是一种燃烧值高、清洁无污染的新型能源。2017年5月10日起,国土资源部中国地质调查局从我国南海神狐海域水深1266米以下海底,开采出可燃冰天然气。平均日产超过一点六万立方米。这是我国首次海域可燃冰试采成功,这一成果对促进我国能源安全保障、优化能源结构,甚至对改变世界能源供应格局,都具有里程碑意义。

直眉瞪眼。

"什么叫'干好了错不了'呀，这不是废话吗？"

"行呀丁岩，知道的还不少啊。"

"让我看，你比那个刘政委还能忽悠呢。"

"这都是有证可查的事实，怎么叫忽悠呢？"丁岩争辩说。

真是说曹操，曹操就到。话音未落，刘建浦一步闯了进来，疑惑地问道："你们说谁忽悠啊？"

一阵尴尬的沉默。

作为船政委，刘建浦平时主要负责党务和后勤保障工作。从管辖上说，他本与这些搭船的测量工和管线工没什么关系，因为同在一条船上，又同吃一锅饭，所以他对这些编外人员像对待自己的船员一样，称兄道弟，很是关心。这次由于船上编外人员多，所有的住舱都被临时床铺挤得满满当当。刘建浦首先让出了自己的房间，在装满米面粮油的杂物仓里腾出一小块地方，安下一张临时床铺。这个体重一百八十斤的大胖子，每天把那张小床折磨得吱哇乱叫，他却满足得咧着嘴直乐。怎么说呢，一想到上次像个死人似的躺在地板上，爬都爬不起来，现在不管睡在哪里，都感觉很幸福了。

的确如此。这次重返南海，不知道是因为没有遇上太大风浪，还是他的摇头锻炼法真的起了作用，一路上刘建浦竟然一点没晕船。没事的时候，他就到各房间转转，看看船员有没有身体上的不适，了解一下员工的思想情绪，聊聊天，甚至讲个笑话，让大家放松一下心情。这些，已经成了刘建浦每天的例行公事。

听了刘建浦的问话，所有人都把笑憋在了嘴角。

还是张同乐猴机灵。他勇敢地哈哈一笑："刘政委，我们说丁岩瞎忽悠呢，他说有一种冰可以燃烧。"

刘建浦好奇地问道:"什么冰可以燃烧?"

丁岩喜欢这样的提问。他把刚才讲过的又重复了一遍,更为详尽而细致。最后,他还说了一句天才的话:"一个国家要为未来而行动。谁赢得了海洋权,谁就赢得了未来。"

船体突然一阵晃动。

起风了。

第八章

一

船长室。

清晨六点,苏家灿在朦胧的状态中醒来。这是他多年形成的习惯,无论酣睡一夜,还是眯上一会儿,只要到了六点,他体内的生物钟就会把他唤醒。在家里这样,在船上也是。

苏家灿伸手拉开窗帘,向外看了看,灰暗的天光下,分不清哪是天空哪是海水。他来到甲板,依然没有看到他所期望的景象。展现在他眼前的又是一个灰蒙蒙的早晨,天空乌云密布,大海波涛翻滚,毫不留情撞击着脚下的"华威号",使它巨大的船体不停地摇晃、震颤。在"华威号"的西侧,依次排列着锚艇和吉德令的渔船。它们分别用蟒蛇般的缆绳固定在船只右侧的缆桩上,看上去,像两个顺从的小兄弟,紧紧依傍在"华威号"的身边。由于船体轻小,在海浪的推动下,一个比一个摇晃得厉害。苏家灿不禁锁紧了眉头。他沮丧地意识到,满怀期待的一天又泡汤了。

此时的南海，正是东北季风盛行期。身后是四千多米深的大海，眼前是近在咫尺的施工点位，由于风大浪高，无法布展施工的"华威号"，像一头无计可施的困兽，在海上已经停泊了十一天。这期间苏家灿没有睡过一个好觉，两只眼睛憋出了血丝。他满心希望船一到位便可以顺利开工，却怎么也没想到，犹如老虎吃天，无法下口。从首战败退到无功折返，及至再次急吼吼地来到这里，只能眼巴巴地等待。看起来不温不火的苏家灿，其实是个急性子人，他讨厌生活中那些绕不开的等待。什么等火车、等飞机——最讨厌的就是动不动"我们抱歉地通知……请耐心等待"，结果一等就是一两个小时，甚至四五个小时还要多。真痛苦。讽刺的是，现在他竟然被困在了自己的绞吸船上，这种干不了活的等待，更是让他一筹莫展，如坐愁城。

时间过得真慢。

这种没完没了的等待，对苏家灿已经构成一种折磨。他每天在甲板上转来转去，长时间地凝视着波浪翻滚的大海，心里充满了焦灼与无奈。苏家灿一向是个笑眯眯的人，现在他却变得烦躁起来。他面色沉重，寡言少语，有时一坐就是一两个小时。他甚至听不得从船舱里传来的说笑声。有一天，两个小伙子在甲板上撕皮掠肉的闹，被他以"注意安全"为由，急赤白脸地训斥了一顿。事后他才懊悔地意识到，这样的浮躁完全毫无必要。南海的风浪，一点都不会在乎你的心烦意乱。

吃早餐时，他遇上了李铁报。

"睡得怎么样？"

"马马虎虎。"李铁报凄惨地一笑。

事实上，整个夜里李铁报都是在似睡非睡的状态中度过的。用句调侃的话说，就是睡了个"假觉"。重返南海后，由于"华威号"上人太多，李铁报搬到了锚艇上。锚艇居住条件更艰苦。他和一位船员挤在一间不足五平方米的小屋里，室内没有空调，只有一个小风扇搅动着湿热的空气，外面是三十几摄氏度的酷热高温。关上门，闷热难耐，一觉醒来，床单湿塌塌的，耳朵眼儿里都灌满了汗水。开着门，停泊发电机的嗡嗡声直往脑袋里钻，令人烦躁不安，躺一会儿，坐一会儿，横竖睡不着。一夜的觉，常常被睡成一段一段的，有时还会彻夜难眠。

"我们总这么被动地等着老天的安排，这不是白白地浪费时间吗？"

在餐厅里，两个人边吃边聊。

李铁报红着眼睛沉吟说："我也正在想这个问题。"

"还有没有别的办法？我是说，既然这个点位叫 1 号施工点，按理说就应该有 2 号点，甚至说不定还有 3 号吧？"

"是这样。"李铁报斟酌了一下，点点头说，"我明白你的意思了。"

"既然这里海况无法开工，要是还有别的点位，我们能不能调整一下施工策略？"

李铁报赞同地说："好主意，东方不亮西方亮。一会儿我们马上请示一下张主任，把我们的想法沟通一下。"

正说着，李铁报的对讲机响了。是驾驶台值班水手在呼叫："李经理在吗？局里来电话，请立刻给领导回电话。"

领导就是负责南海工程项目的主任，叫张之远，四十五岁，已是大校军衔。

"可能有指示。我去回个电话。"饭还没吃完，李铁报便匆忙离开了餐厅。

苏家灿和李铁报刚才谈到的想法，跟局里的指令不谋而合。在电话中，张主任通知李铁报，立刻前往2号点去勘察，并就相关问题作了详细的部署。

一小时后，苏家灿和李铁报带领水手长、测量队长等六名前场骨干，分别乘坐锚艇和渔船，像冲浪似的航行了一百多海里，来到规划中的2号施工点。

根据局里提供的施工资料，他们围绕着岛礁仔细勘察。站在渔船的甲板上，苏家灿不时地举起双筒高倍望远镜，聚精会神地看着。

"这里的岩石好像和华阳礁不同。"苏家灿若有所思地说。

此时，随着渔船不断靠近，已经清楚地看到了浪花翻卷的礁盘上，露出潮水一米左右的干出礁[①]上，尽是褐色的火山岩。

"其实它们都属于火山岩和珊瑚礁。只是由于形成条件、发育环境、分布规律等方面的差异，有的会形成玄武岩，有的会形成凝灰岩，或者形成其他种类的岩石。每种火山岩的密度值都不同，如果是凝灰岩，密度值会很小，而玄武岩密度值会比较大。"

说着，李铁报拿过苏家灿手里的望远镜，对准裸露的礁石，凝神地看了一会儿，说道："从礁石颜色上看，我觉得它应该是那种红洞石火山岩。这种火山石粗糙多孔，密度不会太大。"

"我总担心我的绞刀能不能啃动它。"

"那就只能啃起来再说了。现在的问题是，你觉得这里的条件怎么样？"他把望远镜递给苏家灿。

---

① 干出礁：平均大潮高潮面以下，潮高基准面以上的孤立礁石。

"至少海况要好于华阳礁,我觉得可以开工试挖。"

"那就太好了。下一步我们怎么安排?"

苏家灿想了想:"你看这样行不行?你和测量人员留在船上,考虑一下前期工作。我和水头儿乘锚艇返回华阳礁。我们争取用最短时间在2号点会合。"

李铁报痛快地说道:"就这么办。"

二

2号点就是赤瓜礁。

那是个非常可爱的小岛,位于南沙九章群礁西南角,是一冬瓜状的礁盘,因盛产赤瓜参被我国渔民称为赤瓜线,也叫大秤钩。它的礁盘长约五公里,宽约两公里,面积七平方公里。礁内有一个潟湖,面积大约三平方公里,水深在十到二十米以上不等。在潟湖的东北角,有个缺口,与外边的深海相通。

提到赤瓜礁,不知道您是否知道赤瓜礁海战。没错,那是我国与越南为争夺南海岛礁的一场小规模战争。1987年,受联合国教科文组织委托,我国政府正式宣布在南沙修建一个海洋观测站。越南政府却宣称南沙是他们的领土,并在1988年先后派出多艘舰只与我国海军对峙。越南水兵利用落潮时间,竟然登上赤瓜礁,升起了两面越南国旗。当时,我们已经登上礁石的几个战士,立即夺下他们的国旗。就此引起了肢体冲突，最终爆发了一场激烈的海战。当时中越双方各出动三艘战舰和一百多名官兵，结果越方两艘舰艇被击沉，一艘搁浅焚毁，七十四人阵亡，四十人被俘。中方战士仅一人受伤，三艘军舰毫发无损。这次海战的意义非同小可。在此之前，我国政府虽然一直宣称拥有南沙群岛的主权，实际上并没有控制其中任何一个岛屿。这次海战之后，我国一举收复了南沙群岛的六个岛礁，分别是永暑礁、华阳礁、东门礁、南薰礁、渚碧礁和赤瓜礁，填补了我国对南沙群岛实际控制的空白点。

这些，都是我后来听守礁的官兵讲述的。

我们填海作业的目的是什么，不用说，我想您已经清楚了。

三

第二天，即十一月十九日傍晚，苏家灿率领"华威号"抵达2号点，也就是赤瓜礁。经过两天紧张的工前准备，作为船长的苏家灿以及船上憋得相当不耐烦的人们，并没有立刻享受到"终于开工"的痛快和喜悦。就在船舶最后调试施工设备时，海况突然糟糕起来。与此同时，一件意外的事情发生了：新安装的绞刀，在涌浪的冲击下不慎脱落坠海。在突然变坏的海况下，无法尽快安装备用绞刀。"华威号"再次陷入了进退两难的尴尬境地。

苏家灿奇怪，南海的风暴就像个甩不掉的魔鬼，走到哪，它就幽灵般地跟到哪，好像专门跟"华威号"作对一样。这使苏家灿再次陷入一种挫败的情绪中。他表面平静如水,内心却汹涌澎湃。作为进入南海工程的第一艘船舶,"华威号"已经成了本企业一个最热门的话题。自从来到南海,在遥远的大陆,每天都会有许许多多的人关心着它,惦记着它。正是那些遥远而陌生的目光,令苏家灿芒刺在背,他从未像现在这样如此强烈地意识到自己是"华威号"的船长。那种复杂的感受,不比他失去家庭时的内心挣扎好受多少。他眼窝深了,下巴尖了,眼睛里布满了更多的血丝。当看到船员们也都萎靡不振地垂着头,又促使他必须振作起来。他暗暗告诫自己,面对眼前的局面,你必须用一种强大的内心坚持下来。越是压力山大,就越要撑起腰杆,挺住,绝不能就此灰心,更不能让船员们看出你的焦虑,看出你在愁眉苦脸。作为船长,你的情绪一低落,全船的人心就散了。他想起父亲的一句话:"关键时刻,要沉得住气,这是一种能耐。"

接下来的一周,苏家灿稳住阵脚,他一面要求船员做好各种风暴防御,反复梳理开工前的各项准备,一面热切地盼望着机会的到来。然而,随着时间一天天过去,"华威号"等来的不是风平浪静、云开月朗,而是弹尽粮绝。

燃油、淡水、食品,是远海船舶的生命。由于海上风大浪高,内地补给船只无法如期抵达,"华威号"首先出现的是"饮食"告急。人要吃饭、喝水,才能维系基本的生命。船舶也是。它不吃饭,它吃油。你绝对想象不到,"华威号"这个庞然大物,在正常作业的情况下,每天需要喝掉四十吨柴油,才能保证正常运转。

每天四十吨。这不是个小数目。

眼下尚未开工,"华威号"上储备的燃油已经不多。一旦气象好转,局里突然下达开工指令,没有燃油岂不抓瞎?亡羊补牢,不如未雨绸缪。为保证"华威号"随时开工不受影响，经由李铁报联系，局里决定给予适当的燃油补充。接下来的问题是，由于运输通道尚未打通，局里的供油船舶无法靠近施工区域。唯一的办法，只能通过驳油小船将燃油从供油船舶上运到"华威号"上。苏家灿带领船员，用吉德令的渔船到深海区倒驳燃油。在风高浪涌的深海里，驳油小船上下颠簸得非常厉害，每次靠近大船都颇费周折——刚要挨近，突然被一个大浪推得更远。即使成功地靠上去，也必须做好充足准备，瞄准时机，快速上下船。在小船不断地颠簸中，船员们个个手舞足蹈，并不时地大呼小叫，如同抢险般的紧张与亢奋。

燃油有了保障，人的生活又出了问题。由于本次船上的人员超出正常配员的一倍，船上的人不仅吃饭困难，甚至喝水也成了问题。

一个阴云密布的下午，在船长室昏暗的光线中，针对"华威号"目前的处境，刘建浦和苏家灿已经谈论了半个多小时。身为政委，细心的刘建浦能准确地了解苏家灿此时的心理，却不显露在表情上。这段时间，如果不是有单独的工作，他总是站在苏家灿的左右，如影随形。而苏家灿也需要有刘建浦的存在，尤其是在这种难挨的时候。

刘建浦掏出香烟，抽出一支，递给苏家灿。

苏家灿默然摆手。他站起身来凝视窗外，触目所及，灰蒙蒙的海面上依然是风大浪高的老样子，这是南沙群岛在冬季风盛行期的典型天气。注视着眼前的情景，苏家灿渐渐拧起了眉头，宽阔的眉宇间竖起两道细小皱纹，为他平添了几分凝思，近乎冷峻。他倔强地站在窗前，不像对刘建浦、更像是在自言自语地说："我就不信,这南海能再一次把我们逼走。"他背着手,一只拳头在另一只手掌里紧紧地握着。

刘建浦自己点上一支烟,闭着一只眼睛,深吸几口。他的烟瘾很大,特别是想事的时候,常常弄得胸襟上满是烟灰。

"家灿,我们要不要开个会?"

"我们先考虑一下具体措施。"

正说着,李铁报出现在门口,见两个人在专心地讨论着什么,他试探地问道:"两位是不是在研究什么事情?"

"我们正说船上用水的事。来,坐吧。"苏家灿招呼道。

李铁报坐在沙发上。

同时,苏家灿回到办公桌前坐下。他看着李铁报说:"从目前来看,我们的用水形势已经非常紧张,必须制定几项具体的节水措施。"

"船上一共储存了多少淡水?"李铁报问。

刘建浦说:"二百二十吨左右。我刚才看了一下,估计已经不到四分之一了。"

苏家灿说:"把剩下的淡水集中到一个水仓,只供饮用。其他用水,要全部改用淡化的海水。"

李铁报问:"船上的淡化装置每天能淡化多少海水?"

"两至三吨。不开工还能维持,如果开工,每天光设备机械就需要大约十吨水。"

李铁报迅速地做了个心算,点头道:"的确是个问题。"

苏家灿看着刘建浦:"空调的冷凝水收集了吧?"

刘建浦说:"收集了,我查看了一下,每部空调每天能收集四升左右的水。"

苏家灿说:"这么多的人,也是杯水车薪。为以防万一,必须做好收集雨水的准备。"

李铁报问:"怎么个收集法呢?"

苏家灿说:"每层甲板都有下水孔。用一根软管接到下水孔,直接把雨水引到底层的淡水仓里。"

刘建浦说:"这是个好办法。"

"同时还要从各方面节约用水。我们通知各部负责人,马上开个会,把这几项具体措施落实一下。"

四

在"华威号"整洁的厨房里,身穿白色工作服的大老白和二厨小刘正忙着准备晚餐。

"白师傅,开的什么会?"

"节约用水。"

"不节约,这厨房也没得洗了。"

"怎么没得洗?开会说了,要尽量少洗衣服。两天洗一次澡,一次最多十分钟。"大老白系着腰上的围裙说。

小刘哀叹了一声:"真是急人,这补给船得什么时候能来啊。"

"别着急,听说已经在路上了。"

"太好啦!什么时候到?"

"最快一周。"

"一周?我的妈呀,这不是要命吗?"

"你以为这是叫外卖呀，熬着吧。"

大老白叫白佑山，是"华威号"的厨师，他脸膛儿宽大、红润，虽已年过半百，两个鬓角的头发还没有花白。平时爱喝茶，喜欢传统平剧。最重要的是厨艺好，从红案到白案，全不在话下，煎炒烹炸，更是手到擒来。由于长年累月漂在水上，无论船舶知识还是水上经验，都十分了得。就连苏家灿都说过："白师傅，假如我俩换一下工作服，你可以代替我这个船长，我却胜任不了你这个厨师啊。"虽说是玩笑，却不失为一种诚恳的赞誉。

大老白二十岁上船，开始与锅碗瓢盆打交道，如今已经五十四岁。有人说，一个人颠了三十多年的炒勺，颠不残，也会颠烦；颠不烦，也得颠懒。大老白不这样，既不烦也不懒，他忠于自己的职业，始终一丝不苟。早晨五点钟，他会准时来到餐厅，开始为船员准备早餐，接着是午餐、晚餐，夜里十二点还有一顿加餐。每天如此。而且每天都有计划。他把每周的菜谱和主食，从周一到周日，每日三餐，进行"合理搭配"，用表格的方式拟定出来，经过仔细推敲、调整，征求过政委的意见之后，再打印出来，往餐厅的打饭窗口边上一钉：馒头、米饭、花卷、油条、肉包子、家常饼……一目了然。船员来自五湖四海，菜品也是兼顾东西南北：鱼香肉丝、辣子鸡丁、滑熘肉片、猪肉炖粉条、油焖大虾、炒花蛤……此外还有素菜和汤搭配，如萝卜粉丝汤、西红柿鸡蛋汤、紫菜汤、酸辣汤等。每餐两荤、两素、一道汤。随便选，可劲造，还不要钱。"到哪儿找这样的饭碗去？神仙啦。好好干吧，这些个混球。"大老白常常跟小伙子们开玩笑。需要说明的是，这都是以前的事儿了。到了南海之后，以前的事全都打乱了。现在的每顿饭，大老白都得先构思，打腹稿，嘬着牙花子掂对着做。

"白师傅,晚餐做什么?"

"先把米饭做上吧。"

"然后呢?"

"然后……然后再说然后的。"

其实,大老白已经被自己的"然后"难住了。处于季风期的南海风大浪高,补给船无法如期抵达,船上带来的蔬菜,连吃带烂,早就连一棵葱根儿都没有了。已经不知道几天了,不是小炖肉就是小咸菜儿,许多人嘴角都吃出了血。大老白想来想去,灵机一动,他把船上准备解暑用的绿豆找出来,等量地放在几个大盆里,用清水浸泡,生豆芽。大老白的方法很成功。长出的豆芽比平时在市场出售的豆芽还要好,粗,没有须,白白胖胖,煞是喜人。结果,他一次出其不意的清炒豆芽,把一船人吃得欢天喜地,几个小伙子兴奋得直搓手,恨不得抬起可爱大老白,把他扔到海里去。只是好景不长。没吃两次,眼瞅着绿豆没了,大老白又把长出的豆芽腌成了咸菜。现在,作为"华威号"上的厨师,他和小刘面对的问题是连咸菜也没有了。这八十多人的一日三餐加夜宵,总不能端着饭碗干咽吧?

大老白在厨房转来转去,眯着眼睛四处打量,好像有个什么东西找不见了。突然,他"嘿"地拍了一下脑门儿说:"有了。"

小刘不解地看着大老白:"白师傅,你说什么有了?"

大老白秘而不宣地笑了笑:"先把米饭做出来,然后你就知道了。"

"那我就等你的'然后'吧。"

小刘一边说着,一边淘米做饭。

这时张同乐走进了厨房。

"嘿，儿子来了。"

人与人之间的关系，有着各种奇特的形式。在"华威号"上，论年龄张同乐最小，大老白最大。就因为年龄上各占一头，竟让这一老一少有了一种特殊的情感联系。相熟之后，张同乐一直管大老白叫"白叔"。大老白觉得这个小伙子不错，嘴甜、机灵，一笑露一枚好看的小虎牙，很对他的心情，便直截了当地喊他"儿子"。张同乐不反感。他觉得"儿子"毕竟不是"孙子"，"孙子"是骂人，"儿子"这种称谓的情感色彩就不一样了，说不定是别一种亲切呢。每当大老白喊他"儿子"的时候，他就冲着大老白龇牙一笑。

其实，大老白喜欢张同乐还另有原因。自从来到南海，在过去的半个多月里，忙活八十多号人的一日三餐，加上夜宵，大老白和二厨小刘真是不容易。他们从早到晚，不是择菜、洗菜，就是炒菜、做饭，每天忙得晕头转向、四脚朝天，连手指都磨出了泡。因为迟迟进不了工作状态，张同乐的工作倒很轻松，有时闲得磨磨悠悠没事干。从性情上说，张同乐喜动不喜静，好参与，愿意助人为乐，是那种遇到屎壳郎推粪蛋儿都想帮一把的人。厨房最忙的那几天，张同乐经常来帮助两个厨师择菜、洗菜，只要是通上手的活，啥都干。有两次他还把丁岩拉过来做帮手。这样的小伙子，无疑会受到大老白的喜欢。不但"儿子"叫得更亲切了，有一次，他还把张同乐留在后厨里，吃了一顿很好的"工作餐"。

这次，张同乐却不是来帮忙（即使想帮也没什么可忙的了），他是来找小刘的。

"刘哥，让我养养眼，看看你那盆宝贝长得什么样了。"

"付费才可以看。"

"计账吧。"

两个小伙子正在讨价还价，这时门口一黑，突然堵了一个人影，是政委走进了厨房。

"还挺热闹啊。"刘建浦搭讪了一句。

厨房里正回响着《打狗劝夫》的唱段。大老白喜欢小平戏，每天必听，他自己也唱。讲起来更是一套一套的，什么《朱痕记》《秦香莲》《桃花庵》《农民泪》《千年冰河开了冻》《金沙江畔》《茶瓶计》《黛诺》《谢瑶环》《刘翠屏哭井》《孔雀东南飞》《牧羊卷》，等等，如数家珍。无论讲起哪一出、哪一折，只要你喜欢听，他能给你从早说到晚，从天黑到说到天亮。遗憾的是，船上大都是年轻人，他们喜欢摇滚乐，喜欢臧天朔、周杰伦，对戏曲之类却没兴趣。其实，大老白年轻时也没兴趣，到了五十岁之后，却对戏曲一往情深。一切传统的东西，为什么人老了才喜欢、才认可、才发现它"不可替代"的价值呢？这可真是个谜。大老白回转身，关掉案板上那个音质不错的紫红色小录音机。

"政委有什么吩咐？"

"白师傅，能不能开个小灶呢？"刘建浦对大老白腼腆地一笑，表情极不自然，像是犯了什么错误。

大老白一怔。平常无论是政委还是船长，都是跟船员一起吃食堂，大锅饭。今天是怎么了？他困惑不解地看着眼前的刘建浦，似乎一时没明白他的意图。

"搞两个下酒菜。总开不了工，太郁闷了，我们喝几杯。"

"酒嘛……"大老白突然打住了。

"不用酒。你就想法琢磨点下酒的东西……"他讨好地看着大老白，补充说，"啥都行。"

问题是啥都没有。这下可把大老白难住了。他犯愁地把一只手掌放在自己的肚子上。好像刘建浦要的下酒菜就在他的肚子里一样。平时大老白有个习惯动作,没事喜欢揉肚子。像许多厨师一样,大老白有一副可观的大肚子,像怀了六个月的身孕。有人开玩笑说他是近水楼台,尽吃好的。大老白不以为然。"厨师都是闻油烟子闻胖的,早就有人做过实验了。"不管怎么说,现在白师傅的大肚子已瘪去了一半,原本一百九十公斤的体重足足掉了二十公斤。为此,大老白也自有他的解释:"你们胖了吗?谁涨秤了告诉我。在这种环境下,能挺住就是铁人了,这些个混球。"

正在大老白犯难的时候,张同乐凑到近前。"刘政委,我倒是有几个东北的咸菜疙瘩,烀熟的那种,像肉筋似的,特别肉透。要不要?"

刘建浦立刻转向张同乐:"可以嘛。小张,去拿过来。"

张同乐爽快答应了一声,很是助人为乐地去了。

"政委,我给你搞个菜吧。"

刘建浦和大老白都很是意外地看着小刘。小刘三十岁出头,蚌埠人,原在滨城一家餐馆当厨师。两年前他跟餐馆里一个服务员恋爱结婚之后,双双辞职,胸怀"打工不如当老板"的雄心壮志,把两个人的积蓄凑到一起,开了个"聚财小厨"。小店收拾得干干净净,吧台的正面墙壁上还供奉了财神,并书有吉联一副:"财神坐在小饭店,年年赢利上千万"。本以为餐馆一开张,就会八方来财,却不料想抓钱的手有时候也会抓到一把屎。不到半年,小刘蔫了,用他自嘲的话说,"生意没做大,倒是老婆的肚子大了"。眼看着小店总是赚不回房租钱,小两口只好收手,认赔。结果老婆挺着大肚子回了老家,小刘则以"五证俱全"的优势,应聘到绞吸船当上了厨师。

刘建浦没想到,大老白也没想到的,小刘搞的菜是一把白绿相间的蒜苗。原来在大老白生豆芽的启发下,前不久小刘把最后一点没有烂掉的大蒜剥成蒜瓣,白生生地摆放在一个铝盆里,倒上水,长出了一盆绿生生的蒜苗,如同一盆坚挺、青翠的兰花草,十分珍贵。小刘把它藏到食品储藏间里,每日侍弄,不是为了吃,而是为了看的。

"刘政委,我这可是忍痛割爱啊。"小刘半开玩笑地说道。

"那是,那是。"刘建浦搓着手,脸都红了,端走那盘清炒蒜苗的时候,两只眼睛乐得眯成了一条缝。

送走乐不可支的刘政委,若有所失的小刘半天才回过神,他突然想起什么,打趣地说:"白师傅,米饭快好了,说说你的'然后'吧。"

"然后就好办了。"大老白胸有成竹地卖了个关子,"你知道现在的餐馆里很流行的一种主食是啥?"

"白师傅,你这道考题不严密呀,流行的主食可太多啦。"

"嘿,多是多了,你得做得出才行呀。"

小刘迷惑了。

"告诉你吧,酱油炒饭。"

那种慢条斯理的成就感,好像这酱油炒饭是他的原创发明似的。

五

在任何事情上，人都是可以创造奇迹的。这天晚上，在几乎弹尽粮绝的"华威号"上，苏家灿、李铁报和一直张张罗罗的刘建浦在船长室里坐好。他们居然凑了四个菜：一碟黑色咸菜条，一罐红辣酱，一盘炒蒜苗，外加一袋李铁报平时用来养胃的小粒花生米。咸、辣、清、香，全有了，色彩搭配也好。刘建浦把一瓶二锅头往茶几上一蹾：

"别看着啦，整吧。"

酒喝得十分畅快。

三个人边喝边聊。话题尽是关于"华威号"所面临的困难，他们把所有的问题都谈到了。跟往常一样，出于保密要求，开始几个人都敏感地回避着政治和军事方面的话题，谁也不去触碰。但酒是个神奇的东西，它能扩张血管，还能放大情绪，正所谓"喝了粮食精，麻雀敢叨鹰"。几杯酒下肚，三个人都突然有了冲动，平时一直压在肚子里的想法直往上撞，卡在火辣辣的喉咙里，不说出来烧得慌。

"上次回去，我看了许多关于南海的新闻。我觉得我们这次行动还真是不一般。"苏家灿说。

刘建浦性格沉稳，不像苏家灿那么爽朗、率性，是个能在心里存住事的人，平时喜欢低声说话，很少激动。但现在的刘建浦也有点憋不住了。他倾身向前，像是密谋什么，把声音压得比平时更低些："两位老弟，可不是我喝点酒狂妄啊，第一次来到南沙我就想,中央领导会不会关注咱们的'华威号'呢?"

李铁报用一副权威的口气说:"肯定会的。我们这次的吹填工程可不是在三亚,不是在秦皇岛,也不是在沙特的瓦尔港,而是在南海。这是一种大思维、大战略,是强国、强军战略的一项重要举措,也是实现中华民族伟大复兴的具体组成部分。我们是进入南海作业的第一艘船,不仅高层领导会关注,国人会关注,周边的一些国家,甚至那个总想重返亚太的美国呀……这么说吧,现在我们已经成了世界瞩目的焦点,那些友好的、不友好的目光都在盯着我们呢。"

"所以说,从第一次失败折返,到现在迟迟不能开工,我觉得身上的责任和压力太大了。"

"有压力,才会有动力。"

"可现在……我唯一能做到的,就是坚信天无绝人之路了。"

"家灿,没有那么悲观,我们蓄势待发。"

"对了铁报,局里有没有什么新的信息?"

"还是那句话,只要天气好转,立即开工。"

这时,似乎有沉闷的雷声在船外轰隆隆滚动。三个人的目光同时望向窗口。外面漆黑一片,什么也看不见。

"是不是要下雨?"

连日来,南海的天空阴云密布,总要下雨的样子,却总也不下。空气黏糊糊的,潮湿、闷热,散发着海水的腥味和咸味。让人心烦。

"下雨就太好了,我们正缺淡水,最好来一场暴雨。"苏家灿感叹地说。

"但千万别有台风。"

"没接到预报,估计不会。"

"来,为暴雨干杯。"

酒能使人忘忧,也能使人忘形。在这个壮怀激烈的晚上,三个人喝得热血沸腾,整整两瓶二锅头,一滴没剩,最后又用小刘送来的酱油炒饭压了酒。就在这时,船外的大雨突然而至,下得痛快淋漓。

苏家灿躺在床上,虽然喝了酒,却毫无睡意。他看着窗子上的雨水在无声地流淌,兴奋地沉浸在自己的情绪中:这真是一场及时雨。此前,他已经到甲板查看过雨水的收集情况,一个空出来的水仓差不多灌满了雨水,刘建浦和几个值班水手像水鸡子似的正往另一个水仓接管子。他想,无论能不能开工,一个星期之内,淡水的问题已经不是问题了。

轰隆隆的雷声回荡在空旷的天地之间。雨越下越大,密集的雨点打在窗子上。苏家灿躺在床上,习惯地拿起枕边的《天方夜谭》,翻了翻,又放下。睡意袭来,他按灭了床头灯。突然,一道闪电大尺度地划破黑夜,透过窗子照得室内电光一亮。眼前的情景,不禁让他联想到了阿拉丁的神灯。是的,他真希望眼前的闪电就是刺破灰暗苍穹的阿拉丁的神灯。

第九章

一

2014年1月3日，是个值得写进历史的日子。

上午九点，下了整整一夜的大雨终于停息。头顶上的乌云不断纠集、缠绕、离合聚散，丝丝缕缕朝着东南方向游移而去。多日不见的太阳被飘移的云彩擦拭得光芒四射，明净的天空终于露出了透彻的南沙之蓝。

苏家灿像一位捕捉到绝佳战机的指挥官，他面色严肃，心里却无比兴奋。连日来，根据前期的施工设计，他对"华威号"的进场路线和开工程序，在脑海里已做过无数遍的演练。此时，抓住眼前风浪减弱的难得的机会，他指挥全体船员迅速就位。随后，他坐镇驾驶台，亲自掌舵，盯着周围的海面，瞅准风流和海浪间隙，驾驶这艘钢铁巨轮，巧妙地绕开影响正常通行的几处暗礁，成功地进入了工程设计的航道起点。

一番细节化的紧张忙碌之后，开工准备全部就绪。

"机舱准备,合泵!"

"驾驶台准备,下刀!"

苏家灿的命令铿锵有力,全身的血液都在奔腾、激荡。在他的指挥下,"华威号"顿时机器轰鸣,巨大的橘红色绞刀头犹如一只张开巨齿的史前怪兽,缓缓潜入海底。十分钟后,在人们屏息静气的期待和注目下,一股灰褐色的海底砂浆,顺着船尾的吹泥管口喷涌而出,犹如一条黑色长龙,腾空而起,又一头扎入海中,在湛蓝色的海面上溅起一团巨大的漩涡,煞是壮观。船上所有的人员都压制不住兴奋,整个"华威号"都沸腾了。

苏家灿依然神情严肃,不敢高兴得太早。在驾驶室,他盯着一排电脑监视屏,仔细观察着每个屏幕上的图像与参数,并指挥驾驶员,不断调整设备运转参数,控制节奏,不得超负荷运转。十五分钟过去了一切正常。苏家灿还是不太放心,他不时地用高频对讲机呼叫着各部:

"水头,主钢桩有没有下沉?"

"船长,主钢桩正常!"

"老轨,泥泵什么情况?"

"船长,泥泵转数正常!"

"谁在管头?什么情况?"

"船长,管头出泥正常!"

苏家灿看着腕上的手表,时间已经过去二十三分钟。"华威号"机声隆隆,平稳地沉浸在正常状态的施工中。试挖成功的喜悦,让苏家灿第一次露出了笑容。

至此,前后两次、长达两个多月如鲠在喉的南沙之困,随着那股气势磅礴的海底砂浆源源不断地喷涌而出,一吐为快。人们心里被压抑已久的情绪终于得到了释放。

二

船长室。

李铁报坐在沙发上，喝了一口茶，斟酌地问道："这是雨水泡的茶？"

"味道怎么样？"

"相当不错，看来，南海的雨水很纯净。"

苏家灿坐在办公桌前，情绪不错地查看着一张施工数据表。开工之后，"华威号"已经不间断地作业了五个昼夜，为打开通往潟湖的航道，顺利地突进了一百多米。

苏家灿站起身来，把数据表递给李铁报："比我们预计的进度要快得多。"他搓着手，在窄小的房间里踱来跨去，兴奋的样子几近于焦躁不安。

李铁报看着数据表，同样兴奋起来："好家伙，如此下去，到不了局里限定的日期，我们就会拿下赤瓜礁，提前完成任务。"

"到那天，我们再好好喝一场。"

"家灿，你的酒量真可以。"

"其实我很少喝。"苏家灿回到座位上，"你知道，严格地说，船上是不允许喝酒的。可是在南海这地方……怎么说呢，实在是太枯燥了。上次我就发现了，两个船员下岗之后在船员室偷着喝酒，被我撞见了，吓得够呛。我说没事儿，少喝点，只要不影响工作，可以适当喝点。当时那俩小伙子借酒劲儿感动得不行，说船长你真好。其实不是我好，而是南海的环境太艰苦、太熬人了。几个月下不了船，不间断的机械噪音，闻不完的燃油味，你想，都是一些二三十岁的年轻人，精力旺盛，除了工作，一点可以释放情绪的方式没有，喝点酒，你总不能摔了他的酒瓶子吧？"

说到这，苏家灿往前凑了凑身子，看着李铁报说："不瞒你说，这次来南海之前，我告诉建浦，让他也整几瓶酒备上。在关键时刻，我们也喝上几口，调解一下情绪。怎么说呢，人性的弱点，在每个人身上都或多或少有一点，你说是不是？"

"那是，那是。"说完，李铁报诡秘地一笑，"下次喝我的，不多，两瓶老白汾。"

四目相视，苏家灿用手指点了点李铁报。

俩人哈哈大笑。

这时，清脆的电话铃声突然响起，吓了苏家灿一跳。他凝神地盯着墙壁上的电话机，似乎在判断着这个电话是谁打来的。三秒钟之后，他慢慢拿起话筒。

"喂——"

"你是爸爸吗？"

"米乐呀，我是爸爸。"

"爸爸，你在哪呀？"

"我在海上。米乐，你好吗？"

"不好，我住院了。"

"住院了！你怎么了？"

"医生说我的肺感染了。爸爸，你能来医院看看我吗？"

"米乐，爸爸在很远很远的地方，现在不能去看你。"

"爸爸，我想你。"

"爸爸也想你……"他极力控制着自己颤抖的声音,"米乐,妈妈在吗?让她接电话。"

"……妈妈说,她不在。"

苏家灿立刻意会到了什么。想不到,一个做过自己多年妻子的人如此决绝,他的心头隐隐作痛,一片悲凉。

放下电话,苏家灿呆呆地站在那里,呆呆地想:谁能想到,我们这些海岛的建设者,流汗、流血、也流泪啊。

前天晚上,苏家灿到甲板上巡视,只见刘大爽静默地立在那里。突然,他双膝一软,面朝东北方向的大海跪了下去。岂止是跪下,他的整个身体都趴了下去,额头贴在生硬的钢铁甲板上,一叩首、二叩首、三叩首……苏家灿默然肃立,不解地看着刘大爽。

"大爽,你这是干什么?"

"我奶奶没了……"

几天前,刘大爽百岁高龄的祖母病危,作为家族中祖母最疼爱的长孙,祖母"很想看看大爽"。家里几次打电话催促他回去。但是刘大爽心里明白,此时"华威号"刚刚开工,正处于攻坚的关键时刻,无论如何也不能离开。他一边与家人解释,一边尽心尽责地坚守岗位。

"我奶奶走了,她没能见到我,以后也见不到了……"一语未了,这个四十多岁的汉子已泪流满面。

距离阻隔了亲情。在猝然而来的某些事情上,常常对人构成一种折磨。当时,苏家灿什么也没说。他把一只手放在刘大爽的肩膀上,搭了一会儿,让他感受到一种亲切的力量。这是男人之间的安慰。那天晚上,两个人在甲板上默默无言,难过了好半天。

此时的苏家灿,冲着窗子无声地转过身去。

李铁报望着苏家灿的背影。他听到了苏家灿女儿在电话里的哭声。平时苏家灿对于家庭的不幸只字不提,别人也不好去触碰。此时,李铁报担心苏家灿会哭出来——他倒希望他能让自己痛痛快快地哭出来。他放下报表,悄悄地离开了房间。

苏家灿站在窗前,默默地望着窗外苍茫无际的海水,把一只手掌捂在前额上,好半天,又放下。他决定不流泪。

三

在接下来的两周,"华威号"一鼓作气,提前十天打开了深海通往赤瓜礁潟湖的航道。此一胜战,使所有参建人员群情振奋,士气大增。随后,"华威号"离开2号点,进驻3号施工区,只用了二十天,便顺利打开了通往岛礁的口门。

当时,气象条件依然不错,苏家灿率领"华威号"第三次挺进1号点——也就是先后两次退出的华阳礁。

第一天试挖,勉强成功。

两天后,海况突然变坏,并迅速恶化。为避免重蹈覆辙,根据局里的指令,"华威号"再次撤出了施工区。

此时的华阳礁,已经成了全体参建人员的一个死结。不过苏家灿却坚信,只要气象条件合适,就会扭转局面,再硬的骨头"华威号"也能啃下来。

船长室。墙壁上的电子表指针在无声地忙碌着。

上午十一点。李铁报、苏家灿和刘建浦在商讨着下一步计划。

"这次,我们不能等了。"李铁报一边说着,一边在身前的茶几上摊开一张施工图纸,"局里通知我们,采取迂回战术,立刻返回2号点,先行吹填。"

苏家灿和刘建浦愕然地看着李铁报。

"有点措手不及啊。"刘建浦说。

苏家灿冷静下来:"吹填距离是多少?"

"我看了交底资料。"李铁报用手指在图纸上找着位置,"距离接近五百米。"

苏家灿为难地说:"可是,我们现有的自浮管只有五节,总计才六十米。"

自浮管就是绞吸船的输泥管道,通常分为水上自浮管、水下潜管和岸上管三部分。连接船舶吹泥管口和潜管的部分,使用自浮管;接通潜管至填筑点的部分,是岸上管。

刘建浦说:"是啊,管线怎么办?"

李铁报说:"运送管线的驳船已经在路上,预计五天之后到达现场。"

苏家灿说:"五天,又是个漫长的时间。"

李铁报说:"这次,我们不能让船舶停工。上级同意我的想法,我们先吹填到港池,后期再吹至吹填区。也就是分两次倒。这样可以减少很大一段距离。另外,我局的'华锋号'船舶已经到达3号点,开始施工了,我们可以先从那里调一部分浮筒,用浮筒的方式,代替水下管线。"

所谓浮筒,外行人可能不知何物。其实很简单,说白了就是一种封闭的铁皮箱子。在输泥管两侧分别增设一只浮筒,向浮筒内充水则往下沉,向浮筒内充气,排水管则往上浮。

苏家灿眼睛一亮:"这倒是个好主意。"

"'华锋号'能不能调拨给我们？"刘建浦有些担心。

李铁报说："我们自己系统的船舶，没问题。再说，南海的所有工程都是一盘棋，即使是外单位，解决一下燃眉之急，我想也不会被拒绝的。"

刘建浦信服地点点头。

"铁报，我们什么时候行动？"苏家灿站起身来。

"马上。我通过局里和'华锋号'联系，你和刘政委做好准备，争取尽快启航！"

四

"华威号"安静地停泊在赤瓜礁施工区。早晨的太阳突破云层，海上的雾霭四散而去，那团炽热的火球宣示着这将又是火辣辣的一天。苏家灿指挥船舶放下定位桩，根据风流，抛设好上风锚和下风锚，逐步调整船位到挖槽的中心线，同时组织各部机械检修。

在紧贴"华威号"的一艘调配设备的驳船上，一些大动作的场面同时展开。工人们组装好了一台履带吊，用机吊、人拉的办法，很费劲地运送到岛礁上。同时，管线工人开始在驳船上组装浮桶和排泥管线。这时候问题出现了，由于每节管线的长度是十二米，两节就是二十四米，驳船容不下。

苏家灿只好去找驳船船长。

"我的船就这么大，那咋办？"驳船船长操着一口很重的海南口音。

"老乡啊。"苏家灿用粤语套了几句近乎，开门见山地说，

"船长，眼下只有一个办法。"

"什么办法？"

"就看您能不能忍痛割爱了。"

"你就直说吧。"对方是个爽快人。

"就是把您两侧的船舷用电焊割开。"

气氛凝固了一下。

苏家灿注意到，对方的鼻子和眉毛里已经沁出晶亮的汗珠。

"这也是没办法的办法。"

五十多岁的船长沉吟不语。

苏家灿进一步恳求说："您知道，这不是一般的工程，我们特别需要时间，而且……"

对方一摆手，制止了苏家的"而且"，他把头一扬："不用解释了。我可以做我能做的一切。你说吧，想在哪儿割？"豪爽中多少带有一点悲壮。

像渔船和锚艇一样，这艘运送物资的驳船也属于局里临时雇用。面对这位陌生的船长，苏家灿感激得不得了，他双手抱拳，连连拜谢。

组装管线的工程顺利展开。

根据施工船舶的要求，李铁报率领测量人员，分别乘坐两只小艇，在水面上设立观测水尺、浮标，悬挂水位信号。在风浪的推涌下，小艇摇摇晃晃。一个浪头打过来，李铁报乘坐的小艇差点翻到海里，吓得一个年轻小伙一声惊呼。

丁岩蔑视地看着他："叫唤什么？我还以为狼来了呢。"

一句话，把李铁报都惹笑了。

那个小伙子突然意识到船上还有个"李经理",顿时觉得有些不好意思。

"小伙子,工作几年了?"李铁报微笑着问。

"李经理,我是实习生。"

丁岩说:"还是个雏儿。"

李铁报说:"小伙子,赶得巧啊。实话告诉你,这既是一次难得的锻炼机会,也是一次艰苦的考验。能挺得住吗?"

"李经理,绝对没问题!"

话音刚落,一个浪头打过来,小伙子像躲耳光似的闪了一下,结果还是被泼了个满脸是水。小伙子抹了一把脸,"呸"地吐了一口海水,咧着嘴说:"这么大的海,得加了多少盐呀。"

在"华威号"船尾一侧的海面上,管线工人正在管线对接。这是个力气活儿,也是个仔细活儿。一个法兰[①]上有几十个螺丝孔,要一一对准,上好螺丝,再用十几斤重的大锤,一下一下地敲,把螺丝一个一个地打紧。这也很惊险,几个小伙子站在漂浮的管线上,没有任何可以手扶的东西,稍不注意就会掉到海里。不掉下去也不行,环形的管线有一半螺丝位于水面以下,他们不得不把半个身子淹没在海里,去紧固水下的螺丝。每上一个螺丝都非常费劲,而且,每接好一节浮管,人还在浮管上站着呢,就被海浪推着,忽忽悠悠漂离了走向。这时就得借助锚艇把它摆正。锚艇上的人站在甲板上,用一根带铁钩的长杆,把漂走的管线钩住,把它调试到它应该在的位置。

---

① 法兰:管子与管子之间相互连接的零件,用于管端之间的连接。

两天后，三百六十米长的海上管线终于架设完毕。漂浮在茫茫碧波中的管线不是直的，在海水的荡漾与冲击下，犹如一条优美的长龙，向着礁盘方向蜿蜒而去，在波光粼粼的海平线上形成了一道独特的奇观——这是人的奇迹。美极了。

至此，"华威号"已经做好吹填的一切准备。

在驾驶室，苏家灿下达了开工命令。他站在宽阔的瞭望窗前，凝视着底层甲板上的两台绞车在一收一放地转动，装有绞刀和水下泵的桥梁缓缓浸入水中。留着一副小胡子的牛河站在操作台前，庄重地合上泥泵离合器，"华威号"上所有的机械都运转起来，吹填2号岛礁的作业正式启动。

那是一个壮丽的傍晚。在大洋落日的余晖中，第一次踏上比篮球场稍大点的人工岛，"华威号"的年轻船长苏家灿，面朝东方，凝视着自己投映到这块崭新国土上铁铸一般的身影，禁不住心潮起伏。他激动地哭了。

第十章

一

春天来到了南海，人们的心情随之大好。在茫茫无际的大海上，见不到大地回春、柳绿花红、万木争春的盎然景象，但在东北季风结束、西南季风尚未到来之际，南海的春天风向多变，气候温和，海面上相对较为平静。在完成2号、3号岛开挖与初步吹填之后，带着前三次溃败的阴影和一种复仇般的心理，苏家灿率领"华威号"第四次挺进华阳礁，抓住眼下海况良好的有利时机，立即在前次撤出的施工点位进行展布。

这一次，可谓"一雪前耻"，局面终于打开。开工一周后，开挖的航道向礁内的潟湖顺利地推进了三百米。

我们的整体项目是疏浚、围堰和吹填。但在前期，"华威号"主要任务是进行航道的疏浚和开挖。

在南沙群岛，每座岛礁周边的海底状况都不尽相同。有的礁石延伸到水平面之下，长达十几海里；有的则陡然峭立，礁盘以外便是数千米深的海水。海水太浅，大型船舶无法近前；海水太深，船舶又无法吸取海底的泥沙，对岛礁进行吹填。因此，必须在吹填之前，开辟出通往岛礁的作业航道。

"华威号"就是这航道的开拓者。它是先锋队，是尖刀班，是一艘专啃硬骨头的船。是它开拓出通往一座又一座岛礁的航道，为后续船舶的进场打开了大门。

作为项目经理，我见证了"华威号"船组在南海所经受的一切困难与考验。就像负责南海工程的一位首长说的那样："没有'华威号'，就没有南海工程。"

的确，"华威号"不愧是一艘功勋的船，伟大的船。

早晨六点，苏家灿在幽暗的房间里甩开窗帘，远处的海平线上，一轮红彤彤的朝阳刚刚跃出海面，景象壮丽。他转过身来，走到桌前，用鼠标点开墙壁上的处于"屏保"状态的液晶显示屏。在打开的疏浚窗口里，排列着一份菜单，他点开一个子菜单：

  航向
  左横移速度
  右横移速度
  绞刀转速
  小时生产率
  水下泵转速
  前班产量
  当前产量

着一个白嫩的煮鸡蛋。

"哈哈，煮鸡蛋。还真想吃了。"

"白师傅说了，这次补给鸡蛋多，早餐一人两个。"李铁报笑着说。

"得抓紧吃呀，否则就热出小鸡来了。"

苏家灿打上饭，放在桌上，他没有坐下，而是站着吃。

放在餐桌上的饭盆不停地哆嗦。海底的珊瑚礁像铁一样坚硬，巨大的绞刀啃在岩石上，比铁还硬，吭哧、吭哧地响，相当吃力，使得整个船体瑟瑟抖动。

一个鸡蛋被震落到地上。

苏家灿拾起地上的鸡蛋："这里的礁石就是顽固，船身比在哪个点位都震动得厉害。"

李铁报说："是呀，不然我们就不会三进三出了。"

苏家灿剥开手里的鸡蛋，掰开来，乳白色的蛋清中露出了金色的蛋黄。他突然想起了鸡蛋花。小时候，他们家院子里有一棵树，开出的花朵像小伞一样，外面乳白边，中心鲜黄色。母亲说，那是鸡蛋花。在轮回之前她是一位美丽的天使，因为爱情违反了天律，她逃离到了人间南国。但是，她却怎么也逃脱不了天威的惩罚。有一天，她将情人相赠的黄丝带紧紧缠绕在洁白的翅膀上，像以卵击石一般，撞碎在了七星岩上。后来在她殉情的地方，长出了一棵神奇的树，它开出的花朵，就像掰开的鸡蛋一样。从此，每当夏季，南国遍地都开满了这种神奇的鸡蛋花。

"我说兄弟，想什么呢？"

苏家灿把这个故事讲给了李铁报。李铁报饶有兴趣地听着。突然，苏家灿怔了一下，停止了咀嚼，警觉地说："咦，这船怎么不动了？"

　　船上的人就是这样：施工的时候，船体昼夜不断地震动，伴着机械的轰鸣声，没完没了。这没完没了的震动和轰鸣声已经成为人们生活的一部分，甚至是呼吸的一部分。人们会习以为常地忘记这种震动，感觉不到噪声的存在，就如同感觉不到空气的存在。然而，这轰鸣声或震动停止，人们无论是在工作还是休息，无论是躺着还是站着，就会立刻察觉到"不一样"，即使在睡梦中也会突然惊醒。就像听着电视睡觉的人，只要你把电视一关，他会立刻睁开眼睛一样。

　　在突如其来的安静中，苏家灿预感到出了什么问题，他转身拿起墙壁上的电话。

　　"驾驶台，怎么回事？"

　　"船长，起桥缆断了！"

　　"怎么断的？"

　　"起桥的时候断的。"

　　"真是见鬼！"

　　绞吸船的桥梁位于船头底层甲板正前部。说是桥梁，但看上去就是一块长条形的钢板，很宽，很厚。"华威号"的桥梁重达一千一百吨。它的前端装有绞刀头，中间装有水下泥泵和输泥管道，尾部用耳轴与驾驶台下方的船头连接，通过桥梁角度传感器进行控制。作业时，当绞刀探入海底，整个桥梁也慢慢潜入水里，这叫落桥；当提起绞刀时，整个桥梁也慢慢浮出水面，称为起桥。无论是起桥、落桥，均由上方绞刀桥梁架上的三组滑轮和钢丝缆通过绞车的收、放来完成。

台车行程

各种数据，以不同的颜色出现在屏幕上，一目了然。这就是"华威号"作为现代化船舶所拥有的先进系统。

在正常施工状态下，苏家灿每天醒来的第一件事，就是点开显示屏，浏览一下"华威号"在夜间的施工状态和生产进度。在屏幕上，他把光标移动到下方的"桥架深度窗口"，用鼠标点开它。在打开的窗口上，苏家灿注意到：当前的潮位是三米，绞刀深度是八米。

挖力状态，一切正常。

苏家灿感觉不错。他开始刷牙，洗漱，又刮了胡子。完毕，他打开立橱，拿出自己的专用餐具，一双木筷和两个很小的钢精盆，往餐厅走去。在过道上，不时地遇见一两个上下岗的员工，有的穿着工作服，有的穿着三角裤，肩上搭一条毛巾，刚从洗澡间里出来。见到苏家灿，都大方地打着招呼。在通往底层陡峭的楼梯过道上，苏家灿站住了。他等着楼梯上拿着同样一套餐具的刘建浦上来，他才可以下行。否则，两个身材魁梧的人就会卡在狭窄的通道上。

苏家灿在上边说："行啊，这两天总是比我快一拍儿。"

楼梯上的刘建浦扬着脸，乐呵呵地走上来："昨天补给船上卸下的货放得很乱，我找几个人再收拾一下。"

"铁报在餐厅吗？"

"他刚下去。"

餐厅里人不多，有的已经吃完，在清洗池洗刷自己的餐具；有几个人在窗口排队打饭。李铁报坐在靠近门口的餐位上，手里剥不用说，起桥缆一断，整个船舶将无法继续施工。

在驾驶室，李铁报、刘建浦和匆匆赶到船上的一位负责工程项目的领导，都同时看着苏家灿。

"苏船长，能修吗？"领导关切地问。

苏家灿说："以前遇到这种事故，都是请潜水员处理。不过，那是在大陆附近。"

所有人都沉默了。谁都清楚，这里是南海，如果请潜水员过来，既要通过局里协调联系潜水员，还得等待合适的船期，这么一折腾，至少需要十几天时间。在工期如此紧张的时刻，十几天的等待，岂不是要命？

这时候，苏家灿似乎想定了主意："刚才我查看过了，水流不是很快，海水也比较清，能看到桥梁上的滑轮。我觉得可以尝试一下，我们自己下水处理。"

"水深多少米？"领导问。

"现在的挖深是八米，起桥的下滑轮距水面大约三米，可以下去试试。"

"有水性好的人吗？"

"我算一个。"

"你行吗？"李铁报不信任地看着苏家灿。

"铁报兄，我可是在海边长大的。"

刘建浦说："水性好也不行，我们打捞摆动锚的时候，即使专业潜水员还需要潜水服、潜水袋、蛙鞋、潜水镜、呼吸器，一整套装备。咱们啥也没有，能行吗？"

"只有试试，才知道行不行。"苏家灿一旦打定主意，没人能说服得了他。

"不过，得找两个帮手，跟我一起下水。"说着，他已经拿起了操作台的电话。

"孙腾，耿文辉，马上到驾驶室来一趟。"

连呼两遍。

不到两分钟，一高一矮的两个小伙子气喘吁吁地走上驾驶室楼梯口。都是二十四五岁的样子。矮个儿的叫孙腾，长着一副痛苦的面孔，两眼间的鼻梁处常常拧一个褶儿，像是身体上的哪个部位在疼痛。其实他的身体没毛病，工作上很有一股虎实劲儿。那次机舱燃油软管爆裂时，试图用空牛油桶罩住喷油的就是这个小伙子。

高个儿的叫耿文辉，一级水手。长得精神，一头长发，爱好音乐，会弹吉他，歌也唱得好：《丁香花》《我想我是海》《怒放的生命》……都是他喜欢唱的歌曲。不上岗的晚上，他常常搬个椅子坐在甲板上，怀抱吉他，边弹边唱。坦率地讲，以前苏家灿不怎么喜欢吉他，准确地说是不喜欢那些抱着吉他唱歌的人（包括那几个特别著名的歌手）。他们唱得太夸张、太造作，像抽筋儿似的宣泄着一种充满激情的狂躁，与其说是在唱歌，倒不如说是用唱歌的方式折磨自己，而且那些胡念八说的歌词也没什么营养。所以，电视里一旦出现个抱着吉他的长头发歌手，他就立刻换频道，不愿意听，一听就烦。奇怪的是，苏家灿却一点不烦耿文辉。也许环境改变了人的心境吧。在南海，浪打船舷，海鸥鸣叫，甚至船员用铁锤敲打柴油桶的回音就像来自遥远世界的钟声，悠扬、空灵，十分悦耳。不用说，那种萦绕心神的吉他旋律和歌声，更是让人感受到一种远在天涯的别样情调。有天晚上，苏家灿站在上层甲板，凝神地听着耿文辉在下层甲板上边弹边唱。那悦耳的旋律像是从海上漂来，太好听了。一曲终了，他禁不住叫道："小耿，再来一个。"

"船长，想听什么？"

"《小河淌水》。"

短暂的沉默中，他听到一个和弦，一阵悠扬清亮的前奏之后，耿文辉把歌声送上来……海风微拂，歌声浮在宁静的夜空中，飘得很远。南海的夜空深远而辽阔，你不知道那轮月亮是不是在按着既定的路线移动。在歌声里，苏家灿想起过往人生中的许多人和事儿，他的眼窝都湿润了。

……

现在，进来的两个小伙子，发现驾驶室里全是领导，表情郑重地看着他们，一时不知道发生了什么。他们拘谨地站在那里，怯怯地望着苏家灿。

这时候，苏家灿想起几天前的那个晚上，忍不住扑哧笑了。

二

那个晚上没有月亮，没有歌声，只有海浪拍打船舷的声音和"华威号"昼夜不断的机器轰鸣。十点钟，苏家灿准时到船舶各部位最后一次巡视，这是他的习惯。在底层甲板，当他从气温高达五十多摄氏度的泵房里走出来的时候，他习惯地用手电照了照了海面，看看有没有吉德令说的"一个个像海螺那么大的漩涡"。海水很平静，他没发现什么"漩涡"，却仍然愕然一怔，只见距离船舶三十多米处的海面上漂浮着两个像西瓜一样的东西。仔细一看，好像是两个人的脑袋。

"那是谁呀？！"

随着苏家的喊声,两个"西瓜"同时一沉,倏地不见了。苏家灿像被定住似的站在那里,愣愣地等了足有一分钟,仍然不见人影。他有些慌了,开始用手电不停地排查,远近地扫射、照。只见海面上波光粼粼,一条大鱼跃出水面,"扑棱"吓人一跳,又倒栽葱似的扎入水里,溅起一片浪花,海面闭合为原有的寂静。苏家灿睁大眼睛注视着水面,只觉得黑黝黝的大海重门深锁,显得异常神秘而深邃。他开始怀疑幻觉欺骗了他,但他很快就否定了这念头。明明是两个人在游泳,怎么会突然不见了呢?难道出了什么事?苏家灿的心口禁不住怦怦直跳。作为一船之长,他当然清楚,再没有比人命更为关天的事了。他快速返回船舱。

"华威号"的船舱包括驾驶室共有五层,上下错落,各种通道像迷宫一样刁钻、复杂和出其不意。苏家灿想到驾驶室通过内部电话通知船上各部排查人员。他来到通往三层船员室的过道上,迎面撞上了慌慌张张的孙腾,两个人都被突然冒出的对方吓了一跳。在恢复平静的过程中,苏家灿盯着孙腾有三秒钟。

"你下海了?"

孙腾沉默着,低着头喘气。

苏家灿有个特点,平时好脾气,对谁都是眯着眼睛,一副乐呵呵的面孔。可一旦知道你触犯什么纪律,没人敢直视他的眼睛。

苏家灿凝视着孙腾,他本想说一句"也不怕海蛇咬了你!"可话说一半,他讶然发现,孙腾除了头上的泳帽和手里的潜水镜,身上竟然一丝没挂,连个裤头都没穿。他一气之下,便多说了三个字:"也不怕海蛇咬了你小弟弟!"

孙腾自然知道"小弟弟"指的是什么。他的脸腾地红了,一直红到脖子。他非常难堪,可又没处藏、没处躲。事后他自己回忆说，要是把头上的泳帽摘下来遮住"小弟弟"就好了。可当时他没这么做，整个人都傻了，就像个裸体雕塑似的，拧着腿儿戳在那里，硬挺着。

虽然是船长，苏家灿并非不苟言笑、一脸严肃。平时他也喜欢和船员们开开玩笑，逗个乐子，但从来不说粗话。这一次，他与其说是被气坏了，倒不如说是被吓坏了。他觉得说什么狠话、损话都解不了他的气。

"还有谁？"他厉声问。

"耿文辉。"

"他人呢？"

"不知道。"

苏家灿的后背都凉了。之后，惊天动地，左寻右找，最终在洗澡间里找到了耿文辉。这小子溜得比鱼还快，已经冲上澡了。

谢天谢地，总算没出事。

没出事儿，苏家灿的火气也没消。他曾不止一次地提醒过：南海水域复杂，任何人不得下海游泳。虽说船舶附近水浅，容不下鲨鱼，却经常能看到水蛇，有大有小，黑色的脊背、黄白色的肚皮，像绳儿似的柔软，游来游去。听吉德令说，有一种水蛇与眼镜蛇相似，长有前沟牙齿，咬人可在数十分钟内致人死亡。没料到，这两个家伙胆大包天，不但不怕，每个人还带来了一副潜水镜，明显是有备而来，他能不生气吗？

苏家灿问他们为啥违反规定。他不喜欢没理由的事情。两个人嘟嘟哝哝，低着头，谁也不敢去看苏家灿的眼睛。耿文辉说的是"天太热了"；孙腾则来了个直言不讳："也没啥，就是觉得南海的水这么好，不游一回太亏了。"说到这里，他肩膀一耸一耸的，自己也憋不住地被这个荒谬的理由逗乐了。

苏家灿也想笑,但他忍住了,语调平静了许多:"这个世界好东西多了,经不住诱惑哪行?更何况,大海的诱惑从来都不负责任。"

第二天,负责安全的刘建浦组织召开了各部负责人会议,神情严肃地重申了不得下海游泳的规定和每人罚款五百元的处理。为警示他人,对擅自下海游泳的孙腾和耿文辉进行了纪律教育。两个人沉默地接受了处罚,也没觉得委屈。

三

就是那一次,让苏家灿发现了"人才"。现在他想把好钢用在刀刃上,让他们就此真正地发挥一下才能。

面对惴惴不安的孙腾和耿文辉,苏家灿三言两语说明了原委:"给你们一次将功补过的机会。完成任务之后,我可以考虑收回前几天对你们的处罚。"

原本心有余悸的两个小伙子,分别咧开嘴乐了。

"那倒不用。"

"是啊船长。一码是一码。"孙腾用痛苦的表情说。

"觉悟还高上来了。"苏家灿微微一笑,"行了,赶快准备,直接去现场。"他看着刘建浦:"把潜水镜给他们。"

在"华威号"桥梁旁边的窄小甲板上,许多人在忙碌着。此时大副刘大爽和几名水手已经接好了钢丝缆。水手长周健指挥吊机将粗缆拖到滑轮附近,缓慢地放到水下指定位置。苏家灿和两个助手，已经赤膊上阵，两个小伙子都戴上了潜水镜。这时候，站在一边的刘建浦把一副潜水镜递给了苏家灿。

"这谁的？"

"我前几天没收的。"

苏家灿表情一顿，没再吱声。他下意识往孙腾的泳裤上瞭了一眼，那眼神似乎在说：还文明了呢。然后，他冲着大副说道："可以了。把绳子给我们系上。"

刘大爽和两个水手，分别将一条安全绳系在三个人的腰上。

"我先下去，探探路。"

"船长。我下吧。"耿文辉说。

"你们先等着。我看看水下什么情况，确定一下我们怎么操作。"说着，苏家灿已经下到了海里。

刘大爽和两个小伙子紧紧地抓着安全绳，生怕一个波浪打过来，把船长推出去。透过清澈的海水，人们可以看见苏家灿在水下游动的身影，他娴熟地围着滑轮转了一圈，然后像一条大鱼似的浮上来。

"下面的水比较清亮，透明，完全可以操作。"

接着，他把三个人如何分工、怎么配合，向孙腾和耿文辉作了交代。随后三个人带着细钢丝缆，深吸一口气，屏住呼吸，一同潜入水里。在三米深的地方，他们靠近了滑轮，开始往滑轮上穿引缆和吊缆。可是滑轮附近的阻碍物太多了，想一次穿缆成功，根本难以实现。而且，每每撑到一分多钟，三个人就已经憋到了极限，不得不像海獭似的——脸朝上浮出水面，呼哧呼哧地喘一会儿粗气。

"缆绳太沉了，离滑轮太远，再放一放。"苏家灿扶着桥梁指挥刘大爽。

刘大爽调整好粗缆的距离。

三个人一边喘着粗气,一边总结经验,讨论着下一次操作的细节。随后,他们再次潜入水中。但吊缆依然不好穿。有一回,眼看着就要成功了,突然间一股回流把三个人同时推离了桥梁。

"不行,快拉绳子!"一直盯着水下的刘建浦说。

刘大爽等人同时拉绳,水下的三个人猛然受到拉力,一阵手刨脚蹬,像几条上了钩的大鱼,被先后拉出水面。

"太累了,不然这么点水流推不动我们。"

"船长,换换人吧,我下去。"

"家灿,要不再想个方案?"

"苏船长,千万别急。能处理是最好不过,处理不了,我们再想别的办法,一定要保证安全。"这位领导的目光始终聚精会神地关注着眼前的一切。

"没关系,水下体力消耗太大,这次多休息一会儿。我们已经有了经验,只要第一个成功,下一个就好说了。"苏家灿说道。

一次次失败,反而使他们变得更加热切。

"下次肯定成功。"

每次浮出水面,三个人都这么说。不知道是在鼓励自己,还是向甲板上的人承诺和保证。

休息了一会儿。三个人再次潜入水下。

如此反反复复。

最终,经过八小时的不懈努力,最后一个滑轮穿缆成功。三个人费劲地爬到绞刀平台上,直接躺了下去。如卸重负而又精疲力竭。

"船长,躺在那儿怎么行啊?"有人从上边往下喊。

"快把他们扶上去,回到船舱去休息。"政委吩咐道。

苏家灿竖起一只手臂摆了摆:"先不要过来,让我们喘口气。"

甲板上的人看着下面的三个人。

下面的人,先是闭着眼,再睁开就看到了蓝蓝的天上白云飘。

"孙腾,耿文辉。"

"船长,什么事?"

"过瘾吗?"

"……过瘾。"

"还想不想游泳呀?去游吧,我特批。"

"哎呀船长,您快饶了我们吧。"

四

夜幕中,"华威号"上灯火通明。船体在微微震动,这表明船舶已经处于工作状态,一切正常。

餐厅里,员工们在排队打饭。苏家灿、李铁报和刘建浦像往常一样,习惯性地坐在靠近门口的餐位上,餐桌上放着他们的餐具。他们在等着员工打完了饭再过去。

"那位领导非常感动,称赞我们'华威号'上的人敢打敢拼,简直就是军队作风。对了,他还要奖励你们每人一套海军迷彩服呢。"李铁报不无自豪地说道。

苏家灿自嘲地一笑:"这也是被逼出来的作风。说实话,我也是咬着牙硬挺过来的。"

"水里太消耗体力了。"

"不是体力的事儿，我是害怕水蛇。有一次，我觉得腿上一滑，低头一看，一条水蛇贴着我的大腿游了过去，没吓死。虽然它嘴下留情，没咬我，但它贴着你大腿冰凉地一蹭，那种感觉不比在腿上刺一刀更好受。"说着，苏家灿把手放在大腿内侧的肌肉上，使劲地抓了两下，好像那种不适的感觉依然存在。

接着就说了半天水蛇的事。大家一致认为，那种像绳子一样的东西虽然不难看，但是比令人恶心的癞蛤蟆更吓人。

后来又说到耿文辉和孙腾。

"两个小伙子确实很卖力，水性也不错。那五百块钱就别罚他们了吧？"苏家灿看着刘建浦。

刘建浦想了一下，说："我觉得吧，就像孙腾说的，一码是一码。罚还是要罚。违犯纪律了嘛，是不是？这样对别人也是个警示。我倒是有个想法，这次应该给他们奖励，比如每人八百，或者一千，应该不算多，也算是奖罚分明了。"

苏家灿点点头："有道理，就这么办。"

刘建浦环视了一下餐厅："哎，那两个家伙怎么没下来吃饭？"

苏家灿说："可能累坏了。上来的时候我撺着他们去游泳，谁也不去。"

李铁报和刘建浦听了，哈哈大笑。

正说话间，两个小伙子走进了餐厅。

苏家灿看着两个人："你俩先坐下，等一会儿再吃，给你们加个菜，犒劳一下。"

"船长，不用了，这菜都挺好的。"耿文辉说。

苏家灿板着脸:"让你们坐就坐那得了。"

两个人相互看了一眼,在旁边的餐桌前坐下。

这时候,大老白从厨房里走了出来。"船长,听说你们今天当了一天潜水员,创造奇迹了。想吃点啥,尽管说。"

"还是白师傅了解我,正想找你呢。给小耿和小孙加个菜,问问他们想吃啥。"

大老白转过身:"船长说了,想吃什么尽管说。"两个人却互相推诿,谁也不说。孙腾在眉宇间习惯地拧一个褶儿,像是很为难,又像是哪个部位在疼痛。最后还是刘建浦用目光催促了他们一眼,耿文辉才被逼无奈地挠了挠头皮,点了个鱼香肉丝。

大老白转向苏家灿:"三位领导想吃点啥?"

"我们就算了。"苏家灿说。

"嘿,别谦虚呀。又不是特意给你们开小灶,你们吃到的东西别人也能吃得到,就是换个做法罢了。今天晚上嘛,总得有点形式感。刚到的补给,样数很多,这可不是总吃酱油拌饭那阵子了。"

三个人都乐了。

苏家灿惆怅地说:"哎呀,吃点啥呢?怪不得小张和小耿互相推诿。你这么一问,用我们老船长常说的一句话,还真不知道吃尿个啥啦。"他看了看李铁报和刘建浦:"搞个啥?"

李铁报笑着说:"别问我们呀,你是功臣,我们沾光。"

"搞个白菜吧,俗话说百菜不如白菜。白菜猪肉炖粉条。"

大老白乐了:"我说你在吃的问题上不严肃,你肯定不服。行了,等着吧。炖菜可是慢。"

大老白离开后,苏家灿一声不语,表情上有点走神儿。李铁报跟他说了一句什么,他没吭声。

"我说家灿，又想什么哪？"

苏家灿一怔，回过神来："刚才说到了我们老船长，我正想老爷子呢。"

"你啥时候的船长？"刘建浦问。

"刚上船的时候，我的第一任船长。我只跟了他一年，却感觉他像我父亲一样，是我最尊敬的人。他十八岁上船，二十六岁当船长，跑远洋。四十岁调到绞吸船当大副，后来又做了船长。我上船的时候，他已经五十三了，面相比年龄老得多。也许我当时太年轻吧。其实，现在二十来岁的年轻人，看四五十岁的人，感觉也都很老了。"

"没错。"李铁报赞同地说。

"老船长是西部人。现在我还能想起他的模样呢，个头不高，但很健壮，嘴上总是叼着一个早就熄灭了的小烟斗，说话不紧不慢，却句句入心，就像钉子砸进木头里，特别有劲。他那套功夫我是永远学不来。我就讲一个事儿。老爷子给我们讲安全，他不念那些什么手册呀，这个制度，那个承诺，他不念。老爷子有个特点，在船上哪怕你二十岁，他也称你兄弟。但一下船就不行了，哪怕一个三十岁的人，你喊他一声老兄，他也不高兴，说'这个后生，没老没少，完屁货'。他给我们讲安全。他说：'兄弟们，既然上级让鹅做你们的船长，鹅对你们的所有要求，都是职业对你们的规范，做得好不好，全凭你个人的能力。别的不说，前几天，船上发的《安全承诺书》，有的人连看都懒得看，就签上了自己的名字。你们别指望鹅给你们念，鹅没尿时间给你们念。'"

"看来，这个老船长喜欢说'尿'。"李铁报笑着说。

"家灿不说了吗，老爷子是西部人。"刘建浦听得入了神。

苏家灿说:"我说个笑话,当时我们船上有个厨师,他喜欢逗老船长。

"'船长,在你们那地方,短怎么说?'

"'尿长长。'

"'小怎么说?'

"'尿大大。'

"'不多怎么说?'

"'尿点儿点儿。'

"'不好怎么说?'

"'蛋尿是。'

"'管不着怎么说?'

"'管尿爷。'

"'船长,有没有不带尿的?'

"'有呀,少寡逼。'

"'船长,这是什么意思?'

"'就是少玩嘴皮子功夫,多干点正事。'"

众人都乐了。

苏家灿说:"我学得不太像。我接着说老船长给我们讲安全。不过,他给我们讲话的时候,基本上说的是普通话,不然我们谁都听不懂。他说:'鹅必须告诉你们,谁要是不拿安全当回事儿,一旦出了事,死尿的,那可就太惨了。不是你惨,是你爹妈惨,那叫白发人送黑发人呀,鹅的兄弟们。也许有人说,鹅已经没爹没娘了。哎呀那就更惨了。现在没爹没娘的人,鹅估计差不多都有婆姨和娃子了,是不是?平时你辛勤工作,省吃俭用,你一死,可就等于给别人扛活啦。用不了几天,你的婆姨就成了另一个男人的婆姨，你的家产就成了另一个人的家产。人家不但要享受你的家产，睡着你的婆姨，遇上个不行的男人，还要打着你的娃哩。就这，别的鹅就不说了，去想想吧兄弟们。散会。'说完，老爷子转身就走了，头也不回。"

这时候，餐厅里的人都转过身来，一边吃饭，一边听着苏家灿聊天。有的人已经吃完饭了，也都坐在那里，没动。

刘建浦问："老爷子早就退休了吧？"

"要是退休就好了。"苏家灿叹了一口气，语气沉重地说，"就在老爷子还有半年就退休的时候，船上发生了一起事故。有个电焊工违章作业，引起机舱着火，听到老船长的救火命令，全船像炸了窝似的，人们纷纷跑向机舱，等大家七手八脚把火扑灭之后，发现老船长已经成了焦炭了。"

餐厅里鸦雀无声。

这时，大老白从厨房里端着一盆菜出来了，放到桌子上，左右看看："咦，这是怎么了？"

没人吭声。

"听我聊天呢。"苏家灿转头看了看餐厅，"好了，不讲了。吃完饭的，都散了吧。"

说着，他和李铁报、刘建浦也站起来，到窗口去打饭。

三个人回到桌上时，餐厅里的人几乎都散了。

刘建浦深有感触地说："家灿，你今天讲的故事，就是一次很生动的安全课。"

李铁报听出了苏家灿的用意所在，很想说："你这是借刀杀人，比起那个老船长来，更胜一筹。"但是他忍住了，没说。

这时大老白又端上一盘菜。

几个人同时一怔。

"这什么鱼？"李铁报端着饭碗问。

"生炊麒麟鱼。"苏家灿缓缓地说道，"海南名菜。"

"行呀船长，到底是海南人。"大老白肃然起敬地看着苏家灿，"不过，正宗的海南生炊麒麟鱼是黑鱼，鲑鱼也行。我用的是冷冻的草鱼，味道上肯定是差点。船长给个评价。"

苏家灿取了一块纯白的鱼肉，放进口里，斟酌地咀嚼着，然后不动声色地说道："我早就说过，白师傅在船上干，可真是委屈了你的手艺。"

大老白接受了称赞。他用一只手抚摸着已经不怎么太大的肚子，很有成就感地说："前两年，我那个糟糠老婆子和女儿到海南玩了一趟，回家后，娘俩儿都喜欢上了这一口。休假的时候，我常给她们做。"

李铁报说："要不怎么说，女人可以塑造男人呢？老伴逼出来的手艺。"

几个人笑起来。

大老白离开后，李铁报看了一眼闷头吃饭的苏家灿，心有所动地说："家灿，这鱼真不错，要不要来上点？"

苏家灿看着李铁报："你的老白汾？"

"OK。"

"Forget it，算了吧。"苏家灿幽默地回应了一句，解释道，"今天太累了。想起老船长，心里也有点不得劲儿。你那两瓶老白汾，还是留着吧。眼下我最迫切的希望，就是尽快啃下华阳礁这块硬骨头。"

李铁报说："这是早晚的事。不过从时间节点上说，我们的压力确实很大。张主任今天还说呢,只要我们拿下华阳礁,就会有其他船舶立刻进场。"

刘建浦突然想起来似的说:"对了,刚才我和局里通电话,汇报我们抢修起桥缆的过程,我听说'华龙号'也已经到达3号点了。"

李铁报说:"等着瞧吧,随着我们'华威号'的不断开拓,在南海,一场大规模的吹填造岛会战,很快就会展开。"

苏家灿吃完最后一口饭,他放下了碗筷,沉缓地说道:"这一次,我们一定不能半途而废。"说着,他冲着刘建浦碾了碾手指:"伙计,给我一支烟。"

> 天灰了潮汐也退了
> 滚滚浪花把脚印吞没了
> 我一个人独对风波
> 盘旋海岸的飞鸽都已睡了
> 我沉默不自觉颤抖着
> 海鸟低飞从海面掠过了
> 虽不舍却难分那海天一色
> ……

夜色渐深。天上没有月亮,蓝宝石般的星星又大又亮。海面上没有波涛,"华威号"朦胧的灯光安静得犹如梦幻。

好久没听到耿文辉的歌声了。这天晚上,伴着吉他的旋律,他一直在唱。

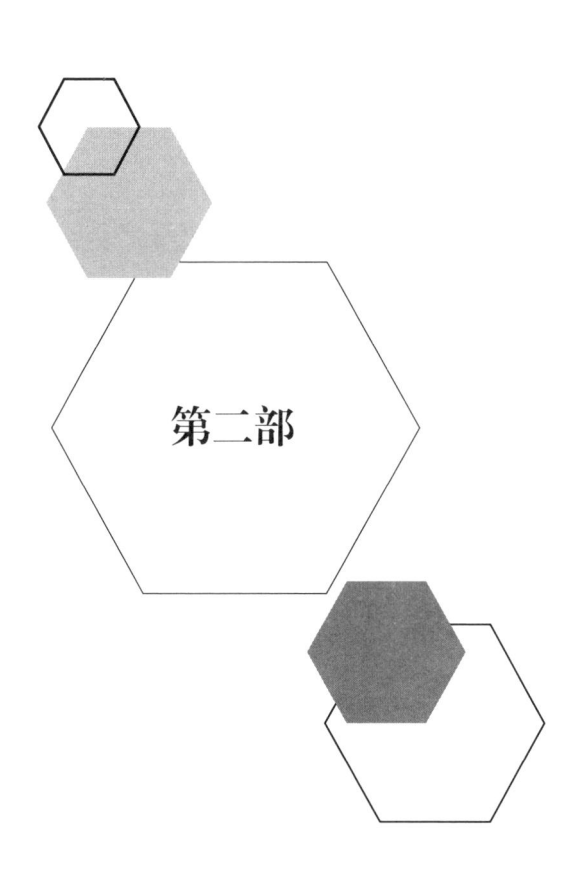

第二部

第十一章

一

春天来了,又去了。

其实,在没有任何参照物的南海,你是感受不到季节在变化的。只有炎热的高温和季风的转换提醒人们,夏天已经到了。

在局里的调遣下,整个春天,"华威号"都在不同岛礁之间周旋。苏家灿常常觉得,在南海这半年多的时间,仿佛挣扎在连续不断的噩梦里,回想起来,好像比他的一生都漫长。

在华阳礁,由于海底珊瑚岩像铁一般坚硬,倔强的"华威号"以一种纯粹的力量和忠诚,一口一口地啃着。有一天硬是把牙齿(进口的绞刀刀齿)啃碎了十五个。船舶从未遇到过这样的情况,联系厂家也没有这方面的经验。苏家灿只好组织人员拆卸,抢修。由于绞刀碰到障碍物时受到巨大的冲击力,绞刀与轴间的螺纹已经咬死,用常规手段拆卸,纹丝不动。苏家灿召集船舶主要人员紧急商讨方案。辅件割除、吊车辅助、火攻、高压水反冲、拖轮牵引……凡想得出来的办法轮番上阵。真是费了劲了。经过三天三夜的不懈努力，总算成功地完成了拆卸，安装上了新的绞刀齿。此后，面对如此坚硬的岩石，"华威号"采取细嚼慢咽的方式，艰难推进。经过半个多月的昼夜苦战，一雪"三进三出"的前耻，终于啃掉了这块最为顽固的硬骨头。

经历了无数艰难险阻的"华威号"，犹如一位身经百战的老兵，越战越勇，所向披靡。哪里有打不通的航道，哪里有啃不动的堡垒，它就出现在哪里。在5号点，由于作业区域尚未打开，前期抵达的几艘大型挖泥船全都跃跃欲试，却又铩羽而归。在这种尴尬的僵持中，苏家灿率领"华威号"到达岛礁，三条船舶首尾相接地排列在一起，每艘船的甲板和驾驶台都站满了人。他们翘首以盼，用仰慕的目光迎接这艘海上巨无霸的到来。

到了六月，当又一轮西南季风开始不断骚扰南海时，"华威号"已为后续船舶的进场，打开了一条又一条由深海通往不同岛礁的航道。一艘又一艘施工船舶陆续抵达南海。

我们是坐拖轮[①]来的。什么风啊，浪啊，晕船呀，一路上是怎么折腾的，就不说了，两个字：悲催；三个字：特悲催。当我们在海上熬到第十三天的时候，摊上事儿了。那是一个下午，大概两点多钟，我正在地板上躺着。床铺上已经躺不住人了。躺上去也得把你颠下来。躺在地上，不把你颠到铺上去就不错了。突然"嘭"的一声，伴随着一阵剧烈的晃动，

---

① 拖轮：又称为拖船，是用来拖曳没有自航能力的船舶、木排或协助大型船舶进出港口、靠离码头，或用作救助海洋遇难船只的船舶。

惊动了所有人。原来,是两船之间的主拖缆崩断了。一瞬间,拖轮在惯性作用下猛地向前蹿去,失去牵引的天达船上下颠簸,像断了线的风筝,顺着风向在海上漂移,那场面忒吓人了。

当时船上的大副和大管轮,跟拖轮上的领导紧急协商。如果不能迅速控制住天达船,那就惨了。我们好几个人站出来,主动请求抢险。几个领导一碰头儿,最后决定由我们四个人上天达船上去接拖缆。一个是大副,一个是大管轮,另一个是水手,还有我。我是水手长。

我们商量了一下操作流程,做了简单的分工,便开始行动了。当时海上的风力有十级,海浪五米多高。要想上到天达船非常难。一波接一波的大浪拍过来,拖轮和天达船根本靠不到跟前儿,一个在波谷时,另一个在浪尖,像孩子们玩的那种跷跷板,你上他下。当两船好不容易交错靠近时,高低相差三四米,根本跳不上去。当时我们急得呀,恨不得有一双翅膀飞过去。

终于有一次,在两船交错的一瞬间,逮到了一次机会。因为四个人中我最年轻,而且我有个外号,我老婆管我叫"二彪子"。当时我站在了最前面,猫着腰,像起跑线上的运动员一样,一直保持着半蹲的姿势,瞄着忽远忽近的天达船,时刻准备起跳。眼瞅着突然而来的机会,我两脚发力,嗖一下,一跃而起,终于跳过去了。就在我刚要落脚的时候,一个浪头拍过来,船体突然一晃,我脚下一闪,摔倒了。我刚爬起来,眼瞅着又一个浪头拍过来,我下意识地把头一转,才没拍到我脸,要是让海水灌进嘴里,呛了肺管就完蛋了。

哪知道，那个大浪没有拍到我脸上，而是直接窜上了二层甲板，哗地一下，我的妈呀，那才叫飞流直下呢。我本能地一闭眼，再睁开眼的一瞬间，我整个人都没了，被淹没在水里了，只露半个脑袋，我可是一米七八的个头呀。当时我已经彻底傻了，只听见好几个人在喊我的名字，岔了声似的喊叫着。

当时我心想，我肯定是被浪头冲到海里去了，完了，拜拜了。

我觉得过了很长时间，其实也就是一眨眼的工夫。我睁眼一看，海浪退下去了。我惊讶地发现，自己还在甲板上站着呢。这时我又听到了一阵欢呼："好样的，太棒了！"我心想，棒啥呀棒，都差点牺牲喽。别扯犊子了，赶紧干正事儿吧。我摔倒的时候把腰给扭了，一瘸一拐地走到预定地点。我迅速地把安全绳甩过去，另外三个人凭借安全绳，也都很费劲地从拖轮上渡过来了，都受了伤，但不重。一个人把腿整掉一块皮，一个脸上划了一道口子，还有一个让船栏杆磕了下巴，把舌头咬流血了。伤得都不重。那就动手吧。我们忍着疼痛，咬着牙接拖缆，用了两个多小时，终于把主拖缆接好了。船舶拖航又恢复了正常。

二

时间一晃到了八月。

"华威号"拿下所有岛礁难以攻克的堡垒之后，开始吹填作业，生产局面步入了正常轨道。这时候，苏家灿休了一次假。

绞吸船上的休假周期是三个月。也就是每工作三个月，有一个月的假期。休假期间，会有待班的人员来顶岗。不过，自从来到南海，所有人都没有按期休假。在近一年的时间里，只休过一两次假的占多数，有的人还一次没休过。一是"华威号"始终处于攻坚阶段，谁都不想在最要紧的关头当逃兵。比如，李老轨牙疼得寝食不安，坚持不休假；驾驶员牛河把婚期推迟了三次，好在那是个善解人意的姑娘，每次都是三个字：我等你。二是南海距内地水路遥远，即使有幸赶上军舰的航期，一个往返，途中就要耗去十多天的时间，要是搭乘其他船只就更没谱了。说起来还有个乐子。测量工丁岩是第一个申请休假的人。他原本计算着在妻子分娩的前两天回到家里，以便为受难中的女人助上一臂之力，结果草率地坐上一只交通船。却不料，那只船没有直接回陆地，而是绕来绕去，去了三个施工点之后才返回内地。途中又遇上了讨厌的风浪。当他赶到家里的时候，儿子咧着小嘴儿冲他直笑，而他自己却像个泥鳅似的哭了。

有过这样的教训，想到那么漫长艰辛的回家之路，总让人感觉到一种冒险的意味，尤其饱受过晕船之苦的人，一提休假两个字，立马就草鸡了。也有人做过计算，一个月的假期，光在往返的船上的时间就会占去一大半，倒不如两次休假并一次，折腾一回也值得。打经济算盘的人也有。无须讳言，在南海的工资收入比较高，甚至一月抵俩月，因此便想趁这个机会多挣点，尽管孩子哭、老婆叫地打来电话往回催，不但一拖再拖不回去，还能找出个冠冕堂皇的理由来："个傻老婆，说啥呢？我不回家不正是为了这个家吗？"

苏家灿不同。他是船长。在"华威号"最艰难的日子，他不可能因为休假就离开。况且他已经离了婚。在近一年的时间里,他努力地淡漠着"家"的概念,只是在某一瞬间会突然想起女儿,一直想到心痛。他知道,米乐从小身体羸弱,爱闹病。在他来南海不到一年的时间里,女儿因为习惯性的肺部感染,已住过两次医院。为此,即使无家可归,苏家灿还是决定回去看看,看看女儿。女儿出生时,他不在家人身边;孩子成长中,他也没尽到太多责任;米乐已经七岁,要上小学了,他想亲自把女儿送进学校。

在滨城,在这座已经没有他"家庭生活"的城市里,苏家灿和女儿在宾馆里度过了一段快乐时光。南海没什么可以带给女孩子的东西。他带着米乐下餐馆,上公园。在水族馆里,他给女儿解说各种不同鱼类,"这叫蓝吊,这是宝石魔……",像皮带一样长的"这叫海鳝,非常凶猛"。像荷叶似的这种"叫刺虹……"然后,他又带着女儿去商场,买了她自己喜欢的书包、水杯、文具盒和其他的学习用品。米乐要上学了。这是一个人走向知性和理性的开始,就像当年的自己一样,想想就让苏家灿激动。开学那天,他亲自把女儿送到学校,分了班,领了课本,还特意拜访了班主任,把女儿所处的家庭状况跟年轻的女教师交了底。这么多年,他在女儿面前时隐时现,像个游僧,现在他要让女儿感觉到他是父亲。不仅如此,在征得前妻同意后,他又整整接送了女儿两个星期。

苏家灿送女儿回家的时候,顺便一次性取走了存放在前妻家里的所有物品,淘汰了一部分之后,转存到一个朋友家里。这一次,那个叫陈晔的前妻没有躲避他,还礼貌地给他倒了一杯茶。苏家灿谢了她,但没喝,却很认真地看了一段电视新闻:

> 昨天,外交部发言人华春莹主持例行记者会,对有媒体

报道的"中国在南海大规模填海造岛作业"做出回应。

会上有记者提问，英国广播公司今天报道了中国在南海大规模填海造岛作业，中方为何这么做？

华春莹说：这个问题之前我们多次回答过，中方的立场你应该很清楚。中国对南沙群岛及其附近海域拥有无可争辩的主权，中国在南沙群岛有关岛礁滩沙的活动是中方主权范围内的事情，无可非议。

苏家灿直着眼睛盯着电视，陈晔很是纳闷地凝视苏家灿，不知道这个人神经出了什么毛病。

看完这段画面，苏家灿转身离去，却意外地撞上了前妻的第二任丈夫。她介绍说是"姜老师"，一所大学里搞哲学的副教授，瘦高个儿，差不多有四十五六岁的样子，穿着很正派，一副知识分子的模样，看不出有多深的学理造诣，说话带有讲台腔，一双忧伤的眼睛躲在眼镜后边，流闪不定。面对生命中最别扭的彼此，出于礼节，他们同时点了点头，还松松地握了一下手。苏家灿亲了亲女儿，毅然转身，出门而去。

两个月假期，除去途中的往返时间，苏家灿原本可以在内地待上四十多天。但仅仅过了二十天，当女儿重新回到前妻身边，他便待不住了，急匆匆地返回了南海。

返回岛礁的苏家灿，可谓满载而归。一只大号行李箱，外加一个帆布包，都被塞了个满满当当、密不透风。接船的是吉德令，从军舰上趔趔巴巴地把那只大箱子提到渔船上的时候，瘦小的吉德令差点扭了腰。

"苏船长,带的什么宝贝呀?这么重。"

其实也没什么。

两条香烟。

两瓶酒。

几件内衣。

一根鱼竿。

还有,适合在南海生长的两棵槟榔树苗。

最重的是土。

此前,驻岛部队曾发出倡议,凡是南海的官兵和建设者,如果休假回大陆,回到南海时,希望每人都要带回一棵树苗、一包土。苏家灿响应倡议,超额完成了"一棵树苗"的任务。土也是,二点五升的可乐塑料瓶——晃了又晃,撅了又撅,瓷瓷实实地装了五大瓶。

吉德令的渔船缓缓靠近了"华威号"。对面的底层甲板上已经站着一排迎接船长的人。一张张黝黑的笑脸,一只只温暖的手掌,一声声亲切的问候……熟悉的感觉扑面涌来,让苏家灿突然感受到一种久别归家般的亲切。

三

苏家灿回船的当天下午,他登上岛礁,亲自把两棵树苗和五瓶肥沃的黑土交给了驻岛部队。然后,他来到项目部,想顺便看看李铁报。

从六月开始,李铁报已经不再住船了。为便于工作,更主要的是为了减轻"华威号"的负担——"华威号"的负担的确是过重了——正常情况下，它的吃水深度是六米，由于住船人员和物资储备过多，沉入水下的船体已经超过七米。项目部先是在调来的一艘大型平板驳船上，用集装箱建起了宿舍、厨房、冷冻库、厕所、淋浴间和办公室等，将测量队和管线队全部搬了过去。后来，随着工程的不断拓展，赶赴南海施工的船舶和辅助人员不断增多，平板驳船上容不下如此庞大的队伍，便在不断扩大的岛礁陆域上建起了项目部。

在岛礁上，由于大量的机械和工程人员上岛施工，由集装箱建起的项目部规模很大。船机部、测量部、工程部、安监部、后勤综合保障部、财务部，还有管线队、施工队，由此组成的办公区、住宿区、食堂、洗澡间等，都划分得井井有条。

苏家灿找了好大一会儿，才找到总经理办公室。

门开着，屋子里空无一人。

此时，局里在南海几座岛礁的施工船舶已达十几艘。为统一领导，保障工程的顺利进行，李铁报已被局里升格为南海工程项目总经理。摊子大了，这个总经理也自然忙起来。从船舶燃油、淡水供给、储备，到备件的供应协调、生活物资的补给和维系，面面俱到，都得操心。同时，每座礁盘周围近四十平方公里的水域，哪一块的地质是软、是硬，哪个地方有几对浮筒、几千米管线，兄弟单位的施工船舶在什么位置，与本公司船舶的距离，各条船的吹填管口情况，临时围堰是否渗漏等等，李铁报作为总经理，都需要了解和掌握。他腰上挂着三个对讲机，皮带上挂着一个水壶，常常是天不亮就出发了，天黑才回来。自从第二次来到南海，他不仅没休过一次假，也没休过一个班。用大老白的话说，李铁报跟他的名字一样，就是个铁打的人，连肤色都像。

苏家灿径直走了进去。房间不大，但干净、整齐。办公桌上放着一台电脑，旁边摞着整整齐齐叠起来的图纸。办公桌后面的墙壁上钉着一张南沙群岛的局部地图，在不同的岛礁旁边，分别用红笔圈着一、二、三、四、五、六、七几个数字。这些用数字标注的岛礁，就是南海工程的施工点位。在过去近一年的时间里，"华威号"在这七座岛礁之间不停地周旋，每一个数字都给苏家灿留下了难以忘怀的记忆。

苏家灿在一套三人沙发上坐下来。这时，李铁报手提一个白色的安全帽回到了屋里。他突然一怔，惊异地看着苏家灿："家灿，你什么时候回来的？"

"早晨刚到。我得觐见一下你这个'新岛主'啊。"苏家灿打趣地说，"怎么样，忙不忙？"

"要是不忙，我肯定会想你了。"

"看来还是没想。"

李铁报是最早到达南海的人。由于各方面情况比较熟，又在"华威号"上经历了种种挫折，遇到过重重困难，由此积累了许许多多的经验，可以说，后续船舶遇到过的困难，大多都是"华威号"经历过的困难；"华威号"的经验，也就成了后续船舶可以借鉴的经验。因此，不管是本单位还是外单位的人，每天都在不停在寻找一个叫李铁报的人。无论是咨询情况，还是寻求帮助，李铁报都有求必应，哪怕下半夜接到电话，也会"这要这样""那要那样"地指点一通，不厌其烦。

李铁报把手里的安全帽挂到墙上。"刚去了一趟前场，围堰渗水，去处理了一下。你来怎么不先打个电话呀。"

他转过身来,发现茶几上有个手提袋。

"这是什么?"

苏家灿笑着说:"老白汾。不过要比你那两瓶高一个档次。"

"留在船上喝呀。"

"还是在地上喝踏实。怎么样?住到地上的感觉好一些吧?"的确,海洋是个奇特的维度,在没有任何参照物的海水中,人仿佛生活在一个广阔无边的虚空里,感觉有点没着没落。

"怎么说呢,有利有弊吧。"李铁报把办公椅移过来,在苏家灿对面坐下,往电水壶里倒上水,按下电源开关,烧着。

"说到地,我又想起我爹来了。他是林场的伐木工,喜欢喝酒。有一回喝多了,半夜想撒尿,却咋也下不了地了。他左摸右摸,说地哪去啦?我娘拉开灯,发现我爹不知啥时候从床上掉下去了,正坐在地上打着磨悠找地呢……"

两个人哈哈大笑。

李铁报止住笑声,感叹地说:"这一年多来,总在海上漂着,忽忽悠悠,还真有一种下不来地的感觉。现在总算是'脚踏实地'了,能接地气了,也听不到船上昼夜施工的噪声了。不过地上也有地上的缺点,比船上可热多了,发电机经常出事故。发电机一坏,空调开不了,集装箱里热得能蒸熟肉包子,夜里许多人就躺到外边去数星星。"

水开了。李铁报泡上茶。

"哎,你的假期好像不到时间吧?"

"没什么事了,我提前回来了。"

"怎么样,家里……女儿还好吧?"

"还好。已经上一年级了。"

"时间真快啊，记得我去你家那年，小姑娘还扶着沙发迈步呢。对了，家灿，还有没有复婚的可能？"

苏家灿一笑，调侃地说："复婚太麻烦了，她还得离。"

"她已经找啦？"

苏家灿点点头。

李铁报沉默了一会儿，转换话题："你啥时候接班？"

"夏船长说，他再顶五天，正好一个半月。"

"坐了几天船，休息一下也好。老夏这个船长不错，很有经验，就是腰不好。刚来的时候不太适应这里的气候，犯了腰椎病，严重的时候得让船员扶着走。"

"我上午见他了，腰上还贴着膏药呢。"

"年龄大了，在这样的环境下长时间工作，体力上确实有点吃不消。"他又给苏家灿的杯了加上水，"船上没你的事儿，晚上就留在岛上。有个船长，我给他解决了个小难题，说啥要坐坐。晚上一块去，带上你这两瓶酒。"

"先别说晚上的事。时间还早，我想到岛上转转，顺便看看管头什么情况。"

"这好办，咱有车。"

四

一辆银灰色的皮卡车轻声启动了。车内几乎听不到引擎声。随着陆域面积不断扩大，为提升工作效率，有些单位已经把汽车运到了岛上。李铁报用一只手熟练地揉了几圈方向盘，调转车头。

"两周前运来的，四驱车，越野性能还不错。"他向副驾座位上的苏家灿介绍说。

"有车就方便多了。"

"是啊，岛屿不断扩大，前段时间腿都跑细了。"

"真是奇迹，记得吗？我们第一次来到这里的时候，还只能见到落潮后裸露出的一些礁石。半年不到，现在没有车，腿都吃不消了。"

吹填而成的岛屿上，尽是白色的海沙和细碎的贝壳渣，在九月的阳光下，闪闪发光，耀眼眩目。靠近海边的一侧，几艘运输船舶正在围堰。船舶上的超重机吊起灌满沙石的钢圆筒，升臂、收臂、回转……然后慢慢放入海水中，一个挨一个地排开，以便挖泥船在钢圆筒围起的区域进行吹填。在已经吹填成陆地的另一侧，几台强夯机正在夯实砂土，只见长臂的机器此起彼落，把一方巨大的"铁砣"吊到十几米的高空，然后砸下，像是在地面盖上无数个深深的"大钢印"，砸地的瞬间传出沉重的闷响。一艘小艇驶进海岸，从小艇上下来两个人，卷着裤腿，扛着设备上岸之后，朝着很远的项目部走来。

在车里，李铁报发现了那两个在岛上行走的人。

"测量队的，我先把他们接回来。"

银灰色的皮卡一拐，沿着一条通往海边的土路驶去。石子在车轮下翻滚。

"这些测量人员很艰苦，每天天不亮就带一包压缩饼干和矿泉水往前场跑，晚饭常常赶不上，夜里还得加班处理数据。都说'80'后和'90'后出生的独生子女娇生惯养、吃不了苦呀，让他们到南海来看看，这里的小伙子，没有一个不是好样的。"

"测量队现在多少人？"

"一个多波束测量组，一个单波束测深组，四个RTK测量组，共六个组，二十几个人，施工点位多，相隔又太远，还是跑不过来。"说话间，皮卡已经来到两个人跟前。李铁报摇下车窗玻璃。

"是回项目部吗？"

"是呀，李总。"

"今天挺早呀。"

"我们先回来做图纸，其他人去2号岛了。"

"上车吧。"

"哈哈，李总亲自来接我们呀。"

车外的两个小伙子，一个扛着测量仪；一个拎着一个竹编的菜筐，与肩上背的外业电脑包极不协调，有些滑稽。

苏家灿有些好奇："他们拎个筐干啥？"

李铁报告诉他，这个菜筐可帮了测量人员不少忙。海面上光线充足，眼睛在强烈的阳光下无法看清电脑屏幕；遇到强风天气时，风浪大，飞溅的浪花会溅到电脑上，他们就用菜筐来遮光、挡水。

苏家灿笑着说："真是土洋结合，啥招儿都用啊。"

两个小伙子把测量设备和那只筐放到后车厢，人钻进车里来，摘下了墨镜和戴有面罩的遮阳帽。苏家灿回头看了看，他才发现其中一个是丁岩。对方也同时认出了苏家灿。

"苏船长，你不是休假了吗？"

"上午刚回来。"

皮卡调转头，朝着项目部的方向驶去。

"怎么样小丁，儿子会叫爸爸了吧？"苏家灿背着身子，和丁岩搭讪着。

"哈哈，苏船长还记得。哪有那么快呀，前几天刚过百天儿。"

"有了儿子，就该按时休假了吧？"

"不休，路上太受罪了。让他自己长去吧，我看不见，他长得更快。"

车上的人都乐了。

很快，项目部就到了。李铁报回过头去："你们下车，我和苏船长岛上转转。"

"谢谢李总，节约了我们十分钟。"

  毫不谦虚地说，测量工就是整个工程的"眼睛"和"尖兵"。在施工船舶没到之前，我们就得提前进场，投入前期测量。在施工船舶进点时，面对复杂的水域、暗礁、有限的水深和湍急的洋流，我们必须保证每一艘船舶顺利通行。船舶进场后，我们要在第一时间上船，安装北斗定位设备，调试施工定位系统。当船舶施工一段时间后，管线定位、地形测量、围堰轴线放样、整平测量、挖区水深检测、吹填成陆的泥沙方量测量、绘制各种用途的水深地形图，所有的任务就像洪水一般涌来。每个测量人员都忙得"脚打后脑勺"。每天早晨，我们顶着几颗星星出发，回到项目部时，又是满天星斗了。吃过饭，又马上开始在电脑上处理各种数据的工作。这样高强度的工作，不是一天两天，而是天天如此。

  有一次，我们接到去一座岛礁安装布设基准站的任务。机帆船刚一靠上海岛，紧锣密鼓的工作就展开了。我们既是测量队，又是施工队，白天建标做外业，晚上整理数据。一天下午，我们调试进入到了最终阶段时，突如其来一场暴雨，顷刻间电闪雷鸣,狂风裹挟着暴雨无情拍打着基准点。如果此刻我们停止作业,整个计划安排将被耽搁,信息数据将会全部紊乱。我和队员们完全豁出去了,不顾瓢泼大雨,冲到基准站,脱掉身上的雨衣,搭起雨棚,坚持工作。最终,在凌晨两点完成了基准站的布设工作。

忙,倒不算个啥,主要是热呀。即使坐着什么都不干,一会儿也会汗流浃背。我们穿着工作服、救生衣,戴上墨镜,用遮阳帽遮住脸部,再套上安全帽。一天下来,回到岸上,人就像刚从海里捞出来一样。回来的第一件事就是立马冲澡。如果不冲去身上的汗水和海水,过一会儿摸摸脖子,麻沙沙的,全是盐粒子。

皮卡在上路上匀速行驶。苏家灿和李铁报目视前方,继续着刚才的话题。

"丁岩那小伙子不错。"

"业务能力很强,现在是测量队队长了。"

"是吗?小伙子好学,住在船上那段时间,没事总看书。能侃,没有很好的历史知识,很难跟他对话。"

"也挺能吃苦。知道他在船上的事吧?"

"知道,老婆生孩子,他坐了十几天的船才到家。"

"我说的是另一次。就在上个月,他带着几个人到5号点去做围堰施工放样。回程中,有人坐的是军方的交通船,有人跟着货船,还有人坐的是拖轮。由于要处理最后一点业务,他坐的是木质渔船。没想到,这船坐的,简直像个笑话。途中遇上了大风天气,本来一夜的路程,他们硬是在海上折腾了八天。风浪大的时候,把人颠得直蹦高儿。他只能抱着一袋大米保持稳定。那几天,可把他整惨了。"

苏家灿笑着说:"没到过南海的人,绝对不会相信,这情况其实一点不夸张。"

皮卡由东向西,沿着一条弯曲的土路匀速行驶。苏家灿的目光一直盯着外面。前方宽阔的海岛沙地上,远远竖立着很长一排方块型标语牌。随着皮卡渐渐驶近,牌子上的红色楷体大字越来越清晰。苏家灿看着,禁不住念出声来:

每一粒沙都是国土
每一段堤都是长城
每一分钟都是历史
每一个……

"铁报,开慢点,最后几个字看不见了。"
"每一个人都是英雄。"李铁报说。
苏家灿把这四句话完整地重复了一遍,感慨地问:
"这谁写的?"
"后勤部的老张,他一直在公司搞宣传,写一手好字。"
"我说这词儿是谁出的。"
"就是你们船上的人。你猜吧。"
苏家灿说:"那就是刘建浦了。他一直搞政工,文笔最好。"
"你说对了一半。当时我问过,他说是和小张两个人一块琢磨的。哪个小张呀?我咋对不上号呢。"
"船上只有一个姓张的,张同乐。见习水手。"

"你船上的人很厉害嘛,有能唱的、能写的、能说的,人才济济呀。"

皮卡一直向西。左靠近海岸的一侧,可见三五公里以外的海面上,数十条施工船舶正在作业,还有一艘登陆舰作为生活保障船,停在潟湖里。

皮卡在一个吹填区附近停下。李铁报和苏家灿同时下车,来到管头处。

"这就是'华威号'现在的吹填区。"李铁报说。

只见排泥管口一股黄色的泥浆喷涌而出。

"我听夏船长说,产量还不错。"

"挺正常。说到老夏了,他有个经验我得告诉你。"

"啥经验?"

"还记得我们在管头无法下锚那次,是怎么解决的吗?"

苏家灿想了想,说:"当然记得。"

那次是在赤瓜礁。"华威号"在调整管头时,周边没有陆域点,管头无法定位,在泥泵吹力的作用下左右摇摆,泥沙随着海水流回到海里,无法在礁盘上形成陆域。为解决这一难题,煞费苦心,最后管线队想出个办法:利用钢管替代锚,将吹填施工用的钢管两端封口,封口后的钢管浮力增加形成自浮,通过人力拖带到吹填区,再灌水,让它下沉,代替抛锚,固定管头。

根据这一方案,管线队员准备好自浮钢管,又把四个空油桶拼在一起,做成可浮动的支撑筏。在海上,两名工人像侦察兵似的站在支撑筏上,牵引着预制的自浮钢管,钢管上系着钢丝绳,钢丝绳的另一头连接着锚艇,两个工人撑着空油桶在海上缓缓行进,到达预定地点后,开启蝶阀注水,随着代替锚的钢管缓缓沉入海底，摆动的管头终于得到了控制。真是费死劲了。

李铁报说："前几天又碰上这样的事了。当时我们还想采取这种办法。夏船长觉得这个方案太费时间了。他说管它怎么着呢，继续吹，不行再说。那就吹吧。那天夜里，老夏腰不行，他留在船上，我和管线队长拿着手电和对讲机分头行动，我来到管线中段，他去了管头。大约吹了有十几分钟，管线队长喊话了，他说管头起堆儿了。"

苏家灿看着李铁报："在管头自由摆动下，也可以自然成堆儿？"

"说的就是。结果是一夜成滩，只用三天，就连成一片陆地了。后来在别的船上，我也采取过同样的办法，都行。还成了经验了。看到最西边那条船了吗？"

"看见了，哪个公司的？"

中交疏浚集团是一家国有大型企业，下有三个航道局，每个局里又有若干分公司。整个集团的职工人数多达十万。

"天凤船。船长叫刘达。今晚请我吃饭的就是刘船长，我就是用夏船长的那个办法，为他解决了一个技术难题，他非要请我吃个便饭，咱们一块去。"

"他请你，我去合适吗？"

"没什么不合适的，都是疏浚人，老刘人不错，经验很丰富，你们都是船长，你还是一条大船的船长，好好交流交流经验。"

"'华威号'的确是一条大船，但比起一些老牌船舶来，还是一条年轻的船。我没什么经验，但我有个理念：一条船就好比一个企业，它的潜力、能力、创造力，甚至包括它的气场，是随着一茬又一茬人的智慧、经验不断积累起来的。特别是我，还年轻，经验不足，还真该多向一些年长的船长们学习。"

李铁报说："你这个理念本身就是经验嘛。"

海滩上空无一人，苏家灿和李铁报缓步而行。前方吹填好的岛礁已经做了固边护堤，细细的白沙流线般延伸而去。傍晚的潮水不断拍打着人工海岸，发出有节奏的大海之声。

"现在是每吹填好一块，后续的维护马上开始。"李铁报介绍说。

"还不到两个月时间，变化这么大，真是难以置信。"

"过两个月你再看，变化会更大。现在北边已经有规划地种植了好多树了。"

苏家灿说："必须植树。驻岛部队倡导得好：树是岛礁的魂，岛礁有了绿树，便有了灵气。"

"紧接着还要修路，盖楼房，构筑工事，建设工厂和渔业企业。我听说，还要修建机场。"

"确实了不起。"

"就是啊，过去总说中国强大了，我真没感觉，通过这次南海工程，我才觉得中国确实是强大了。"

如果天气清朗，南海的黄昏就是一幅画。夕阳像个巨大的圆球，红红的，天上的云彩一层黄，一层灰，又一层粉，层层叠叠。海面上波谲云诡，反射出暗红、青紫的奇异色彩。几艘作业船舶耸立着高高的钢柱和起重架，在逆光的落日余晖中，远远看去，就像水墨剪影画。

此时，皮卡车已经离他们很远了。

"行了，伙计。我们该回去了。"

土路坑坑洼洼，有的地方还有积水。皮卡在返回项目部的路上扭扭达达地行驶着。透过前挡玻璃，他们看见前边走过来三个人，每个人手里拎着一个红色的塑料水桶。走近些，李铁报才认出他们是本单位的人。

"管线队的。"他说。

"这是干啥？去提水吗？"

"提什么水，不应该呀……噢，我知道了。"

说着皮卡已经来到近前。几个小伙子闪到路边，同时往车里看着。李铁报停住车，摇下车窗玻璃。

"你们这是去哪？"

"李总，我们捡鱼去。"

"我一猜就是。去吧，多捡点儿。"李铁报笑着说。

"李总，您就等着吃鱼吧。"

皮卡继续向前行驶。几个小伙子转身而去，在后视镜里越走越远。

"捡鱼？捡什么鱼呀？"苏家灿疑惑地问。

李铁报告诉他，在围堰旁的排水口处，憋住许多鱼，由于缺氧，一些半死不活的鱼都浮到了水面上，一逮一个着，跟捡差不多。

"什么鱼？"

"基本都是石斑鱼。小的一斤左右，大的有两斤。这些小伙子晚上没事就去捡。有时候厨师也跟着去。整个项目部的人，已经喝过好几次鱼汤了。那是真正的野生鱼，一个字，鲜。"

这时候，苏家灿想起了他的鱼竿。

第十二章

一

有人说，海鸥是大海的精灵，这话没错。大自然有着数不清的鸟类，但在这儿你见不到麻雀，见不到鸽子，见不到百灵，也见不到乌鸦和猫头鹰。这是没办法的事。它们的生活习惯、生理运行都不行，它们是旱鸟。当然，也不是什么样的水鸟都适合于海上生活。鸳鸯不行，野鸭子不行，甚至被人誉为高飞冠军的天鹅也不行——它们凭借九千米的飞行高度，可以飞越世界屋脊珠穆朗玛峰，却飞不到南沙群岛。因为这里水深、浪急，游起来太费劲，气候太凶险，水也太咸了。相对而言，它们喜欢平静的湖泊和沼泽。

不过，南沙群岛也不缺少鸟的身影：军舰鸟、蓝翡翠、锈眼鸟等，太多了。千百年来，它们在不同的岛屿上繁衍生息，在岛礁上堆起了厚厚的鸟粪层，有的甚至超过了一米。只是这些鸟你很难辨认，主要是不熟，叫不出它们的名字。其中最熟悉、最常见的就是海鸥了。

在鸟的王国里,海鸥一族算不上有多漂亮,却也绝对不丑陋。最丑的应该是秃鹫吧。挺长个脖子,跟人的脖子一样,连片羽毛也没有——人的脖子上有毛就不对了,但秃鹫看上去就别扭,很容易让人联想到宰杀过的鸡。也不知道它们的自我感觉什么样。

相比之下,海鸥就显得可爱多了。它们长了一身双色羽毛,背灰,肚白,如同象牙,只在翅鞘、尾翼稍作修饰,镶了一抹黑边儿。看上去素简、质朴,不浓妆艳抹,身姿健美。这些小精灵们喜欢群集,善于飞行,爱游泳。它们的食物以鱼虾、蟹、贝为主,也喜欢拣食船上的残羹剩炙。即使在海上航行,它们也会尾随船舶飞来飞去,一直跟踪着你。在停驳的作业船上,它们更是不请自来的常客,在甲板上,在船舷上,睁着明亮的小眼睛四处张望,一点也不怕人。当然,船员们也绝不会使用技巧俘获、攻击或伤害它们。海鸥是食腐动物,是海岸的"清洁工"。在一片汪洋大海上,人们过着单调、重复的生活,每天,闭上眼睛是海水,睁开眼睛还是。人们渴望视觉上有点变化,给这种烦人的单调增加一点别的东西,找到一点可以放松、转移注意力的事物。这种"事物"也就是海鸥了。

它们成群成片,在空中不停地盘旋、翻飞,清脆而短促地尖声聒噪。它们喜欢用红色的脚蹼站在海水中,随着波浪的滚动,像在水面上行走。它们还喜欢假装扎猛子:从高空一头栽下,你以为它会一头扎进海里,却是蜻蜓点水,肚皮刚好擦到水面,又嗖地飞向空中。你正欣赏它的表演时,突然,它一个俯冲就过来了,飞快。你以为它会撞到你的脸,禁不住本能一闪——其实毫无必要——有谁被飞鸟撞到过脸呢?它保准会在一个绝对安全的距离果断转向,一拍翅膀,嗖地贴着你的头顶一掠而过。纯粹是逗你玩。

午后的南海,天气晴朗。九月的阳光下,成群的海鸥绕船飞翔,叫声悦耳。一只顽皮的小家伙,先后两次落在苏家灿的鱼竿上——优雅地歪着脑袋,似乎在想:

他在钓鱼?

是的是的。苏家灿在钓鱼。

按约定,他与夏船长的交接时间还有三天,总得有个事儿来消磨消磨。于是他找出了那把鱼竿,饶有兴致地来到甲板。他打开鱼竿,像所有垂钓者一样,鼓鼓捣捣地挂好鱼饵,站起身来,一甩手腕,将一根闪亮的渔线抛进海里。他坐下来等,静静地等。他知道,一个人在等待的时候心态很重要,你有什么样的心态,就会等来什么样的结果。父亲说"沉得住气是一种能耐"。啥事儿都是,尤其是钓鱼。

苏家灿安静地等待着。海鸥落到鱼竿上,他也没动。心里想:看来这两天的天气应该不会坏。吉德令曾经告诉他,如果海鸥总是贴近海面飞,近两天肯定是好天气。如果它们离开水面,成群结队地从大海远处飞向岛屿,飞向它们水边的窝巢,必是暴风雨来临的前兆。

"这小家伙还有这本事?"

吉德令告诉他,海鸥的骨头是空心儿的,没骨髓,里边充满了空气。此外它翅膀上的羽毛管也是空心的,能灵敏地感觉到气压变化,从而预知天气。

这事让苏家灿十分感慨。他不是感慨海鸥有这样的本事,而是感慨吉德令,这个瘦小的渔民什么都知道。他知道海参的皮下贮存一个小的"纯铁球";也知道一种侏儒鸟的翅膀一秒钟可振动一百多次；他还知道海兔的交配方式极特殊，往往是几个，或十几个一起交配。

正这么想着，海上的鱼漂突然一缩，渔线在水中猛地被扯紧，一股微妙的力量像电流般传感到手上。上钩了！苏家灿双手提竿，一条三斤左右的大鱼摇头摆尾地被吊出水面。他坐在甲板上，不紧不慢地收着渔线，拖着那条泛着鳞光的大鱼划开水面，像是在海面上立着身体跳舞，最终把它挑上甲板，两根手指熟练地抠进了鱼鳃，把鱼钩取了下来。

"船长，钓了这么一条大鱼啊。"

回头一看，是张同乐站在头顶的甲板上。

"小张，下来。"

张同乐从舷梯上快速跑到底层甲板。

"送到厨房去，再拿个小桶来。"

"好嘞。"

张同乐答应一声，去接苏家灿手里的大鱼。不想交接不对头，它一挣扎窜到甲板上，尾巴不停地拍打着甲板，直蹦高儿。张同乐蹲下身去，双手扑住，用两根手指使劲抠住鱼鳃，终于制服了这条情绪激动的石斑鱼。他顺着舱外的舷梯，乐不可支地往厨房里走去。

苏家灿重新放好鱼饵。他用的不是蚯蚓，也不是渔具店里出售的什么"丸九系列"，什么"就慌食""天下无双"，而是按吉德令说的"用羊肉作饵"。也许南海的鱼从没吃过这么稀奇的食物，把鱼饵抛下去，往往不到几分钟，渔线便晃动了。

在南海水域，鱼类资源十分丰富。马鲅鱼、石斑鱼、红鱼、鲣鱼、带鱼、宝刀鱼、海鳗、沙丁、大黄鱼、燕鳐、乌鲳、银鲳、金枪鱼，还有大鲨鱼，等等。据说，这里的鱼多达一千五百多种。

此前，苏家灿已经钓上来几条，但都是很小的鱼，一条红的，一条蓝的，还有一条五颜六色的小鱼，斑纹奇特，美得像工艺品。他欣赏这些从没见到过的小彩鱼，最后把它们全放回了海里。钓鱼人就是这样。如果你以为他们嘴馋，是为一饱口福才钓鱼，那就错了。他们之所以乐此不疲，主要是享受垂钓时那种独特的感觉和魅力，而不仅仅是为了吃。苏家灿也一样。常年漂在水上，有时他会忙里偷闲，钓上几竿，感受一下其中的乐趣。

张同乐从厨房拎来一只水桶，放到苏家灿旁边。

"小张，我听说岛上那几句标语是你和政委写的？"

张同乐意外地看着苏家灿："船长，你看见了？是我和政委出的词儿。"

"行啊，还有这两下子。"

"船长，我以前过写诗。"

"我说那几个句话概括得那么好呢，原来是诗人呀。"

张同乐谦虚地笑了笑："啥诗人呀，早就不写了。"

"你实习转正办了吧？"

"申请交上去了。"

按行业规定，海事大学或者其他高等院校航海专业毕业，十二个月后，通过公司的考核和船上同意，可以转正。

"挖泥操作得怎么样了？"

"还行，基本没什么问题了。"

绞吸船的挖操作相当复杂，什么横移挖、边线换向、倒桩、移锚、都得能够熟练操作。操作也不难，难的是要根据不同的地质、水深、气象等一系列自然条件，仔细分析、准确把握、调整好各项参数。比如绞刀下放深度，要根据潮位变化和船舶吃水深度及时调整；什么时候合1号舱内泵，什么情况合2号舱内泵，都有技术上的要求与讲究。

虽是实习水手，张同乐却很有上进心。没事就盯在驾驶室，跟驾驶员套近乎，观察他们作业时的一举一动，默默记在心里。苏家灿看出他的心劲儿，也看到了一种不错的潜质。两个月前，他告诉张同乐，可以在一水的指导下学习操舵。

"光熟练还不行，要不断积累经验。"

"是的，我会继续努力。船长，我听说您就是从水手做起的，我特有信心。"

"光有信心也不行，还得有耐心，能吃苦，熬得住。"

"放心吧船长，通过南海这样的工程锻炼，我觉得，我的适应能力还行，主要是我喜欢这个工作。现在我实习已经满一年，下一步，我争取拿到二副的适任证书。"

"这就好。有目标就是最大的动力。"

张同乐迟疑了一下，挠挠头："船长，我想说个事儿。"

"什么事儿？"

"我想休个假。"

苏家灿问他休过几次了。

张同乐说第二次。

他头一次休假，是在三个月以前。他跟牛河一块回去的。牛河回去是结婚，女朋友订下的婚期他已经推了三次，人家一直咬着牙说"我等你"，再不回去把事儿办了，就说不过去了。张同乐是啥事也没有，就想回家看看他母亲，同时也想对村里人说说他现在的工作，甚至稍稍透露一下他们造岛的事，享受一下那种被人羡慕的自豪感。

回陆地时，他们搭乘的是补给船，顺风顺水，很顺利。回来时他们坐的是军舰。开头还觉得挺美的，感觉很自豪，很神秘。可一上船就发现赶上了一拨大队伍。好家伙，船上足有七八百人，除了少数休假返岛的船员，大多是奔赴南海的民工。他们有的是兄弟，有的是父子，每人带着一个很大的行李包，里边有草席、被褥、水桶、拖鞋、泡面、枕头、矿泉水和一些洗漱用品。由于人太多，军舰上的床铺远远不够，只能在装坦克、装甲车的大舱里人挨人地打地铺。头一天，开饭的哨音一响，全都是好胃口，虎狼似的，几乎是在抢饭吃，那场面就像某部大片里的场景再现，特别震撼。到了第二天，就没多少人去吃饭了。海上风起浪涌，舰船上下起伏，把那些可怜的民工折磨得吐天哇地，一塌糊涂。船舱里十分闷热，充斥着汗味、海水的咸味，甚至呕吐物的味道。这一切都让人感到昏昏然。张同乐也晕船了，他们互相鼓励着，咬牙坚持到第三天，船上的人才一拨一拨地背着行李卷，摇摇晃晃地下了船，去了不同的岛礁。

"本来我不想休，太折腾，但是我妈让驴踢了，我得回去看看。"

苏家灿讶然地看着张同乐："怎么还让驴踢了呢，重不重？"

"不太重，是自己家的驴。说是踢到肋骨上了，好在没骨折。"

"你想什么时间走？"

"看看最近有没有船期。我希望越快越好。"

苏家灿盯着水面，浮标忽然往下一沉，他猛地提竿，鱼竿立刻被拉成了弓形，又是一条石斑鱼。鱼身上布满了黑点，被苏家灿钓了上来。

"船长,这条比刚才那条还大。"张同乐睁大了眼睛。

苏家灿把鱼从鱼钩上摘下来,放到身边的小桶里。张同乐弯着腰,往水桶里看着。鱼在水桶里银光闪闪,愤怒得直蹦高。

"你去跟水头说一声。"

"船长,我说啥?"张同乐沉浸在兴奋里,一时没明白苏家灿的意思。

苏家灿半笑半嗔地看着他:"说你休假的事。"

张同乐这才回过神来,一伸舌头,摸着脑袋笑着走了。刚走上舷梯,他低头看了一眼左侧的底甲板,突然转身跑了下来,慌张地喊着:"船长船长,田师傅可能出事了。"

二

田师傅不到五十岁,是个表情忧郁的南方人。他是个木匠。现代船舶全是钢铁结构,但却离不开木匠。船上的木匠和我们常说的木匠不大相同,工作大都和木头无关。比如定期检查舷窗、水密门、导缆孔滚筒和救生艇吊柱等设备,每天至少两次测量淡水舱、压载水舱和污水沟的水位,并及时排出废水,做好记录,同时要负责操纵起锚机和外部的清洁保养等工作。真正算得上木工活的,就是检查船舶上那些大小金属设备下的木头垫板,发现有腐烂的、碎裂的,马上更换。田师傅是个慢性子,做什么都是磨磨蹭蹭的样子,但他有一股韧劲,总能在你要求的时间内把所有的工作都干完。

这些零零碎碎的工作，他一干就是二十几年，如今已经算得上个老木匠了。老木匠的身体很棒，面色黑红，不爱说话。除非手里有一把电锯，会发出刺耳的"尖叫"，否则无论干什么，他都像猫一样悄然无声。即使在人堆里也很少说话，只是倾听，存在心里。他喜欢抽烟，默默地找个合适的地方，往甲板上一蹲，你永远不知道他在丝丝缕缕的烟雾后边想着什么。他像是有意让你感觉不到他的存在，或者像个胆小的动物在躲避着别人。事实上，在"华威号"一百多米长的底层甲板上，田师傅是个无处不在的人。

昨天夜里田师傅就病了，胃不舒服，腹部有下坠感。他以为是空调吹的，着凉了，没当一回事儿。第二天早晨果然稍有好转。上岗后，他逐一检查了主甲板所有的水密门、窗子、透气孔等关键部位，接着他开始更换垫在一台设备下的木板条。他的动作不慌不忙，沉着、缓慢。他先用尺子量了木板的长短、宽窄然后拿起一把小电锯，刚刚拉出两块木条，就在这时，他觉得腰腹部突然绞痛，同时伴有恶心。他蹲下身，疼得直不起腰。在这个世界上，没经受过疼痛折磨的人肯定没有，只是部位不同，程度不同。应该说，田师傅抵抗疼痛的能力还是可以的。前几年他被电锯切掉半个大拇指，他都一声没吭。现在那种难以忍受的疼痛，让他在甲板上直折个儿，恨不得一头撞死。

苏家灿和张同乐跑到跟前。只见田师傅屈膝跪在地上，一手卡腰，脑袋抵在滚烫的甲板上，像是要钻进去。

作业中的"华威号"正在自动移桩，巨大的钢桩发出响亮的金属碰撞声。

"田师傅，你怎么啦？"苏家灿急切地问道。

"我的腰可能断了……"田师傅闭着双眼，紧绷嘴唇，后腰上像砸进了一根木橛子。不尖锐，很粗壮，是那种很钝很钝的痛，不好描述。

苏家灿环视左右，只见甲板上有一把电锯，两条新拉开的木板，别无他物。不像出了什么事故。他判断不出田师傅得了什么病，他没有这方面的经验。他告诉张同乐马上找来水手长周健和政委刘建浦。

他们把田师傅扶起来，却无计可施。

"把渔船调过来，赶紧送部队医疗所。"苏家灿吩咐道。

部队医疗所在岛上。平时无论是驻岛官兵，还是岛礁的建设者，一旦有病或出了工伤，都到那里去救治和处理。

"华威号"距离岛上不到五公里。苏家灿和周健同时护送田师傅。当吉德令的渔船抵达一处临时的港口时，李铁报已经在岸上等候了。周健背着田师傅，在苏家灿的护送下来到岸上。几个人赶紧地上了车。

银灰色的皮卡在岛上疾驰而去。因为昨夜里下过一场大雨，岛上的砂石土路还是湿的，车后没有卷起烟尘。

第十三章

一

自从项目部建在了岛上,李铁报和守礁官兵一直处得不错。有个三十六岁的老兵,偶尔会到项目部里喝喝茶,聊聊天。有一次他发现李铁报的头发太长了,说他们有个战友会理发,手艺不错,他邀请李铁报到礁堡去,给他理了发,还带他参观了第二代被遗弃在历史风雨中的"高脚屋"。现在岛上已经有了混凝土建成的礁堡。礁堡设计得很独特,上边可以站岗,可以住人,底下有一个雨水收集池,可以储存九十吨雨水。如果淡水补给不及时,战士们就用雨水代替。在礁堡,李铁报发现战士们没有洗衣机,每天汗水湿透的作训服全部用手洗。之后,他把项目部的一台洗衣机亲自送给了守礁的战士们。

几位军医,李铁报也很熟。一行人来到医疗所,一位年轻的军医接待了他们,并很快就做出了诊断:田师傅患的是肾结石,右输尿管严重堵塞。

"这种疾病常常是因为饮食不当所引起，平时由于多种维生素摄取不够，出汗太多，喝水少，体内的钙盐或脂类就会容易形成结晶。"

"怎么个治疗法？"李铁报焦急地问。

军医说最有效的办法就是手术，但这里不具备手术条件，药品也不多，恐怕解决不了根本问题。

在简陋的医疗所里，军医为田师傅实施了止痛、消炎及输入葡萄糖等治疗。一小时后，田师傅右腹部疼痛加剧、双手痉挛，他大汗淋漓、面色苍白，人已经坐立不住，毫无尊严地跪在地上，不停地折个儿，爬动，甚至出现了昏迷性休克，四肢麻木无知觉。苏家灿和周健不离左右地护理着田师傅，为他揉搓四肢，缓解麻木。但是，田师傅的情况没有好转，还出现肾性高血压。

"从患者的情况看，很有可能是急性梗阻。"

"急性的是不是危险性更大？"苏家灿问。

年轻军医告诉他们，一般情况下，不管急性还是慢性，肾结石不会直接引起死亡，但尿路阻塞会导致肾积水。一旦双肾积水，就会引起肾功能衰竭，严重的甚至会造成尿毒症。他建议立刻送回大陆治疗。

在场的李铁报和苏家灿面面相觑、神情紧张。他们知道，回大陆不是个近距离，春天的时候，有个外包队里的民工得了肠梗阻，就是在送回大陆的交通船上死去的，死在了漫长的时间里。

"怎么办？"

李铁报和苏家灿互相看着，异口同声地问着彼此。

苏家灿想了想："立即上报总部。"

"田师傅怎么办？"

"回项目部,准备联系交通船送人。"

路上,李铁报手握方向盘,猛踩油门,遇到泥坑也不减速。苏家灿则一直用手机拨打滨城总部的电话。此时的南海工程虽有一些具体的保密规定,但是电话已基本放开,有事可以和家人通话,报平安。只是因为信号时有时无,手机经常打不通。苏家灿收起手机,放弃拨打。车内突然听到一阵飞机的轰鸣声。苏家灿扭头看去,是一架直升机,从前方的视野中低空飞过,沿着右侧岛礁的边缘盘旋而去。

"要是能把这架飞机叫下来就好了。"

李铁报异想天开地嘟哝了一句。

谁都知道这不可能。这种直升机通常是在执行防卫任务。自从南海岛礁建设开工之后,时有外籍船只肆意闯入中国领海,试图靠近建设中的岛礁,只要发现形迹可疑的船只,我军方信号塔就会发射信号弹以示警告。不听警告的,便紧急出动施工船只,甚至护卫舰,近前盘查、驱离。南海的建设者们,知道自己是在飞机和护卫舰的监护下,从事一种特殊的工作,常常泛起一种别样的自豪。

但恰恰就是李铁报这句异想天开的话,让苏家灿心里一动。他突然想到,在国内,有的直升机公司可以执行急救飞行任务,如果局里能联系到这样的公司,并获得相关部门的审批许可,田师傅就可以得到最快速度的急救。

苏家灿说出了这一想法。

李铁报也受到了启发:"可以把我们的建议向总部报告。不过估计费用不低,据我所知,即使雇一条交通船也得八十万。"

苏家灿说:"再高的费用也比不上人的生命宝贵。我们必须尽一切努力,争取最大限度地救人。"

"家灿，把我们的建议告诉刘政委，让他用船上的卫星电话立刻和局里联系。"李铁报坚定地说道。

在李铁报的办公室，他们很快得到了刘建浦的反馈信息：局里同意他们的急救方案，要不惜一切代价对病人进行救治，目前正在联系有急救业务的直升机公司，同时要求他们把患者的病情及时向局领导汇报。一次大胆的建议，能如此快速地得到领导的采纳，使李铁报和苏家灿等人深感意外。

"但愿我们不会失望。"

兴奋之余，苏家灿的心情依然揪得很紧。田师傅蜷缩在沙发上，疼痛紧一阵、缓一阵，刚匀几口气又不行了，疼得更厉害。疼痛的世界是虚幻的。他听着几个人的说话声，好像从很遥远的地方传来，又好像在说一件跟自己无关的事，极不真实，像个梦。

不到半小时，刘建浦再次打来电话，经北京总部请求，一架执行任务的南海舰队航空兵某飞行团的直升机，携载医务人员，已经在永兴岛起飞。事情的突然转向，大大超出了苏家灿等人的预期。

"是军用直升机。"李铁报兴奋地说。

"太好了。速度快，距离近，这样会缩短许多时间。"苏家灿兴奋地转向田师傅，"田师傅，听到了吧？飞机很快就到，你觉得现在怎么样？"

"还是疼，但情况稍有稳定。建浦，你稍等。"此时，李铁报注意到旁边的苏家灿正紧盯着他手里的话筒，似乎有话要说，他把话筒递给了苏家灿。

"建浦，局里对护送人员有什么要求？"

"可安排两个人护送。"

"安排小张吧，张同乐。他正想休假，让他顺便护送田师傅。

夏船长在吗?"

"他刚走,去驾驶室了,叫他吗?"

"不用叫他,我们原计划三天后交接,你跟夏船长说一声,让他准备一下,跟小张一起护送田师傅。交接上有什么事,他来了之后我们在岛上说。"

放下电话,苏家灿走到田师傅身边,拍了拍他的肩膀:"田师傅,你感觉怎么样?再坚持一下,飞机很快就到了。"

田师傅蹲伏在沙发前,脸色吓人,眼圈发黑,嘴唇闭得紧紧的。他像是被唤醒一样,转过头来,用一双充满感激之情的目光看着苏家灿,眼里有晶亮的东西在闪烁,他的声音突然恢复了力量:"船长,还是疼得不行……但是挺好。领导为我动了这么大的干戈,就是死了,我这一辈子也值啦……"说这话的时候,田师傅不住地流汗,哽咽声已经堵住了他的喉咙。

二

听说护送田师傅,而且是乘坐直升机,张同乐又担心又兴奋。他第一个反应就是到餐厅去找白师傅,问他家里有没有什么事,只管吩咐。

上次休假,田师傅已经让张同乐办过一次事儿了。

"如果方便,你给我女儿打个电话,我的橱子里有个新的小录音机,你给我带来,告诉她再给我拿几盘平戏的带子。"

"白叔,您不是有个小录音机吗?"

"这南海湿度太大,总是返潮,完蛋了,早就坏了。"

按理说，张同乐不怎么方便，主要是路线上有点别扭，他跟田师傅住的不是一个城市。他家在辽宁，正常路线是从南海坐船到三亚，从三亚飞到沈阳，再坐客运汽车回乡下。巧的是，他恰好要去局里办他的转正手续。这样，用他们家乡的一句话说：搂草打兔子——也就是捎带的事了。

田师傅有一儿一女。儿子是石化工程师，已经在上海成家落户；女儿叫白娟，在局里信息化管理部工作。她中等身材，面庞白皙，两只眼睛的距离似乎有点宽，显得开朗、大气，说话利落。听说张同乐要办理转正手续，她甩着乌黑的马尾辫，领着他跑了好几个部门，事情办得很顺利。当时张同乐就想，这个小录音机捎得太值了。回到船上，见到白师傅时，他一口一个"白叔"，叫得更勤了。不仅如此，在很长一段时间，他还偶尔想起白师傅的女儿，那个有一双好看的眼睛、扎着马尾辫的白娟。想起白娟的一颦一笑，说不出为什么，他脸上就禁不住酥一下，有点痒，像是被她那条乌黑的马尾辫扫了一下。

但这次白师傅却告诉他没什么事，张同乐只好作罢。随后，他收拾好自己的行李，跟夏船长一同坐锚艇来到岛上。其实，也没什么行李，南海不是陆地，也没什么可往家里带的东西。两个人的双肩包都是软塌塌地瘪着。

一到项目部，张同乐马上进入角色，把兴奋转换成对田师傅的关心与呵护。他替下了水手长周健，并按着他的护理方式，一手拑住田师傅的胳膊，一个手握成空拳，在田师傅背上轻轻地敲打着，以此分散患者的精力。

夏船长凑到近前，问候了两句田师傅。他斜着身子、一只手撑住酸疼的腰，僵硬地转过身体："家灿，交接班确认表和日志，我已经填好了，一切正常，我放在政委那了，你回船后再签字吧。"

苏家灿答应了一声："好的，没问题。你的腰怎么样？这一个半月够受的。"

"没事，老毛病了。你不回来，我还能顶一阵儿。"

李铁报说："老夏，回去休整一下吧。赶得巧，能搭上田师傅的专机，路上用不着再熬几天几夜了。"

老夏惨然一笑："对我来说当然是好，只是这样的成本太大了。飞机什么时候到？"

苏家灿说："部队的直升机，时速怎么也得三百公里以上。"他抬腕看了看手表，"应该差不多了，我们到那里去等吧。"

周健问："要不要设个什么标记？"

李铁报说："有国旗。你们先走，我去取。"

周健和张同乐搀扶着田师傅。田师傅闭着眼，猫着腰，步履艰难地走出屋子。

"我背着田师傅。"

说着，张同乐已经蹲下身去。田师傅闭着眼，挣扎着，坚持要自己走，但还是被张同乐揽在了背上。

傍晚时分，夕阳移向海面，天空变得美丽起来，周围是红灰相间的云彩，一朵，两朵，许多朵，组成一脉波澜壮阔的群山景象。苏家灿抬头看了看天空，这时候但愿别下雨。南海的天气跟多变的舞台背景差不多，有时在一天里你可以看到各种天气：忽而烈日当头，忽而大雨滂沱。即使很小的一朵云彩也能下雨，一会儿带着雨来了，一会儿又带着雨骤然远去。曾有好事者做过统计，有一天，从早到晚竟然下了三十六场雨。

在距离直升机停机坪五十多米远的地方，一行人停下来。他们不时地抬起头，看着天空。那一脉云峰远远地衬托着落日，宁静、安详，没有下雨的意思。岛上也没有雾气，没风，能见度很好，对直升机着陆非常有利。

根据夕阳的位置，人们望着东北方向的天空，翘首以待，不时屏息敛气地凝神静听。大约过了十五分钟，有人听到了微弱的飞机声。

"来了来了。"周健兴奋地说道。

随着声音由远而近，一架直升机出现在视野里，像一只巨型的蜻蜓。人们的心跳突然加速，他们从没听到过这么让人激动的飞机声。飞机的身影越来越大。不是平时见到的军用直升机，这架直升机有两种颜色，上边红，下边白，可以看得清清楚楚。

"就是它啦。"李铁报兴奋地判断着。

这时，周健举起国旗，向着空中直晃，旗帜在微风中招展，如火一样鲜艳、醒目。

直升机越来越近，越来越大。它似乎已经发现了着陆目标，从大家的头顶上强有力地呼啸而过，声音巨大。眼瞅着在前面画了个圆弧，又旋转回来。在不断降低高度的同时，突然一个九十度的旋转，微微抬起机头，尾翼下垂，并张开起落架，最终在距离人们大约五十米左右的停机坪上，缓缓地垂直着陆。

张同乐已经背起田师傅，在一行人的簇拥下，小碎步地朝着直升机奔去。他们看见，直升机的舱门已经打开，两名身穿白色服装的医护人员，迅速地跳下来，转身从机舱抽出一副担架，支到地上。

李铁报和苏家灿首先跑到近前，跟两位男子打了招呼。

"患者什么情况?"

"比较严重,已经两次休克。"

"请放心,登机后我们会有急救措施。"

驾驶员端坐在圆弧形的座舱里,戴着护目镜,依然保持驾驶的姿态。直到田师傅被抬上飞机,李铁报等人退到安全的距离,整个过程不到五分钟。直升机的螺旋桨开始转动,越转越快,产生的风流在周围的地面上旋起雾一般的烟尘。转瞬间,直升机已离开地面,迅速攀高之后,向着东北方向飞去了。

苏家灿等人站在那里,一动不动,直到直升机在视野中渐去渐远,完全消失。

夜里十点半,苏家灿终于等来了张同乐的电话,说田师傅正在手术。十一点又打来电话,说手术很顺利,田师傅已转危为安。这时苏家灿才离开船长室,回去休息。

第二天上午,一个女人把电话打到船长室,说找苏船长。苏家灿说:"我是苏家灿,您是哪位?"

话筒里换成一个男人的声音:"苏船长,我是老田,田保禾。"

"是田师傅,你怎么样?"

"我做了手术,好啦……"接着,声音就变成了哽咽,抽抽搭搭。

"田师傅,你说话,别激动呀,在岛上疼得发昏都没哭,现在好了你哭啥?"

田师傅不说话,还是哭,声音瓮瓮的。苏家灿知道田师傅是想道谢的。可他说不出来,光是哭。苏家灿也没话了。他觉得,一个男人的哭声是可以打动人的,只是不怎么好听。

　　此后,这个寡言少语的田师傅再没有打过电话。或许他明白,这个世界上有许多令人感动的事,不需要说出来,只需要记住。

　　一个月后,田师傅的身体完全康复,他说啥也要回到"华威号",但未能如愿。单位考虑到他的身体状况,已不适合南海的工作环境,就为他在就近的船舶上安排了工作,还是木匠。

第十四章

一

平时，我们总说以人为本。啥叫以人为本？我个人理解，不单单是我们经常挂在嘴边上的安全为天、生命至上。在生产过程中，把劳动者的人身安全放在第一位，这是最基本的原则。因为，人的生命都只有一次，每个人的生命都无限宝贵。重视人的生命安全，这是必须的。但我觉得，只停留在这层面还不够，同时还要做到重视每一个人的尊严。有时候，人的尊严比生命更重要。什么是尊严？尊严就是人人平等，没有高低贵贱之分。

田师傅被直升机接走的消息不胫而走，当天晚上，"华威号"上所有人全知道了。一个普通船员，能得到像功臣一般如此高规格的救治，让许多人不敢相信，信了之后，又对自己的价值重新进行了评估，感觉一下子被提升了不少。

"虽然我不是田师傅，但这件事真让我感动。"

一连几天，人们都在议论这件事。每个人都处于一种莫名的感动中，睡觉的时候也在想……甚至有人还做了梦：梦见田师傅被抬上了飞机，他躺在担架上，身边围着医护人员，有的在给他吃药，有的在准备点滴……谁都不说话。轰隆轰隆，飞机一直在飞。看着眼前的一切，却不知道自己在哪里。做梦的人的确是常常梦见别人丢了自己。飞机一直在飞，轰隆，轰隆，伴随着轻微的震动。一个女护士把一瓶液体挂在输液架上，然后俯下身，纤细的手里捏着一支很粗的针头……这时候，奇怪的事情出现了：躺在担架上的人已经不是田师傅，而是变成了他自己。看着护士手里的针头，他忽然有些紧张，当针头刚要扎到手背时，他一个激灵醒了。睁开眼，轰隆轰隆的声音还在响，身下的船体在震动。原来是个梦。这扯不扯？

不久后的一天，王总登上了"华威号"。这个五十多岁的领导身材魁梧，庄重地穿一身白色船员服，头戴安全帽，在船上转来转去。驾驶室、船员室、会议室、厨房、机舱、洗澡间、绞刀平台、双层底、上甲板、后甲板……到处走，哪都看。不光看，还不时地询问一些什么问题。开始的时候他的左右跟着一行人，李铁报、苏家灿、刘建浦……后来，就是他一个人在船上走，四处转。每当碰上船员，他会和蔼地点点头，打个招呼，脸上浮起笑容，令人尊敬。

驾驶室硕大的落地窗外，海浪拍打着下方的船舷。王总从驾驶室侧门走出来，站在二十多米高的驾驶甲板上，居高临下，他发现几个工人正在桥梁边的甲板上焊着什么，焊花四溅。有两个工人跳到沉没在水中的桥梁上，在没膝的海水中弯着腰，跟水牛似的鼓捣着什么。

他沿着陡峭的外挂舷梯往下走，一共四层。他一层一层、小心翼翼地旋转到底层甲板，绕过两台巨大的绞车轮子，一声不响地来到桥梁边上干活的工人跟前。九月的南海异常炎热。正是午后最炎热的时间，骄阳似火，脚下的钢铁甲板热浪扑脸，像烤火一般。绞吸船上的船员穿的是连体工作服，但颜色有区别。甲板部是橘红色工作服、红色安全帽；轮机部是红色安全帽、蓝色工作服；此外就是领导层：水手长、轮机长、二副、大副到政委、船长，都是白色安全帽、白色工作服。烈日下，橘红色的衣服光彩耀眼，显得天气更加炙热。他发现，几个工人大汗淋漓，他们不时地扯起脖子上的毛巾擦去脸上的汗水，继续干活。他们似乎没注意到有个陌生人在看他们，或许注意到了也假装没看见。他们已经知道船上来了个"王总"，是航道局里最大的官儿。他们不敢主动说话，有些拘束。在所有大领导面前无拘无束的人不是没有，但是少。

王总正看得入神，苏家灿匆匆走过来，手上拿着饭盆，嘴里还嚼着馒头。这个年轻的船长有个特点，他常常站着吃饭，把菜盆随便找个地方一放，一手掐着馒头或端着饭，而且吃得很快，很着急的样子，似乎有什么人或事儿正在等着他。有时候，他一手端着菜盆，一手掐着馒头，边走边吃。从餐厅里出来，沿着陡峭的楼梯一层一层往上走，走到位于三层的船长室时，最后一口饭已经吃完。在室内的水池里冲洗了餐具，往橱柜里一放，拎起安全帽走人。

"王总，您怎么到这来了？我刚从这里回去，说您在餐厅，去了一看，您已经走了。"

王总说："我随便转转。"

"那也不能站在这呀,太热了。"

"我就想试试,不干活,看我能坚持多久。工人们在干什么?"

"在更换水下泥泵的输泥短管。"

"要多长时间更换一次?"

"不一定,要看它的磨损情况。这里的珊瑚砂对管线的磨损太大,刚开始的时候,用不了半个月就得换。我们想了个办法,在排泥管的内壁焊接上钢板,这样就增强了它的耐磨性。但是别的部位的管线可以,这一段的管线就不行了,它是连接泥泵蛇形管,位置特殊,要随着桥梁的起升而伸缩,焊上钢板条之后,它就不能伸缩了。后来我们又想了个办法,不用钢板条,用废旧的钢丝缆平铺,把它焊接在蛇形短节的内壁,效果很好。用这种办法,可以使这个短管的使用寿命延长三倍。"

"电焊工是我们船上的职工吗?"

"外聘的。手艺相当棒,能快速让钢铁实现无缝对接。平时我叫他们'钢铁裁缝'。"

王总赞赏地点点头,问:"整个更换过程需要多长时间?"

"最快三个小时。"

"工人们不换班吗?"

"不换。"苏家灿解释说,"换班需要前后接续,时间会更长。"

王总点点头。他满脸通红,全是汗水。

"王总,太热了,会晒坏皮肤的,我们回去吧。"

王总妥协似的说道:"看来,我的忍耐度还是比不上工人啊。"

说着，他抹了一把脸上的汗水，就在转身的时候，他觉得脚底有些不对劲，身体一歪，差点摔倒。幸亏被苏家灿一把扶住。原来，他的运动鞋底几乎黏在了高温的甲板上。他突然想起苏家灿当初要给船员配备特制鞋的建议，真不是虚夸。他迈出好几步，脚底下还有一种沉重感，咯噔咯噔直响。

我们沿着舷梯返回船舱。两个人边走边聊。

"不是亲眼所见，真是难以想象这里的艰苦。"

"不过，现在已经适应多了。"

"小苏，你个人问题怎么样了？"

"一个人混吧。"

"那怎么行，得找啊。"

"不找了。"苏家灿笑着说，"我等着，看能不能等到一个找我的人。"

"你这是守株待兔，还是姜太公钓鱼？这里除了男人就是海水，你等着仙女下凡呀。"

"没有仙女，就等时间吧。"

两个人说笑着，在船舱的走廊里绕来绕去。

牛河迎面走了过来，恭敬地点点头，让两位领导走过去。

"小胡子挺精神的。"王总微笑着说。

"叫牛河，驾驶员，小伙子不错，来到南海后推迟了三次婚期。结婚不到一月就回到了船上。"苏家灿介绍说。

这时，牛河在身后喊了一句："对了船长，今天夜里鸡腿就啃完了，要不要通知测量队来验收？"

苏家回过头："我已经通知项目部了。"

牛河答应了一声走了。

王总不解地问苏家灿："啃鸡腿，啃什么鸡腿？"

苏家笑了。他告诉王总，说这是一句玩笑话。刚进入这个施工区，把水深文件安装在施工导航软件上时，他发现海底区域显示的图形就像一个肥肥的大鸡腿。

"我跟船员说，要争取用最短的时间，把这个鸡腿啃掉。这之后，船员们上岗的时候不说上岗，说得啃鸡腿去了。"

"这里能吃到鸡吗？"

"有过补给，是冻鸡，运过来就不怎么新鲜了。"

没想到，就是这句风趣的"啃鸡腿"，却被王总沉甸甸地记在了心里。不久之后，上百只活鸡冒着酷热的高温，漂洋过海，来到了南海。

后来人们回忆，有人说，王总在"华威号"上待了一天半，就到岛上和其他船上去了；也有人说不对，王总在"华威号"上不是一天半，他从上船到离船，满打满算，正好两天。其实，究竟哪一种说法计算得更准确，并不重要。重要的是，自从王总考察过南海工程之后，从遥远的陆地传来的尽是好消息。首先，南海工程项目人员的饮用水，全部改用矿泉水；接着，所有南海工程参建者的岗位工资，在原有基础上增加一倍；后来又有消息说，超出企业代缴的个人所得税，局里正在申请国家税收部门予以退税……

艰苦的工作提升了人的价值。这价值不仅是金钱和利益，重要的是，还有利益背后的认同和尊重。消息来到了南海，在船上、在岛上、在南海工程建设的所有工地上，人们奔走相告，热血沸腾，干劲更足了。

二

接到电话时,他正在北京开会,是总部的会。会议规模不大,但级别很高。与会人员,除了疏浚集团的主要领导和相关部门负责人,其余就是下属三个子公司的党政一把手。

他是本次会议的主角。会议内容只有一项:随着南海前期工程的成功进展,公司将陆续派遣更多的施工船舶参加南海建设。为做好前期准备工作,在会上,先是集团老总对前期的工程进展情况作了通报。接下来,老总就把任务交给了他,让他就前期本公司在南海的船舶数量、人员配备、后勤保障等问题,向其他单位介绍一下情况,并对施工中遇到的问题、所采取的措施,做一些经验性的介绍。

他讲话时,设置成振动状态的手机老是嗡嗡地叫,一共三次,都被他按了拒接。但他却预感到这是个紧急电话。讲话一结束,他立即退出会场,在走廊里回拨了电话。电话是总经理办公室打来的,事情果然紧急,说是在南海有个船员得了肾结石,请求用直升机紧急救治。听完情况汇报,他思考了三秒钟,便指示对方转告安全监督部,此事由主任亲自速办,最后又补充了一句:"要不惜任何代价。"

当他把这个信息带回到会场时,与会者反响强烈。首先是集团老总对他这一决定给予了充分的肯定。

"南海环境非常艰苦。不能让我们的职工流汗、流血的同时再流泪。前段时间,我们经验不足,好在没有出现大的事故。据说有两个外包队的工人,一个出了工伤,一个得了急病,也许本来可以挽回生命,却死在了遥远的路上……这是非常沉痛的事情。我们必须吸取教训,采取各种措施,做好应急预案,避免发生类似的事情。"说到这里,老总突然一顿,"我们是不是可以向军方请求救助?"

巧得很。当时南海舰队航空兵某飞行团正在南海执行任务,接到救援请求后,上级命令一架直升机立即从永兴岛起飞,前往求助。

后来的消息,都令他十分宽慰。

几天后,他搭乘军舰来到南海工程现场,跟负责整个南海工程的一位领导一起,考察了两座建设中的岛屿,场面令人震撼。之后,他在项目部人员的陪同下,登上一条又一条挖泥船。走到哪儿就住到哪儿,同时就在哪儿吃饭。他发现,所有的食堂都差不多,上顿土豆、圆葱,下顿圆葱、土豆,别的蔬菜一概没有。倒是有肉,还是冻肉。不过他却有幸吃过两次鱼,一次是工人们在围堰排水口捡回的石斑鱼,一次是美济礁养殖场的"爱国鱼"。

"为啥叫爱国鱼?"他不明白。

李铁报解释说,为延续中国人祖祖辈辈在南海捕鱼、养鱼的传统,一位退休养殖专家,带领渔民一边养鱼,一边坚守着美济礁。从这种意义上说,他们的政治效益已经远远大于经济效益,所以人们就管他们养殖的鱼叫"爱国鱼"。

他想了想,觉得这个名字叫得好。

在项目部,他碰见一个管线队的小伙子在洗衣服。他搭讪着问:"这衣服多长时间洗一次。"

"基本上一天一洗。"

"洗这么勤？"

"不洗就没法穿了。"

小伙子告诉他，海水和汗水湿透的工作服，两天不洗，就全是盐沫子，硬得像砂纸，往地上一戳，那衣服像人似的，能立住。他明白了。在如此高温的天气里，这样的衣服别说穿在身上，只要试想一下，都会让你打个冷战。

夕阳沉落，雾霭苍茫。

在近海处，由于海底岩石过于坚硬，绞吸船在挖泥时，横移锚锚齿无缝可插，频繁走锚。工人们把重达九吨重的锚抛至挖区外侧，用挖掘机把锚埋在坑里，增加锚的抓力。然后，试图将加长的左右横移锚的钢丝，与船舶横移钢丝对接。

他站在岸边有些烫脚的沙滩上，看着十几名工人跳进没膝的水里，一字排开，把一条粗重的钢丝绳抗到肩上，弓着身子，喊着整齐划一的口号，像纤夫一样，硬是把一条二百多米长的钢丝缆拖到岸上……

该看的，都看到了。

一共六天。

六天的所见所闻，给了他太多的感动，也给了他太多的刺激，足以让他领略到了什么是真正的艰苦。南海的艰苦，不是所谓的"四高"：高温、高湿、高盐、高辐射；不是气候无常、风大浪高；不是土豆、圆葱、咸菜条；不是有病难看、就不了医；不是任务紧迫、压力大、人员太少、任务重；不是岩石坚硬、不好挖；不是没有文化娱乐太寂寞……而是得把这一切的一切，加在一起，再加上个难以预料的未知数，这才是他所看到的南海工程，他所看到的工人们面对的真实状况。一句话，在南海，如果没有一个强大的内心做支撑，每个人都很难挺得住。

回到陆地，一连几天，他的眼前除了一望无边的海水，就是一张张黑瘦的面孔。他主政的航道局内，有四千多名员工，八十余艘挖泥船和辅助船，其工程项目，不仅遍布国内沿海三十多个港口，同时东南亚、中东、非洲、欧洲等许多国家和地区都留下过他们的足迹。这几年，他曾无数次到过不同的项目工地，却没有哪个工地像南海这样，让他深受震撼，甚至夜不成寐。

回到单位，他一连开了几次会。

> 每一粒沙都是国土
> 每一段堤都是长城
> 每一分钟都是历史
> 每一个人都是英雄

每次开会，他都要引用岛上的这几句标语，表达他的感受。后来传到南海的一个又一个好消息，就是在这样的会上做出的决定。每一项政策性的决定，他都考虑得很仔细、很周全，甚至，他都没忘记"华威号"上"啃鸡腿"的事。

三

自从项目部搬到了陆地上，"华威号"突然清静了。狭窄的走廊上没有了拥挤的地铺，反而显得有些空旷。整条船上，从早到晚，除了常态化的空调压缩机、发电机、各种机械运转的隆隆声，都很安静,甚至很少见到人影。不过有一种情况例外,那就是补给船到来的时候。

"综合部通知,我们的青菜萝卜到了。十分钟后,大家在锚艇上集合,前往补给船去卸货。"

正是清晨,有的在梦中,有的在床上懒着,有的在洗脸、刷牙,一嘴白沫。在刘建浦的高频电话呼叫下,船上的人立刻活跃起来。人们从各个角落纷纷出笼,一脸兴奋。七天了,还是十天?记不清,反正有段时间了——不是馒头咸菜,就是圆葱土豆……说句不好听的,那一进一出的地方,上边起泡,下边费劲,早就抗议了。补给船一来,就可以吃上几天新鲜的青菜了。谁不兴奋呢?

补给船是从三亚来。制定清单、采购、装船,经过几天几夜的漫长水路,到达南海岛礁之后,在潟湖内进行分发。每次的补给周期大约二十天。这一天,潟湖内就像过年、赶大集,热闹非凡。几百号人从各自的锚艇或渔船涌上补给船,像抢似的搬运着分发给自己船上的货物。

"'华威号',上海青菜一箱。"

"'天龙号',西红柿一箱。"

一箱箱蔬菜、瓜果、冒着冷气的鸡鸭鱼肉,通过一双双手传递出来。甲板上空,烈日当头,气温高达四十多摄氏度,人们脚跨船舷,汗水湿透了厚厚的工作服,流进眼睛也不管不顾。只顾手上不停地传递着货物,"快快快……"好像一慢下来,就会少得一箱萝卜;一停下来,补给船就会跑掉了似的。个个累得满脸汗水,却欢天喜地。

每次都是这样。

但这次略有不同。在锚艇开往潟湖途中,人们就猜测这次补给的蔬菜是小油菜还是青笋,有没有苹果、橘子?要是整个西瓜就好了,往冰箱里一镇,越冰越好,咬一口,刷地一下,满嘴凉气,那才叫爽歪歪呢。就在人们望梅止渴、不断展开想象的时候,政委刘建浦说话了,他喜欢用一种漫不经心的方式宣布重要的消息。他说这次补给船上,有一万块钱的活鸡,是局里指定给"华威号"的。这早该告诉船员们消息,被他一直保留到现在,就是想给船员们一个预想不到的惊喜。

果然正如所料,一听到这个消息,所有人的眼睛都放出了光芒,个个像打了鸡血。

"政委,真的吗?"

"为啥专给我们'华威号'呢?"

"我们最早进入南海的嘛。"

"没错,我们是功勋船舶,这是一种奖励,是领导专门犒赏我们的。"

人们七嘴八舌,却不知道这件事还有个引子:王总考察南海工程时,在"华威号"上,他偶然听说了"啃鸡腿"的事,感触很深,一直记着,所以专门吩咐补给船,给"华威号"采购一万块钱的活鸡,让那些整天把石头当鸡腿啃的船员们,必须啃上真正的鸡腿,而且一定要活鸡。

"这回白师傅有活干了。一万块钱的鸡,光宰杀就是个大工程。"

"不能一次杀掉,应该养起来,边吃边杀,这样才能每次都可以吃到新鲜的鸡肉。"有人兴奋地谋划着。

接着,又议论起鸡肉怎么做最好吃。有的说白斩鸡,蘸着调料吃;有的说扒鸡有滋味;有的说麻辣鸡块最过瘾。船员们来自五湖四海，每个人最喜欢的都是自己家乡的口味。一个东北小伙子认为，怎么做也不如小鸡炖蘑菇，又能吃肉，又能喝汤，而鸡肉和蘑菇放到一起，那味道别提有多鲜了，想想都流口水。

这时候刘建浦乐了。

"你们东北人就是懒人懒做法，吃什么都是一个炖。我讲个笑话，话说有一天，小鸡出门回来了，看见猪在院子里溜达，小鸡问，主人呢？猪说，上集了。小鸡问，上集买什么呀？猪说，买蘑菇去了。小鸡一听，掉头就跑。猪纳闷儿地问，你跑啥？小鸡头也不回地说，要是主人去买酸菜和粉条，你跑得比我还快。"

众人马上想到了东北最流行的两道菜："小鸡炖蘑菇"和"猪肉酸菜炖粉条"，扑哧扑哧全笑了，说这种段子都是谁编的呢。

说说笑笑，锚艇很快就靠近了停泊在潟湖里的补给船。人们雀跃地登上补给船。因为"心中有鸡"，鸡的气味便随着潮湿炎热的气浪扑面而来，浓烈、刺鼻。几个小伙子循着味道找去。当他们兴致勃勃地找到那些鸡时，立刻傻眼了。可怜见的，除了两只鸡"鹤立鸡群"地站在那里，其余的，不是硬邦邦就是口吐白沫，横七竖八躺在鸡笼里，全死了。

细心的刘建浦发现，鸡食槽里还有散落的饲料，干枯的水槽却不见一滴水珠。想必这些鸡不是饿死的，而是渴死的，或者是晒死的。刘建浦为这些死去的鸡感到伤心。他立马找到补给船的船长，竭力抑制着自己的情绪，平静地问那些鸡是"怎么个情况"。

船长来到现场，一看也怔住了。先是痛苦地皱着眉头，似乎想不明白怎么会出现这样的情况。接着像是恍然大悟，又像是受了委屈："这几天风浪特别大，摇得人直吐，几天不吃东西，站都站不起来，还哪顾得上鸡呀？"没等说完，他就不断地咳嗽，随后的表情就换上了一副理不直但气壮的样子。

刘建浦沉默地端详着这个五十多的船长：他有着一张消瘦、疲倦的脸，灰白的胡子至少有三天没刮过，他的鼻梁很高，眼睛是红的，眼神却相当从容，淡定地望向别处，表现出一种"不在场了"的样子。刘建浦一下就泄气了。他招呼自己的船员，把那些死鸡全部抬到锚艇上去了。

"这还能吃吗？"孙腾痛苦着表情嘟哝着。

"你闻闻，这都啥味啦。"耿文辉烦躁地说。在一种强烈的生理反应下，他突然捂上了嘴，哇的一声，差点吐出来。

四

为防止海洋污染，根据《海洋法公约》的规定，船舶上的垃圾存放、处理，都有固定的位置和严格规定。红色标记的容器，存放塑料和混有塑料制品的垃圾；绿色标记的容器，存放食品废弃垃圾；蓝色标记的容器，用来存放其他垃圾。机舱产生的油污垃圾，则集中装入专用的塑料袋或垃圾桶，置于遮阳通风良好的处所，并经常检查，防止发热自燃。船上的任何塑料制品、合成纤维绳、渔网、包装用的塑料纸、绳、袋、容器等，严禁在任何水域投弃。在距陆地二十五海里内，漂浮物、垫舱物料、衬料和包装材料，不得投弃入海；食品废弃物、纸制品、破布、玻璃、金属、瓶子、陶器和船上损耗报废的工索具、机器零件等废弃物品，不得在距最近陆地十二海里内处理入海。船上的所有垃圾由海事部门指定公司回收，送岸处理。

"华威号"严格地执行"绿色工程,生态岛礁"的规定。船上如此,岛上也是。

我们每个参建单位均有自己的环保人员。这是一支临时组织起来的团队,有工人,也有干部,其中,有个文雅、帅气的小伙子,还是毕业于中国海洋大学的研究生呢。但在这里,没人讲身份,没人比学历。他们只有一个任务,就是头顶骄阳,穿一身橘红色的工作服,每天在沙滩和临岸的海水里,捡捞着那些不属于南海的东西:塑料袋,餐盒,尼龙绳,矿泉水瓶子,碎纸箱,甚至沙子里露出一角的小纸片、哪个人坏掉的眼镜腿、腰带圈也不放过,他们都会仔细捡起来,装进杂七杂八的蛇皮袋子里,往背上一抡,背到垃圾集中点,运回大陆去处理。

正如那位研究生所说:"这是必须的。我们要让祖国的南海,始终保持碧水蓝天、细沙白云的洁净和美丽。"

不用说,那些死掉的鸡全被当成垃圾处理掉了。只有两只活鸡被送进了厨房。那天晚上,刘建浦跟大老白说:"别让它们活受罪了,给大伙炖了吧。"

白师傅是个有趣的人。因为血压高,他可以在自己的脖子上放血,但作为一个厨师,他却不敢杀死一只鸡。

"刘儿呀,还是你来吧。"他讨好地看着小刘说。

其实小刘原先也不敢杀。他从小就是个胆小的人,甚至见血就晕。他是到城里之后才敢杀的。有人说,乡下人都是在城里变得胆儿大的。这是为什么呢?这可是个谜。最初,小刘在一家餐馆当杂工。杂工就得什么都干，其中就包括宰鱼、杀鸡。开始一听说让他杀鸡，他涨红着脸直往后缩。当时被厨师一油勺子敲在脑袋上："杀不杀？不杀就滚蛋，走人！"那就杀吧。结果头一次下手，他就没做好。那只三黄鸡带着疼痛和惊恐的惨叫，在地上不停地拍着翅膀，试图飞起来逃走，弄得厨房满地是鸡血。后来就好了，他胆儿越大，越练手越熟。不但杀鸡宰鱼手到擒来，什么鸭、鹅、鸽子，或蹬着两个大眼睛的牛蛙，他都敢杀。不须说，如今的小刘早已练成一把杀鸡的好手。他三下五除二，连褪毛都奇快。转眼间，两只鸡白白净净地摆到了案子上。

这时候，白师傅才敢亲自动刀。在案板上动刀，他就娴熟了，跟玩儿似的轻巧：开膛破肚，掏去内脏，去头、砍腿，手起刀落，毫不含糊。眼瞅着一只鸡连骨带肉、被剁得立立整整，已经像核桃般大小了，他还一手捏着一手剁呢。

小刘站在一边，白师傅每剁一刀，他的心脏就会激灵一下，生怕白师傅剁了自己的手。

"白师傅，你这是想剁馅包饺子吗？"

"我蒸包子。"白师傅像是堵着气，理直气壮地说道："我总得让每人摊上一块吧。"

这个晚上，船上所有人都吃到了一次著名的鸡肉，一人一块，一勺汤，鸡肉大小很均匀，汤也不多不少，很公平。

"好好吃吧，这可能是世界上最贵的鸡了。"大老白认真地说。

"白师傅，什么意思？"

"一万块钱的鸡剩下两只，一只五千块呀。"

仔细一想，可不是咋的。

人们闷闷地吃着饭。只觉得这鸡汤有点怪怪的,挺不是个滋味。就在这时,耿文辉走进餐厅,突兀地说道:

"哈哈,同志们,这回我可看到真正的美女啦。"

第十五章

一

南海是一个男人的世界,你见不到女人。

坦率地说,也不是一次没见过。一个月前的某天傍晚,夕阳西下,海上一片嫣红,这是一天中最惬意的时间。晚饭后,许多人在甲板上消闲。有人观景,有人吸烟,有人望着大海呆呆地出神,这时牛河却抑制不住地叫了一声:

"我看见一个女人。"

牛河的脖子上挂一个望远镜,他经常站在甲板上,举起来往远处瞭望,远处是一望无边的海水,什么也没有。有时他想看看海天之间的海鸟,还没等对准焦距,鸟就飞走了。他往潟湖里瞅,潟湖里有许多渔船,都是挖泥船雇用的辅助船只,像吉德令的渔船一样,没什么稀奇。稀奇的是,这一次牛河却发现那条船上好像有个女人……是的,一个女人。高倍望远镜里的女人十分高大,她穿一件蓝底白碎花上衣,正在甲板上晾晒衣服。她侧着脸,看不出大致年龄，被拉近的图像摇摇晃晃，有些模糊。但牛河还是抑制不住地叫了一声。

旁边的人听说之后，开始争抢牛河的望远镜。得手的人举着望远镜，聚精会神地调焦距，那种屏息静气的样子，就像在观察着显微镜下一个很小的细菌。

"看见了吗？"

"看见了。"

"真是女的？"

"当然。"

"行了行了，给我看看。"

曾经，研究者在对猴子研究的一项实验中，有趣地发现：在对异性的渴望和冲动方面，关在动物园的猴子，要比自然生活在山上的猴子高得多。因为它们总是被关着，单调无聊，寂寞难挨。

其实人又何尝不是。在这个没有女人的世界里，人们对女性的感悟会更敏感，也更强烈。

这时，又有人一把夺过望远镜，在一种晃晃悠悠的景象中，女人转过身来，抬手理了一下头发，便转身走进了船舱。这短暂的一幕，是那个女人在望远镜里留下的最后画面。此后无论怎么等，怎么看，那个女人再也没有出来。天已经黑了下来，事情已无法继续。看到的人便有了一份优越感，没看到的，仿佛蒙受了一种意外的损失，没着没落的，非常遗憾。

更为糟心的是，此后那条渔船上的女人再也没有出现。真是奇怪，茫茫大海，一个女人能去哪呢？这简直就是个谜！

后来，有人破译了这个谜，说那天晚上他们看到的根本就不是女人，而是男人穿了一件花衬衫；另一种说法是，南海工程有规定，船上不许带女性，局里发现那条渔船上有个女人，便让她搭船回陆地去了。在牛河看来，后一种说法更为确切吧。

这天下午，苏家灿让耿文辉去给项目部送一份生产报表，同时去部队医疗所给白师傅取药。他从岛上回来的时候，大家正在吃晚饭。他一进餐厅便两眼发光，爆料说他在岛上看到美女了。

"怎么可能。"

"你看到的是美人鱼吧？真逗。"

"是啊，小心把你的魂儿给勾了去。"

"要是碰上塞壬女妖①就更坏了。"刚看完一本希腊神话故事的牛河也插了一句。总之，几个小伙子不但不信，还挺生气。

面对几个人的七嘴八舌，耿文辉没恼，表现得很宽容，很绅士，其实是懒得搭理他们了。

"不信拉倒。"

耿文辉会唱歌、会游泳，却从未搞过什么恶作剧。他不像牛河，是个淘气逗趣的能手。自从渔船上的那个女人消失之后，他经常举着个望远镜往岛上瞅、往渔船上瞅，问他是不是又看到女人了，他还装出一副鬼鬼祟祟的样子，支支吾吾地说："没有，啥也没有……"等你夺过他的望远镜一看，可不是，屁也没有。

现在，耿文辉说"不信拉倒"，而且还出奇地摆出一副"不信拉倒"的样子，几个人又有点相信了，甚至还唯恐他说的不是真的。

"那你说，那美女是哪来的？"

---

① 塞壬女妖：希腊神话传说中人面鸟身的海妖。她飞翔在大海上，拥有天籁般的歌喉，常用歌声诱惑过路的航海者而使航船触礁沉没，船员则成为她的腹中餐。

"就是呀,她是干啥的?"

"军医所的。我去给白师傅取药,是她亲自给我拿的药,不信你们去看看呀。"

耿文辉生气了,口气完全反转过来,像得了胜儿似的。旁边的人全都噤了声。

二

经过几天紧张准备,她和六位战友终于登上了开往南海的军舰。当陆地在视野中渐退渐远、彻底消失的那一刻,她不禁想起美国作家华盛顿·欧文在一次航海时的感受:"这个世界和一切有关的事物就像一卷书那样合上了,在打开另一卷之前,我有时间来进行一番冥想。"

欧文说这番话的时候,是在二百多年前。人类的许多情感是相通的,它可以跨越时空和种族,在相同的事物上达成共识,产生共鸣。此时,她的心境正是如此。

她接到这次任务的通知非常突然。上个星期五的晚上,她正要下班,护士长叫她到办公室去一趟。

"有个特殊任务,你想不想去南海?"护士长开门见山,用一种激动而神秘的表情看着她。

一说到南海,她的心仿佛被什么东西碰了一下。

她喜欢海。上中学的时候,她曾写过许多赞美大海的作文,却从没有见过真正的大海。那时候,对于生活在北方一个小县城的她来说,大海不过是一个名词,一个概念,她想象不出大海的真实模样。由于命运使然,她的人生竟与大海有了不可分割的联系。这些年,作为海军的一名白衣战士,她到过渤海、黄海、东海,也曾作为军舰上的医护人员,到过连接欧亚大陆的黑海与马尔马拉海。她想,也许正因为她有过这样的经历,院领导才又一次想到她。

"是为住岛部队医疗吗?"

"不全是。"

护士长告诉她,南海岛屿上有许多建设者,他们的工作环境非常艰苦,为预防一些急发病症,岛上原有的医疗所要增加医务人员,给工人们进行常规体检、应急治疗。

"只有两位女性,门诊的陶医生算一个,院领导考虑,你的条件要比其他人优越一些……"护士长观察着她的神态,"当然,如果你感觉有什么困难,我们再考虑别人。"

当时,她沉默了可能有五秒钟。

"没什么困难,我去。"

"太好了,我真为你感到荣幸。"护士长高兴地说,"如果没有身上的职务,我肯定要去,真是一次难得的机会。我觉得特别适合你,好好感受,说不定还能写出几篇很好的作品呢。"

护士长知道她喜欢舞文弄墨,曾在报刊上发表过一些散文和报告文学之类的作品。但是,护士长只知道她写过一点东西,却不知道——对她来说,南海是个非常敏感的字眼,从不敢轻易触碰。奇怪的是,她不知道这次任务为什么派的不是别人,而偏偏是她。难道这是命运自有安排?

既来之,则安之。

她告诉自己:还是不要胡思乱想了吧。

驶入深海区域的舰艇，以每小时二十五海里的速度匀速航行。她站在甲板上，沐浴着湿润的海风，放眼望去，天空晴好，大海是一望无际的深蓝。她突然觉得，撇开都市的喧嚣和生活里的杂务，在完全自由、随性的状态下，沉浸在大海激起的情绪中，确是一件令人惬意的事。

后来的旅途却没能像她所期望的那样"一帆风顺"。到了夜里，海上突然狂风大作，军舰摇摇晃晃，她开始晕船了。其实，为防止晕船，她做了足够的准备，贴了晕船贴，服用了晕船药。可是一点作用都没有。陶医生还好，只是头晕，不敢说话，而她却吐得苦不堪言。时间在忍耐中一分一秒地过去。她蜷缩在船舱的床铺上，用双膝紧紧抵住前胸，以此减轻腹内不时涌起的翻腾。长夜漫漫，十分难熬。或许是由于过度紧张造成了疲惫，最终还是把她渐渐地拖入了睡眠。

大海就像开了个玩笑。一夜的狂涛巨浪之后，第二天，又是一个晴朗的日子。早晨她从沉睡中醒来，一大片灿烂的光线透入窗内，令人目眩。起床后，她全身乏力，仍有不适之感。为了呼吸一下新鲜空气，她从船舱走向甲板，感觉舒畅多了。她问了甲板上的一个水手，小伙子告诉她，再有两个小时就可以到达目的地了。谢天谢地。原计五十四个小时的航程，却走了六十多个小时。

上午十一点，他们终于上了岛。住岛官兵已经为他们准备好了宿舍。她和陶医生两个人住一间。房间不大，有空调，床上换了新床单、新行李，很整洁，很干净。用手摸了摸床铺，有些潮湿。听一位小战士介绍，岛上有四高：高温、高盐、高湿、高辐射（强烈的紫外线照射）。她暗想，原来岛上的战士就是在这样的环境下，长年累月地在这里守卫着祖国的南疆，真是不易。

整个下午,她和陶医生都一直躺在床上休息。

"太累了。"陶医生说。

她知道,这是由于海上风大浪高、船舶颠簸、人处于高度紧张造成的疲劳。陶医生是个四十岁的女人,比她大六岁,虽然身体很好,但从体力上说,肯定不如她。其实她也够呛,晕船比陶医生还严重。她躺在床上时,感觉骨头架子都散了。

经过半天一夜的休整,第二天,他们把带来的一些简单设备充实到原有的医疗所。但这里感觉就像个简陋的战地医院。从现在开始,她和其他五名从内地来的同事,将在这里工作三个月。

三

耿文辉的信息没有错。两天后,苏家灿接到项目部通知,部队医疗所要给岛上的建设者做身体检查。

"建浦,你安排一下,休息的人从明天开始,每天可以去五个,时间要安排在上午。"

"都查什么呀?"

"常规检查,很简单,主要是查有没有心脏病、高血压、糖尿病和结石等容易引发急性病的一些项目。"

"上岛前不是查过了吗?"

"那也得查。人的身体状况不断变化,田师傅就是个例子,上岛前啥事没有,哪知得了严重的肾结石。当时那个军医不是说了吗?因为这里环境特殊,饮食不当,多种维生素摄取不够,平时气温也高,出汗太多,喝水少,体内容易形成结晶,或引发其他疾病。查查也好，防患于未然。这也是部队给我们的一项福利待遇。身体是人的第一财富嘛。"

刘建浦开始安排船员们到岛上去做体检。本来大家都觉得自己身体没什么事，能吃能睡，挺棒的。但是眼下的环境就不一样了，下了班，除了整理内务，瞪着眼睛没事干，很无聊，待着也是待着，更何况听耿文辉说医疗所里还有美女，不看白不看，所以大家都很积极主动，甚至都有点争先恐后的意思了。更有意思的是，每当有一拨人从岛上回来，船上的人不问对方身体有没有什么毛病，第一句话就是："看到美女了吗？"好像他们不是去体检，而是为了去看美女似的。有的说看见了，确实漂亮；有的说她戴着口罩没看见脸；也有没怎么看的。说这话的人，往往属于羞涩型的人。他们可以抢着望远镜去争看渔船上的女人，但当他们真的面对面地坐在一个女人跟前时，却连眼皮也不敢抬了。

船上最后一个去体检的是苏家灿。其实他本来不想去，说他从小长这么大，从来没打过针，也没吃过药，查不查都没问题。"我的身体我知道，啥事儿没有。"

刘建浦笑着说："那也得查，我听说，最后可能还要把体检结果反馈给咱们局里呢。就剩你一个人了，还是去查查吧。"

苏家灿只好去了。

医疗所里人不多，只有管线队和测量部的几个小伙子，苏家灿基本都认识，有的曾在船上住过一段时间，其中还有测量队长丁岩，他们都热情地和苏家灿打着招呼。

"从哪儿开始查呀？"他问那几个小伙子。

"苏船长肯定优先。下一个就是你。"丁岩武断地说。

苏家灿笑着说："小丁，好长时间没听你的课了。最近在看什么书？"

"苏船长别笑我了。我那是纯属瞎侃。现在整天跑前场，忙得脚打后脑勺，放个屁的工夫都没有，哪还有时间看书呀。"说完，他突然意识到说了粗话，赶紧捂上嘴，下意识地朝旁边的一个门口瞥了一眼。

门敞着，一个戴眼镜的男医生叫了一声：

"下一位。"

丁岩说："苏船长，您去。"

"别别别，还是你们没查的先进去，总得有个先来后到嘛。"

"苏船长，您是船上来的，我们不急。"几个小伙子很真诚地恭让着。

苏家灿只好进去了。先是血糖检测，很简单，检测结果也正常。接着是超声波，也就是B超。这项检查有点麻烦。在光线昏暗的房间里，他侧着身体躺在一张很窄小的床上，把上衣捋上去，露出肚皮，抹上像什么油一类的东西。医生用一个很硬的扫描仪按在他的肚子上，来回移动，在不同的位置上加力按压。在此过程中，有一会儿，还能听到自己从仪器里放出来的心脏收缩的声音：咕嗒咕嗒，很夸张，很怪异，像是来自另一个世界的声音。做B超的是位女医生，戴着口罩和眼镜，看不到相貌，但态度和蔼。她告诉苏家灿，他的身体没事，很健康，一切正常。

再接下来是内科、外科、心电图，医生都是男性，检查的项目也简单，听诊了胸腔，查看了睾丸，还摸了前列腺（这一项挺痛苦），都挺好。

最后的项目就更常规了：身高、体重、测血压。一进房间，苏家灿发现，里面是一位年轻女性，可能就是船员们说的"美女"

了。平时苏家灿不太关注女性的容貌,这次他却特意留意了一下。她身材窈窕,皮肤很白,尽管戴着口罩,却能看出她有一双漂亮的眼睛。当时苏家灿就想:如果她从事的不是这样的职业,不会是个容易接近的人。

"您是船长?"她盯着他看了一下,似乎在想着什么。

"您怎么知道我是船长?"

"我听门外的人一直在说呀。"她的眼睛笑了。苏家灿发现这个人挺活泼。

"我还以为你会相面呢。"船长的身份,赋予苏家灿一种与他船员不一样的心理素质,在陌生人面前,一向从容、坦然而自信。

她检查得很认真,很细。

"身高一米八二,体重八十八公斤。超重了。"

"这我还减掉了十公斤呢。"

"继续减。"她公事公办地说。

接下来是测脉搏、量血压。他们坐下来。她用白皙柔软的手指按住他粗壮的手腕,看着她自己腕上的手表,为他把脉,然后记下他的脉搏频率。之后,又为他测量血压。

"您平时喝酒吗?"她摘下听诊器。

"二十多天没喝了。"

"吸烟吗?"

"平时不吸,关键时候会吸一支。"

她好奇地看着他:"什么叫关键时候吸一支?"

"就是着急的时候抽一支,稳定一下情绪。特别激动的时候,也会抽一支。"

她觉得这个人很实在,很风趣,便微笑着说:"看来,您是经常着急或者是激动吧？"

"没有，没有。"

"血压高了。"

"不会吧？"他疑惑地看着她。

"错不了，高压一百五，低压一百一。"她低下头，开始往体检报告上写结果。

苏家灿想起刘建浦说体检结果最后要反馈到局里备案，他有点慌乱："您先别写结果。"

"怎么？"她停下来，看着他。

"麻烦您，过一会儿再给我测一次，刚才外科检查，有两项弄得我有点紧张……"

她的眼睛会意地一笑，放下手里的笔。

这时候丁岩从门口探着身子说："苏船长，我们全查完了，你去项目部吗？"

"不去，我一会儿直接回船了。"

"那我们就先走了。"

"好嘞。"

"你们是什么船？"她问。

"挖泥船。"

"挖泥船是干什么的？"

"造岛啊。"看着她不解的样子，苏家灿说，"比如我们脚下的这个小岛，一年前还是一些露出水面的礁石，现在它是岛了，而且它的陆地面积还在不断扩大，这就是我们挖泥船用海底沙石堆起来的。"

"真的呀？有时间能不能去你们船上参观一下？"她把口罩的

一面挂带从耳朵上摘下来。

苏家灿发现,眼前这位"美女"还真是有点名不虚传。

"当然可以。您什么时候去,我派船来接您。"

两个人聊了一会儿。主要是她问,他说。都是一些漫不经心的话题(你们什么时候来到南海的),船上的事(夜里也要施工吗),南海的气候(太热了,船上有没有空调)等之类。或许,她是有意让他的情绪放松一下。

"现在应该平静了吧。"她笑着说。又给他测了一次血压,稍微下来一点,但还是高。

"不应该呀。几天前我测过一次,八十、一百二,挺正常的。现在怎么会高了呢……"苏家灿的幽默感没有了,情绪有点低落。

"父母有过高血压病史吗?"

"没有。"

"有吃过什么药吗?"

"从来没有。"

"这样吧,您找医生开点药。"

她告诉苏家灿,如果以前不高,别担心,血压高和高血压不是一回事儿,也可能是因为劳累、精神紧张等因素造成的波动。先不要吃西药,西药吃上就得长期服用,不能停。先用中成药调理一下,多休息,同时注意饮食,要低盐、低脂,适当运动,心态平和。同时每天量一次血压。

"如果还是降不下来,您再过来。对了,船上有血压计吗?"

"我们厨师有。"

"厨师……是不是挺高个子,姓白?"

"是他,白佑山,我们船上的厨师。"

"他血压比您还高。您应该是最后一位了，走吧，我带您去开药。"说着，她已经站起来。

"真麻烦。"苏家灿犯愁地嘟哝着。

她热情地带他找医生说明了情况，开了药，又取了药。

"太谢谢了！还没问您贵姓呢。"

"我免贵姓方。"

"谢谢方医生。"

"我是护士，您叫我方卉就行。"

他没那么叫："谢谢您！"

又突然想起来似的说："欢迎到我们船上去。"

"谢谢船长！有时间我一定去看看！"

"方卉，跟谁说话呀？那么热闹。"

B超室的门敞着。她转身走进去，里边只有陶医生一个人。陶医生是一位出色的超声科医师，她中等身材，面相端庄、沉稳、善良，像许多中年女性一样，上半身微微发胖。同事们都叫她陶大姐。

"一个船长。这人可真逗，血压有点高，情绪一下子就低落了。"她回味着说，"很奇怪，我总觉得好像在哪儿见过他似的，可怎么也想不起来。"

四

苏家灿回到船上，正是午饭时间。他直接去了餐厅，手里拿着两盒牛黄降压丸。

"船长去开药了？"一个船员搭讪着问。

"去做了个体检，血压有点高。"

至此，船员的体检全部结束了。除了两个小伙子胆囊里有很小的结晶体（无大碍，不用管它），就是大老白和苏家灿血压高。

苏家灿来到打饭的窗口。

"白师傅，把你的血压计给我用一下。那个女护士说我血压高呢。"他还是有点不死心。

"哟嚯，你这是想跟我做个伴儿还是怎么的？"白师傅在窗口里猫着腰，眼睛瞪得老大。

"说的就是呀，我再量量，看是不是真高了。"

"血压计在宿舍，我去拿。"

苏家灿在一张餐桌旁坐下，等着。

刘建浦进来了。他看着苏家灿："体检怎么样？"

"别的没事，那个护士说我血压高。"苏家灿的口气听起来有点委屈，好像他的血压高是被人家说高的。

刘建浦一怔："你看，我说你还是得查一查吧。"

"前几天我还量过呢，不高啊。"

白师傅拿来他的血压计。是那种电子式的，不用听诊器，很省事。苏家灿一测，高压一百四，低压一百零五。

"比岛上低了点。"苏家灿的情绪略有缓和。

"高，低压过一百就高啦，你这么年轻，八十左右算正常。"大老白用权威的口气说。俗话讲，久病成良医。这段时间，他已经把血压的事研究得很透了。

听大老白这么一说，苏家灿又有点犯愁。他知道，真要是高血压就麻烦啦，弄不好就得下船。

刘建浦安慰说:"不是开了药吗?先调理一下看看。"

苏家灿和大老白可谓同病相怜,成了一对病友。每到吃饭时间就测测血压,切磋几句。大老白泡了一坛儿老醋花生米,据说有很好的降压功效,苏家灿每次吃饭,都忘不了来上一勺。不知是老醋花生管事,还是牛黄降压丸发挥了药力,他的血压开始回落。不过,一直不稳定,忽高忽低。

几天后,苏家灿又去了岛上。那位叫方卉的女护士热情地接待了他。经过测试,她告诉苏家灿,调理得不错,很有成效,要继续坚持。苏家灿的情绪立刻放松了不少。她说还有个办法,就是按摩耳朵。在耳穴上按摩,对初期的高血压有很好的治疗效果。

"怎么个按摩法呢?"苏家灿很感兴趣。

"先用双手食指和中指,从上而下按摩双耳背的降压沟穴位,再捻耳轮部,重点是捻耳尖,再用手掌摩擦耳背部。每个部位大约六分钟。"

苏家灿照做了。他用两只手真诚地摸着自己的耳朵,却不得要领:"哪个地方是降压沟?"

她笑了,站起来,走到他身后,两只手放在他的耳朵上,示意着哪是降压沟,哪是穴位,怎么按摩,然后是耳轮、耳尖、耳背,全部示范性地按摩了一遍。

苏家灿配合地坐在那里,一动不动。感受着她手指间那种令人战栗的柔顺,耳热心跳,心里深受感动。

在后来的很长一段时间里,那种感觉一直留在苏家灿的耳朵上。一有空闲,他就按着女护士传授的方法坚持按摩。每做一次,都像做了一次精神体操,很有作用。经过多方面调理,一周后,他的血压神奇地恢复了正常。这使苏家灿的心情极好,从某种意义上说,一种小恙的出现、痊愈,反而使人多收获一种独特的快感。

大老白却没那么乐观。

"我是啥法儿都用过了,根本不灵。现在每天都得吃药,不吃就高。"

如此之下,大老白的命运也就转变了。

几天后的一个晚上,船员们正在吃饭,大老白从厨房走出来,他站在餐厅里,半晌说道:"兄弟们,这是我给大家做的最后一次晚餐了,明天我就下船了。"

第十六章

一

常年漂在海上的人，似乎很容易忘记时间和空间。白佑山来到南海时是五十四岁，不知不觉就过去了一年。某一天，当他意识到自己已经五十五岁了，禁不住心里一惊。按单位规定，船员五十五周岁可以退休，满打满算，他已超过退休时间两个月了。他想，既然有幸参与了南海的工程建设，这是他感到一生最为荣耀的事，最好等到工程结束之后，单位再要求他办退休手续，这样也算有始有终，就像苏家灿说的那样："这一辈子就算值了。"哪知自己身体不争气，有很长一段时间了，他老是感觉晕晕乎乎，像晕船。他判断是自己的血压高了，这是遗传，是父亲的基因在他疲老衰变的血液中发挥了作用。但是别人不知道，大老白也不说。有一天，李铁报来到船上，吃饭时看见他脖子上贴着一块创口贴："白师傅，船上又没肉了？"

"有啊，补给船不是几天前才来过吗？"

"那你咋还切到自己脖子上去了？"

"嗨，李总是在绕我呀。这几天我感觉血压有点高，我在脖子上放点血，但用的是针，可不是菜刀。"

事情就这么暴露了。

第二天，船上来了一位军医，给大老白测了血压，高压一百八，确实是高了。那位军医很不错，离开的时候，给白师傅留下一个电子血压计，又留了药品，告诉他要多休息，从饮食上调节。但不管怎么调理，大老白的血压始终居高不下，不吃降压灵就头晕。这次医疗队来到岛上为船员们体检，他第一个地被诊断出了高血压，脉搏也快，远远超出了正常范围。经过多次调理，仍然不见效果。医生、苏家灿、刘建浦都建议他回陆地去治疗。

"只要坚持吃药，啥事没有。"

大老白很固执，他总觉得现在离开南海，就像球场上被罚下的运动员，是一件很没面子的事。

"不行，不行。血压不是个小问题，一旦引发心脑血管方面的疾病，倒下怎么办？这可不像在陆地。再说单位有规定，像你这种情况必须下船，回陆地治疗。"

在苏家灿和刘建浦的反复说服下，大老白只好妥协，但非常伤感。他想：说不定再也不能来到南海了。

临行的前一天，大老白最后一次乘船登上了岛礁。在刘建浦的陪同下，他坐上了项目部的小皮卡，但他没有坐进驾驶室，而是执意站在了车厢上，由李铁报驾车在岛上转了一圈。天气晴朗，能看清很远的事物。他看到岛上停放着各种施工的车辆，看到了那排醒目的标语，看到了"长势很好"的椰子树和一些叫不出名字的树，看到了仍然站立在岛礁上的高脚屋，看到了刚刚建起的海上哨所和营房……大老白庄重地站在皮卡上,不啻为一位在岛上视察的将军,感慨万端,心潮激荡。

晚上,"华威号"为他举办了简单的欢送会。面对一位即将退休的老船员、老共产党员,苏家灿和刘建浦都对大老白的工作给予了很高的评价。主要回顾了他在南海一年多时间里,"勤勤恳恳""忘我工作"的一些具体事例。在很长一段时间,为了驻船八十多号人的伙食,他每天从早上五点到晚上十点,都在择菜、洗菜、炒菜,把手指都磨出了血泡;平时为了让船员们吃好,他总是不断变换饭菜的花样,生豆芽,还做豆腐;在炎热的天气里,为了不让船员们中暑,他把熬好的绿豆汤送到甲板,送到机舱……他年纪大了,血压高了,仍坚持工作,宁可自己偷偷地在脖子上放血,也不吭声。这种敬业、奉献的精神,给"华威号"上的船员作出了表率,留下了难以忘怀的记忆,值得船上所有人学习。

最后,苏家灿满怀真诚地说道:"在白师傅即将离开他热爱的工作岗位之际,我代表'华威号'上所有的兄弟们,必须给白师傅一个大大的赞!"

"莫道桑榆晚,为霞尚满天。"政委刘建浦则引用古人的诗句,祝愿白师傅下船之后,有一个"健康、快乐、幸福的晚年"。

大老白是个健谈的人,平时喜欢聊天,善讲趣闻轶事,扯起什么话题,都是一套一套的。但这一天,他的情绪已经完全不一样了。这次下船不是休假,也不仅仅是治病,而是要办理退休手续。退休是什么?是自然规律,是政策制度,是人文关怀,但似乎也是一种无情的告知:"你老了,不中用了,赶紧回家吧。"

大老白伤感地意识到,此一离去,将再也回不到现在的生活,回不到他干了一辈子的绞吸船。原本一个精神饱满的人,刚说退休,生理上仿佛就得到了指令,红润、健康的面容突然憔悴,不过几天时间,额头上就多了几条细密的皱纹,眼袋也松弛地垂了下来。轮到"说几句"的时候,他站起身,滚动着喉结,半天才说话。

"三十七年前,我不满十八岁,就到绞吸船上当了厨师。从那时候起,我就以江河湖海为伴,吃在船上,住在船上,工作在船上。那时候,我觉得人生是一个挺长挺长甚至无限漫长的过程。现在我才觉得,一个人,真正有价值的生命时间实在是太短了,好像几场风浪就过去了。有幸的是,在我即将退休的最后一年,能和同志们一起参与到南海的工程建设,为国家尽一点微薄之力,这将是我一生的荣耀。今天,是我在船上的最后一个夜晚,明天我就要下船,回到陆地上去了。在南海这样的工程还没有完全告成的时候,突然退休,我心里有一种从来没有过的复杂,现在都不知道要说什么了。一句话,很难忘记,说不尽的留恋……"说到这里,大老白动情地哭了。

第二天一早,由刘建浦送行,大老白乘坐吉德令的渔船前往潟湖,转乘补给船返回陆地。离开"华威号"时,他站在渔船的后甲板上频频挥手,眼睛里有泪光闪烁。"华威号"的每一层甲板上,都有船员们举起的安全帽和挥动的手臂。正是日出时刻,逆光中的渔船变成了黑色,渐行渐远,就像一幅画。

二

大老白下船不久,休假的张同乐按时回到了船上。看上去,人白了许多，也胖了许多。像所有休假回船的人一样，他从陆地上带回了一棵树苗，一袋土，同时还带回了白师傅对全船人的问候。

"见到你爸爸啦？"

在船上，大老白一直管张同乐叫"儿子"，为此总有人开他的玩笑。以往张同乐并不在意。但这一次，他自己也不知道为什么，脸颊像着了火，刷的通红，一直红到了发根儿。

张同乐确实见到了白师傅。休假临行前，他问白师傅家里有没有什么事，白师傅告诉他没什么事。但假期结束时，他想了想，还是给白师傅的女儿白娟打了个电话，问她有没有要给白师傅带的东西——他这才知道白师傅已经回到了家里。他告诉自己："必须去看看白师傅。"

白师傅在家里乐乐呵呵地接待了他。一见面，他仍然叫他儿子，弄得老伴和女儿莫名其妙。白师傅解释说，他喜欢这个小伙子，在船上就一直喊他儿子。那天中午，白师傅热情地留住了张同乐，在家里准备了一桌饭，还亲自下厨，做了麒麟鱼。恰好是星期天，白娟也上了手，给父亲做帮厨。面对一桌丰盛的菜肴，张同乐有些局促不安，主人却极为热情。一家三口人，挨个地给他敬了酒。白师傅喜欢喝酒，酒量也好，但因为高血压，倒上了他"最不愿意喝"的啤酒，小口抿着。白师傅老伴是邮电局退休的职工，很富态，话语不多，表情亲切慈祥，滴酒不沾，便以茶代酒。梳着马尾辫的白娟喝的是白酒，跟张同乐一碰杯，便爽快地干了自己的酒，还微笑地看着张同乐，提醒他"喝净了"。几杯酒下肚，张同乐拘谨的情绪才有所放松。他一口一个"白叔"地叫着，转而是"大婶""白娟姐"，也都叫得自然、亲切。出于礼节，他还回敬了每人一杯酒，两位老人只是"意思"了一下，白娟却依然爽快地干了。

有个说法，北方人比南方人能喝酒，其实这是一种误解。从普遍意义上说，可能是这样：北方十个人中，可能有八个人喝酒，南方十个人只有两个人喝酒，但只要南方人敢冲着你端杯，无论男女，北方的爷们儿大都不是对手。这个经验张同乐在大学的时候就懂。估计白娟酒桌上不是个善茬儿，张同乐只喝了几杯，便推说"不能再喝了"。坦率地说，张同乐的酒量还可以，至少有半斤的量。但酒量不是在哪儿都可以展示的，什么样的场合可以放开，什么样的场合必须拿捏得住，这个常识，他也懂。

但这次张同乐却错了。其实白娟不喝酒，她只是性情善良、悯人，父母不喝酒，她怕冷淡了客人，就硬着头皮充豪爽。结果两杯酒之后，她已面色潮红，感觉太阳穴咚咚直跳，心脏也是。张同乐说不喝了，白娟自然不再劝。她把两只胳膊撑在桌子上，双手托着脸颊，安静地听父亲和张同乐聊天。

两个人聊的都是船上的事。

白娟发现，一说到船上的事，父亲的眼睛就亮了。他表情开朗，坐直了腰板，还点起了一支烟。这次回到家里，劳顿的旅程和南海炎热的天气显现在他的面孔上，让白娟觉得父亲衰老了许多，情绪一直萎靡不振。有几次，一坐到早餐桌上，他就叨叨咕咕地说，他又做梦了，梦见自己在船上做花卷、炸油饼、蒸馒头……"忙了一夜，跟真的一样。"

白娟就笑着逗他："爸，你的梦想，在家里也能实现。"

父亲叹了口气说："那怎么能一样呢？"

大海可以吞食生命，也可以把人心拴住。那些长久寄身在船上的人，一旦回到陆地，他们意识到自己再也回不到船上，往往显

239

得无所适从,甚至无精打采。

这天中午,白娟却在父亲的脸上看到了旧有的光辉。自从父亲退休以后,她还没见过他这么高兴。他满怀柔情地回忆起船上的往昔岁月,讲疏浚行业的演变和发展历史,讲绞吸船的不断更新换代……说到南海,他对自己能把最后的一段工作经历留在了那里,而感到沾沾自喜。他还提到了在岛上见到的那几句"令人鼓舞"的标语。

"我听刘政委说,有两句是你想出来的?"

"我和政委一块琢磨的,反复推敲了很久。"

他没说话,只是赞许地竖了一下大拇指。

"什么标语呢?"白娟饶有兴趣问了一句。

"儿子,跟小娟说说。"他依然称他为儿子。

张同乐把那四句标语说了一遍。

白娟凝神想了一会儿:"确实挺感人的。"她声音不大,很轻柔,似乎沉浸在遥远的想象里。

"这回知道我们干的是啥工程了吧?几句标语,全都概括了。"父亲回到他兴奋的情绪中,继续着他的话题,说到激动时,容光焕发,两眼生辉。

白娟发现,张同乐非常配合父亲的情绪。他认真地听着,不断点头,或微微一笑,露出一枚别致的小虎牙。他偶尔插上一两句话,提问什么问题,言语干脆,理解准确,反应很快。说到他自己的工作和设想,叙述什么,表达什么,也毫不犹豫,没有一句多余的话。白娟觉得,眼前的这个人,跟初次见到的那个还有点腼腆、害羞的小伙子判若两人,他是那么阳光,又是那么得体。她两肘支在桌上,双手托脸,不时地用一双亮闪闪的眼睛看着他。

不知为什么,每当跟他的目光碰到一起时,她便迅速地躲开了。

后来,"华威号"的人才知道,张同乐对白师傅的这次拜访,让他获益匪浅,收获很大,大到可以装满他的一生。正是这次拜访,为张同乐敞开了一扇重要的人生之门,此后他一次又一次地走进这个家庭。当"华威号"从南海返回内陆之后,张同乐仍在绞吸船上工作。时间又过了一年。在一个金色的秋天,已晋升为二副的张同乐,握着白娟柔软潮湿的手,幸福地步入了婚姻的殿堂。

那一天,他面对婚礼台上正襟危坐的大老白,深深地鞠了三个躬,正式改口,称"白叔"为爸爸。

三

张同乐回到船上的第二天,赶上了一档子事。

小胡子牛河要休假。用工友们的说法,就是"牛郎会织女",回去跟老婆团聚团聚。这很正常,新婚不到五个月,老不休假哪行呢。他不休,船长苏家灿还总往回催。那就休吧。

船上的岗位一卯顶一榫,有人休假,就得有人替班。替班驾驶员叫郑锋,四十多岁,很精干,是绞吸船上的"老把式"。上岗头一天,得心应手,一切正常。到下午,他在监视器上发现了问题,真空参数已经很大,泥舱内的珊瑚砂石仍然不下。以往的经验告诉他,出现这种情况,只要将泥门稍微调大一点,问题就可迎刃而解。郑锋也正是这么做的。岂不知,世界上没有哪一种经验可以放之四海而皆准的,挖泥也是。不一会儿,在另一边紧盯着监视屏的苏家灿,发现流速在下降,他突然意识到情况不妙,心跳骤然加速。他紧紧盯着监视器,只见显示屏上的流速数字不断变化,一直揪心地下降,下降……直至显示为零。他心里禁不住咯噔一下,绝望地想:完了。

疏浚中,泥泵吸起的泥浆,要通过长距离的管道输送到吹填区。一般说来,泥浆是由绞碎的石块儿、固体泥沙和水相互混合而成,其流量大、浓度高,在输送管道中,固体颗粒会逐渐分层沉积,聚集在管道的底部,不会在短时间引起管道堵塞。

要是在内地,应该说郑锋的操作不会有问题。但南海却不同。海底是珊瑚礁,既坚硬,又难吹,即使已经改造过绞刀头的隔栅,一旦砂石颗粒过大、过密,还是很容易导致输泥管道被堵,甚至彻底堵死。这就要求驾驶员在吹填操作时全神贯注,十分谨慎。郑锋是初次到南海,对这里的施工环境、海底情况不熟悉,缺乏实战经验,所以造成了上述后果。他从苏家灿的声调中已经预感到出了问题,因为紧张,按在操作柄上的手不停地哆嗦。

苏家灿意识到情况很严重。他立即命令驾驶室里的值班水手,询问管头现场是否有水流出。根据经验,如果管头还有水流出的话,哪怕很小,也有希望把管线吹通。

回话却令人失望,管头没有一点水流。

苏家灿不想放弃。他知道管线一旦堵死,后果将不堪设想。他指挥驾驶员,试图以各种操作方法进行补救。然而无论怎么调整路径,直到各种办法全都尝试了一遍之后,显示面板上的流速依然是零。

苏家灿无奈地垂下手臂,下令停泵。

这时候,郑锋已惊惶失措,脸色煞白。他清楚,挖泥船堵管,可不像家里堵了下水道一样。他用一种过失者的目光看着苏家灿，嗫嚅着说："船长，这事整的……这怎么办……"

"通呗。"

苏家灿的口吻轻描淡写。事实上，通管线可不像老头透烟袋，在笘帚上掐一根硬挺的苗子，从烟袋嘴插进去，顺着烟袋杆一直往里顶，然后再抽出来，捅进去……反复多次，用嘴一吹：喷儿。一个黑色的小油蛋儿就窜出去了。绞吸船的管道疏通哪有这么容易。谁都清楚，一条长达五公里的管道，别说是通，就是查在什么地方堵住的，都是个困难。

不过，对这个新来的驾驶员，苏家灿没有半句责备。他知道，事情既然发生，任何责备已经于事无补，不仅会挫伤他的自尊，还会造成他今后工作的心里阴影。眼下的问题是马上召集人员，制定方案，以最快的速度疏通管道，在最短的时间内恢复生产。

其实不用召集，泵一停，船上的人就立马感觉到了不对劲儿。先是大副刘大爽打来电话，问出了什么事，接着是二副，紧接着就是楼梯上一阵嗵嗵的脚步声，刘大爽跑上了驾驶室，随后是刘建浦、水手长周健、二副范宝国。正在"华威号"的赵朋也来了。赵朋是接替李铁报的项目经理，三十五六岁，个头不高，干练，为人豪爽，跟苏家灿很是合得来。

该来的都来了。在苏家灿的部署下，分别安排水手和管线队分头检查船上和海上浮管的堵塞情况。

半小时后，两路人马分别找到了症结，船上的吹泥管道约有六十米堵塞；水上浮管堵塞的长度更严重，大约五百米。难怪一条四千多米长的吹泥管线犹如得了肠梗阻，两头不透气。

"怎么办，拆管吗？"刘建浦看着苏家灿。

拆管当然是个办法，也是没有办法的办法。费劲儿是小事，主要是费时间。众人经过一番探讨，最后决定，由项目经理赵朋协调，请求在附近作业的其他挖泥船分别接通水上软管，借助外力，将堵塞的管线吹通。船上这一边，也同时启泵，一鼓作气，力争把沉淀在管道内的六十多米的沙石吹出去。

方案确定后，赵朋立即联系两艘船舶予以支援。随后，他乘坐一艘小艇前往海上现场，组织锚艇上的管线队员做好准备，配合两艘船舶的一切救援行动。

船上的输泥管是悬空架设，从船头到船尾，与海上的管线相连接，总长度一百多米。从头到尾，在保持一定的安全距离外，每节管道下几乎都站着人，默不作声地伫立着。他们集中精力，留神地倾听着管线里的动静。在驾驶室，苏家灿站在监视屏前，指挥驾驶员合泵。在甲板上的人，已经兴奋地听到了管道里有沙石的滚动声。遗憾的是，那种稀稀拉拉的声音给人带来的希望只是昙花一现，只持续了不到十秒钟，再也听不到任何动静了。接着，那令人兴奋的声音又一次响起。在驾驶室，苏家灿指挥驾驶员加大功率，结果，响声比前一次持续的时间还短，管道内骤然安静下来。

甲板上的人仍然焦虑地等待着。

驾驶室里，苏家灿已经示意驾驶员停泵。刘建浦也在显示流速的电子屏前直起腰来，无望地摇摇头：

"不行，吹不动。"

通过高频对讲机，苏家灿了解到，水上管线借用外船疏通的方案已经宣告失败。在短暂的商讨后，赵朋让管线队的工人把水上浮管从中间斩断，实施分节疏通。

"华威号"上，苏家灿和刘建浦来到甲板。水手长周健已经意识到必须调整方案，他焦急地看着苏家灿：

"船长，怎么办？"

"马上找几个水手，人工疏通。"

所谓人工疏通，就是依靠人员钻进管道，使用消防水皮龙，将堵塞在管道里的砂石冲散。这是下下之策，却是缩短处理时间的唯一办法。

管线堵塞后，许多船员都来到了甲板上。张腾也来了，眉宇间拧一个褶儿，像是身体的哪个部位在疼痛，又像是面对眼前的问题很为难。在人群中，周健挑选着体形瘦小的水手。管道直径只有九十厘米，身材魁梧的人钻不进去。

"我进去。"孙腾说。

孙腾不是甲板部的人，他属于轮机部。但船上就是这样，一旦什么地方出现了问题，只要能通上手，所有人都会往前站，不分岗位。周健打量了一下孙腾的身材，他没有客套，默许而感激地在他的肩膀上按了按。

船上的输泥管道有个封闭的入孔，很像城市里到处都有的下水道和地下管路的井盖。几个水手把螺丝密封的入孔盖子打开，将皮龙带、手电筒、铁铲等疏通工具准备好。为了降低身体高度，几个被选定的船员都摘掉了安全帽。随后，张同乐拖着水皮龙，第一个钻进了管线，后边跟着手拿铁铲的孙腾，接着是拿着手电筒的第三个。

管道里的空间非常狭小。即使没有沉淀的沙石，轻装上阵，爬过去也非常艰难，两个人要想前后换位，必须用"叠罗汉"的方式才能通过。现在他们各自携带着工具更是费劲，猫着腰走不行，高度不够，直撞脑袋；蹲着走也不行，腿酸、脚麻；唯一的办法就是爬着走。从入孔到管线堵塞的位置大约四十米。几个人蜷曲在狭小的空间里，艰难蠕动着，就像母腹中的婴儿。突然，手电光灭了，管道里一片漆黑。

就是这一次，我才知道什么是真正的黑暗。有一句著名的诗：黑夜给了我黑色的眼睛，我却用它寻找光明。那是说黑夜，不是黑暗。真正的黑暗是一种广阔的虚空，你感受不到它的边界。你的视觉、听觉、触觉，甚至嗅觉都不存在了，包括你的身体都被化掉了，变成了一种虚无。当时在眩晕的黑暗中，我几乎是出于本能地大喊：手电怎么啦？在铜墙铁壁的管道里，我的声音嗡嗡回响，把我自己都吓了一跳。

"蹭灭了。"

"快打开。"

手电亮了。

我们继续往前爬去。我手上的皮龙带越拖越沉，后边的两个人帮着拽，还是沉，我感觉快要拖不动的时候，终于爬到了堵塞的地方。我们喘了一会儿气，开始疏通。

我用消防皮龙对着沙石冲水，另外两个工友，一个人照明，另一个递送工具。我们每个人都是趴着工作，整个身体都泡在管道里沉积的海水中。消防的皮龙的水头很足，很猛，射到堵塞的沙石上，反弹回来，又飞溅到我们头上、脸上。刚开始，我们的进度挺快，一米、两米、五米……随着疏通的长度越来越长，前面冲刷下来的砂石，越积越厚，后边狭小空间变得越来越小，人根本过不去了。我告诉身后的工友，通知外边，必须把堆积沙石清理掉。后来，又爬进来几个人，把我们身后堆积的沙石冲入泥舱，我们又继续往前疏通……

在管线外边。苏家灿一直坚守现场，他一边指挥，一边焦急地等待着管内的进展。时间一分一秒地过去，他看了看手表，管道的工人已经连续作业五个小时。这时他接到赵朋的高频电话，水上堵塞的浮管已全部疏通。听到这个消息，他紧缩的眉头稍有放松。

"里边疏通了多少米？"

"二十米左右，还剩大约四十多米。但前边的管道是一个爬坡，已经无法疏通。"刚从管道里爬出来的周健一身一脸的泥水。

紧张的劳作中，人们已经忘记时间。此时已是晚上八点钟，海上吹来冬季的风，弥漫着浓重的水汽，使得全身湿透的水手们感到非常寒冷，加上疲劳、饥饿，甚至有人在不停地发抖。苏家灿皱起眉头，他在深思，又像是计算着什么。

"水头儿，通知管道里的人出来，呼叫电焊工。"他告诉身边的周健。

苏家灿讲明了他的意图："撤出人员，在剩余堵塞管线的中间，切开一个缺口，然后开泵。"

刘建浦怀疑地问："四十多米，一分为二，还有二十米的厚度，能不能吹得通？"

"只有试试才知道行不行。"这是苏家灿的一贯作风。

几名水手把管线里的消防水皮龙拉出来，盘好。一名电焊工已经做好开口准备。里边的人一个接一个爬出来，他们浑身湿透了，像是刚从水里捞出来。张同乐累得眼睛都睁不开了，一连吐了好几口唾沫，嘴里像是吃了盐面，齁咸。

焊工开始动手作业，焊花四溅，照亮了一张张黝黑而疲乏的面孔，很快按设计在管线上切出了开口。一切就绪，苏家灿指挥所有人员撤离现场。随后，他下令开泵。

不一会儿，管线里传出了轰轰隆隆的声音，一股沙石从切口里源源不断地喷涌而出，最终在甲板上积了足有一尺多厚。

晚上十点钟，苏家灿指挥人员封好切口，长达八小时的管线疏通宣告结束。

第十七章

一

2014年10月4日

转眼间,我们来到岛上已经二十天了。一段紧张的忙碌之后,时间多起来了。这两天,几个同事都去参观了战士们的哨所和礁堡,我推说自己身体不合适,一次也没去。自从来到南海,我始终刻意回避着关于守礁战士的一切话题。每当陶大姐感叹守礁的官兵如何艰苦,我总是马上插嘴,把话题岔到别的事情上去,但求不去触及自己悲伤的往事。

今天是周六。岛上一大早便下起了小雨。吃过早饭后,陶大姐被同事叫去打牌,宿舍里又剩下我一个人。雨丝缠绵的天气,往往会给人带来无端的忧伤。整个上午,我都躺在床上看儒勒·米什莱的《海》。这是一本非常可爱的书,他把海里的生物、包括小小的珊瑚虫都描述得像人类一样生动、有趣。他写得真好。

下午时分,缠绵的雨丝换上了热带十月的阳光,天空湛蓝,岛上飘浮着一团团白色的云雾,如同仙境。我和几个同事应邀去一个项目部作客,李总和一位叫赵朋的经理亲自驾驶着两辆皮卡,带着我们在岛上转了一圈。在一个被他们称为"管头"的地方,我第一次看到填海造岛的场景,只见一条粗壮的管口泥沙滚滚,十分壮观。对此,我和几位同事都充满了好奇。

"这全是海底的沙石吗?"

"没错。"

"管子的另一头在哪儿?"

"在海上。你们看,那就是我们的挖泥船。"

我们顺着李总手指的方向看去,海上薄雾弥漫,他所说的挖泥船影影绰绰,看不分明。

"那艘船离这儿有多远?"

"大约四公里。"

两位经理介绍说,他们就是用海上的挖泥船,把海底的岩石绞碎,连同泥沙一起,通过一条管线吹到岛上,越积越多,就把亘古不变的岛礁变成了陆地。真是令人震撼。

晚上,为感谢我们为建岛工人提供了医疗服务,两位经理在项目部热情地款待了我们(这就是军民鱼水情吧)。整个晚上,我们的话题都是围绕着吹填造岛。两位皮肤黝黑的岛礁的建设者十分健谈,说起他们在南海的经历和感受,一桩桩,一件件,苦中有乐,充满了感慨。当时我不禁想起岛上竖立的几句标语:每一粒沙都是国土/每一段堤都是长城/每一分钟都是历史/每一个人都是英雄。通过这几句标语,想象着这些岛礁建设者的伟大创举，我突然产生了一种冲动。

"李总，我们能不能去船上看看？"

"当然可以，只是今天太晚了，如果有兴趣，明天行不行？"

我告诉他，明天是周日，也是国庆小长假。

"那好，想去哪条船？"

我说："有一位姓苏的船长，他是哪条船？"

"'华威号'。你找对了，那是在整个南海工程中很有代表性的一条船，应该去看看。明天我让他们派船来接各位。"

我高兴地说："谢谢李总，那就这么定了。"

借此机会，我一定要把他们如何造岛的事弄个明白。我喜欢那些未知的事物。尤其是在南海这个特殊的地方，我必须用一切可能的方式，把我的时间填满。

"夜猫子，怎么还不睡呀？"陶大姐翻了个身，梦呓般地嘟哝了一句。这已经是她第三次提醒我了。

好吧，就此打住。我也该睡了。

二

她睁开眼睛，天还没亮，屋子里朦朦胧胧，窗外传来永不停息的大海之声。方卉扭亮靠近床头的台灯，开始起床，收拾自己。以往的星期天，方卉保准窝在床上，迟迟不起。特别是在内地，不到中午，她不会去参与任何城市生活。

"方卉，起这么早干啥？"

自从住到一起，陶医生对方卉一直保持着大姐姐式的慈祥。每天她的起床时间总是早于方卉。昨天晚上她被两位经理每人敬劝了一杯酒，晕晕乎乎睡了一夜，还懒懒的不想起床。

"今天我们不是要到船上去吗？"

"还真去呀？"

"说好的事，哪能不去呢？"

"有意思吗？我不想去了。"

"陶大姐，去看看吧，反正没事儿，换个环境，好打发时间。"

"你们去吧，今天我就想睡觉了。"陶大姐伸了个懒腰，打着长长的哈欠。她的头发染过色，又落了色，铺在白色的枕头上，像一团乱麻。也许和职业有关，也许无关，陶医生是个喜静不喜动的人，在方卉的感觉中，她似乎从来不为任何事情所激动。

方卉不再动员陶大姐。她洗刷了自己，对着镜子仔细地梳理着头发。她有着一头天然潇洒的黑发，简约的女性中短式发型，微卷、柔美，这是她几年保持不变的发型。她喜欢这种发型的灵动与率性。平时她基本不怎么化妆。她从来不用眉笔，曾有闺蜜妒忌地说，如果不是她有一双好眼眉，她的眼睛绝对不会"这么好看"。她也不用假睫毛，更不用那种像长了芝麻糊似的睫毛膏。她不打眼影，也不用收缩水。三十四岁的年龄，不管别人怎么看，她自己觉得依然属于青春的年纪，至少算不上年老色衰，还不需要那些昂贵的化妆品来补救。她的化妆程序很简单：擦点润肤乳，用点特意带到南海来的防晒霜，再涂一层淡淡的橙色唇膏，让整个面庞保持天生丽质、清清爽爽。其实，方卉对自己最满意的地方就是长得干净、鲜亮。她的皮肤很白。

随后，她打开宿舍的简易衣橱。在穿着方面，她不喜欢当下女性的那种繁复，那种啰里啰唆，或者说，她不喜欢在身上堆砌太多的东西。当然，她也从来不穿挑逗性的服装。在有限的几套服装中，她选出一条弹力牛仔裤，一件白色短款半袖衫，外加一款薄如蝉翼的海蓝色中长防晒衣，面料柔软，垂感不错，潇洒而飘逸。她又戴上那副淡紫色的太阳镜，把一个很大的软布挎包背在肩上试了试，整个人显得活泼、大方，同时又带有几分神秘。方卉审视着镜子里的自己，比较满意。

上午九点，当方卉以这样一副形象登上"华威号"的时候，在这个只有男人的钢铁世界，便显得格外光彩夺目，用苏家灿后来的话说："为船上带来了另一种情调和气氛。"

苏家灿以船长的身份、更是怀着一个"患者"的感激之情，热情接待了五位来自部队的医务工作者，并为他没能去岛上"迎接诸位"表示道歉。然后他话头一转：

"但是，我们的接待标准可没降格。我们刘政委去接你们了，他和我的官儿一边儿大。"

大家都笑了。

船长室里的气氛变得轻松、愉快起来。

"苏船长的血压怎么样？"方卉以此作为对苏家灿的问候语。

"托您的福，已经完全正常。"

"我还带来了血压计呢。"

"方护士，您最好能给我按摩按摩耳朵。"

苏家灿一句熟不拘礼的玩笑话，又把大家逗乐了。

人和人的对话很奇怪，有时词不达意，有时无言以对，有时语无伦次，有时则妙趣横生……凡此种种，或许不完全因为你是否机智，有没有口才，同时还在于对方能不能激活你的灵感。

这次造访，方卉在"华威号"上逗留了整整一天。

几位医务人员先是在船长室里喝茶、聊天。之后，在苏家灿的陪同下，他们怀着浓厚的兴趣参观了驾驶室。接下来，又从绞刀头开始，顺着船上的吹泥管线一直参观到船尾。听着苏家灿的专业讲述，几位医务工作者对神秘的造岛过程唏嘘不已。

"没来南海之前，我从没听说过我们国家还有一个专门造岛的企业。"一位中年军医推了推鼻子上的眼镜说。

苏家灿纠正说："也不是专门造岛。除了岛屿建设，像水利清淤、河道治理、航道疏浚、环保清污、水域吹填及市政建设等水下开挖输送施工、水域治理等工程，都可以。这样的企业也不是只有一家。现在我们国家有三家这样的大型国企，都有着悠久的历史。比如，最早的天津航道局，它创建于1897年，算一下现在有多少年了？已经有一百一十七年的历史了。"

方卉有些惊讶："天啊，那么早呀？"

"这还不是最早的。比如荷兰，荷兰人为保护他们不大的国土，他们从十三世纪开始就修建堤坝，拦截海水。单说造岛，如今，荷兰的国土面积有百分之二十，都是人工填海造出来的。不过，荷兰也不是最早。比荷兰更早的是日本。早在十一世纪，日本就有了填海造陆的记载。特别是在第二次世界大战之后，仅在一百多年的时间里，日本就从海洋中索取了一千二百多万公顷的土地，比荷兰要多出好多倍。"

几位医务人员认真听着，沉浸在苏家灿的讲述中。

方卉看着身边一直没怎么说话的刘建浦："看来，世界上许多国家都在造岛呀。"

刘建浦肯定地点点头，声音不大、有点神秘地说道："都造，都造。"

苏家灿说:"话说回来,虽然我们起步较晚,但自从改革开放后,特别是近年来,我国的疏浚事业可谓突飞猛进。仅就我们航道局而言,现在就有八十余艘挖泥船和辅助船舶。我们的工程项目遍布国内沿海三十多个港口。像东南亚、中东、非洲、欧洲等许多国家和地区,也都留下过我们的施工足迹。再说我们的船舶设备,目前,我们的疏浚工艺已经非常先进。就说南海吧,我们周边的一些国家早就开始造岛了,而且是在非法占据的我国的岛礁,这属于另一个话题,我们暂且不说。单说他们的造岛方式,还是那种原始的办法,先在岛礁上修筑围堰,排空海水之后,再将从国内运来的沙土填进去。我们不。我们是用挖泥船就地取材,把海底的泥沙直接吹送到岛礁上,这种方式不但先进,而且极大地提升了我们的施工效率。比如我们这艘'华威号',在正常情况下,一天一夜,就可以把十万方海底泥沙,通过这条输泥管道送到岛上去。十万方是个什么概念?假设我们把这些泥沙摊开,按一米的厚度计算,它的整个面积有一个足球场那么大。"

"一天造一个足球场,太厉害了。"

"因此,一些监视我们南海工程的国家,把我们这条船称为'造岛神器',事实上一点不假。"

这时,刘建浦对身边的方卉小声地说:"刚到南海的时候,我们走到哪儿,后边总有形迹可疑的外国船只远远地跟着。"

"是吗?"

刘建浦神秘而自豪地点点头,脸上的表情耐人寻味。

"我们这条船来到南海快一年了。"苏家灿停顿了一会儿,他的情绪以及不知从哪里迸发出的灵感还没有完全释放。他继续说道:"我们最初的任务是开挖航道,这个我们暂且不说。光说我们这条船的吹填造地面积,现在已经接近一百万平方米。我们可以算一下,一百万平方米是多少?就是一平方千米,一平方千米又是个什么概念?不知道各位是否去过马尔代夫?"说到这里,他目光转向方卉:"方护士肯定去过吧?"

方卉一顿:"没有没有。"她打冷战似的摇着头。

"那可有点遗憾了。"苏家灿莞尔一笑,"其实我也没去过。据说,马尔代夫是个非常美丽的国家,有许多时尚的年轻人,都把那里当作自己的蜜月圣地。它的首都马累就是一座海岛,它的面积是多少?一点九六平方千米,人口超过十万。也就是说,光是我们这条船在南海的累计施工量,已经是马累这个城市总面积的二分之一。再打个比方,各位可能都知道梵蒂冈,它是世界天主教的中心,也是世界上最小的国家。它的土地面积是多少?只有零点四四平方千米。我想说的意思是,我们这条船,目前在南海吹填造地的面积,已经超过了两个梵蒂冈。"

苏家灿语音不高,语感流畅,特别是一种掺杂着许多统计数字的博学表露,令几位医务人员肃然起敬,对这位年轻的船长刮目相看。

"知道什么叫博闻强识了吧?"

方卉惊讶于苏家灿竟然有着如此的才学,却把一句称赞的话甩给了身边的一位同事。那是一位四十岁左右的军医,高个儿,戴着很厚的近视眼镜,很有一副医学专家的风度。但面对眼前这位滔滔不绝的船长,他却不得不对着苏家灿直竖大拇指:

"船长真是厉害!"

苏家灿连连摆手,谦虚地说道:"不敢这么说。有句话,叫

'术业有专攻'。我知道外国人造了多少地，知道世界上哪个国家最小，却不知道自己耳朵上的降压沟在什么地方。"他调皮地看着方卉："方护士，您说是不是这个道理？"

没想到，他的思绪从神秘的梵蒂冈一下子转到了自己的耳朵上。方卉措手不及，霎时脸颊微微一热，她甚至还下意识看了一眼苏家灿的耳朵，但她却不动声色地稳住了自己，很有礼貌地莞然一笑："苏船长太逗了。"

事后，她在当天的日记中写道："当时，我真恨不得一下拧掉他的耳朵。"

三

南海的气候，总是让人难以忍受。无论是夏季还是此时的深秋时节，你都无法逃离它的炎热。晴朗的天气里，太阳挂在天空中，白得刺眼，甲板上热浪升腾。

早晨的时候，刚上渔船，刘建浦就给几位医务人员发了安全帽、救生衣。当时方卉只穿上了红色的救生衣，却没戴那个安全帽，她担心把自己的发型破坏掉，一直把白色的安全帽拎在手里。在"华威号"上参观时就不行了。作为分管安全的政委，刘建浦是个原则性很强的人，特别讲究细节，他要求几位客人必须穿上救生衣、戴上安全帽。

"必须戴呀？"

"必须戴。"

刘建浦以身作则，他自己也戴。

全副武装般的几个医务人员，在甲板上转来转去，参观了两小时之后,每个人的脸上都有了晶亮的汗水。

"是不是很热?"苏家灿关心地看着方卉。

"还好。"方卉微笑地说,"那是两个烟囱吗?"

"不是不是,那叫钢桩。"

苏家灿把两个钢桩的作用和工作原理讲了一遍。方卉一边认真地听着,一边点头,还不时地问一些其他方面的问题。苏家灿都一一作答,却不动声色地感到奇怪,他不明白一个护士为啥对挖泥船有这么大的兴趣。

很快就到了中午。刘建浦吩咐厨师,用船上能找到的最好的东西,为客人准备一桌比较丰富的午餐。几位客人是吉德令和刘建浦从岛上接来的,吉德令肯定会在船上吃饭。这个瘦小而欢乐的船长,把客人送上"华威号"之后,便抄起了他的鱼竿。一个小时后,他给"华威号"的厨房里送来一条很大的石斑鱼,还有一条从来没见过的鱼,浑身银亮,背上长有两道像马鬃一样的鱼旗。吉德令告诉接替大老白的厨师,说这是马鲅鱼,一条清蒸,一条红烧。吃得几位客人连连称赞。

午餐后,苏家灿征求客人意见,问他们下午怎么安排。几位男性军医面面相觑,最后把球踢给了方卉。

"让方护士说吧,我们尊重女性,她说了算。"

"你们在家里这样就好了。"方卉开了一句玩笑,兴意未减地说,"我还想再看看。要是你们几位想回岛上,可以先走。"她回头看着身旁的苏家灿:"苏船长,这样可能就得跑两趟船了,是不是太麻烦?"

"没关系。虽说隔山不算远,隔水不算近,可毕竟不到五海里,一点不麻烦。"说到这,苏家灿突然一笑,"如果方护士怕麻烦,还有一个办法。"

"什么办法?"方卉好奇地问。

"您可以住在船上,明天我们再送您。"

苏家灿自己也不知道今天是怎么了,面对这位还算不上太熟的女护士,尽是俏皮话。

桌上的人哈哈一笑。

一个军医半开玩笑地说:"方护士住不住,她自己说了算。那我们可就麻烦苏船长了。"

> 他们走了,我没走。
>
> 我不知道是一种什么力量把我留在了船上。它在吸引我,召唤我……它把我带到了船上的各个角落。我所见到的一切都充满了陌生,而那些神秘与陌生的事物,却莫名地引起了我的兴趣……

送走了几位同事,方卉在船上继续参观,刘建浦一直陪着她。跟大大咧咧、无拘无束的苏家灿不同,她发现这个四十多岁的男人很安静,他语气和蔼,几近温柔。方卉走一步,他跟一步。方卉和船员说话聊天时,他就站在旁边,双手交叉,放在微微隆起的肚子上,像一位忠于职守的卫兵,谦恭地护卫着一位天使(她的确是一位天使——白衣天使)。这让方卉觉得有些不忍,很难为情。

"刘政委,您去忙吧,我一个人随便走走。"

"那怎么行?我得对您的安全负责。"

方卉感激地笑笑:"刘政委,您别忘了我是军人,还是海军。您放心,我能照看好自己。"

刘建浦离开后，方卉一个人在船上转来转去：下甲板，上甲板，从A甲板到B甲板、C甲板，一直到D甲板——层层向上。最后，她竟然大着胆子顺着驾驶甲板的陡峭舷梯，兴致勃勃地爬上了顶层的罗经甲板。

高度可以放大视野，也能提升人的精神感受。站在"华威号"的最高点，在南海十月的阳光下，眼前是一望无际的大海，头上是一团团像棉花糖一样蓬松的白云，方卉顿觉视野无限开阔。海风吹拂着她一袭蓝色的防晒丝衣，像旗帜般飘飘飞扬，她的心里禁不住涌起一种说不出的舒朗与快意。

她环顾四周，海鸥在空中欢快地盘旋，发出短促而嘹亮的鸣叫，一望无边的海面上，散布着许多大小不一的船舶，她知道，那些船舶就像"华威号"一样正在吹填作业。居高临下，"华威号"一览无余，在她的眼下是那样雄壮与庞大。

"它竟然是一条船。"

联想到苏家灿上午的讲述，方卉不禁对这艘钢铁巨轮充满了敬佩。随后，她来到底层的甲板。几个身穿橘红色工装的船员像火一样鲜艳，他们正在收拾一段油漆剥落的船栏杆。一个人用电动小砂轮把斑驳、锈蚀的栏杆打磨平整，后边的两个人用油漆给它涂上漂亮的白色。不知因为什么事情，几个小伙笑得挺欢。他们发现方卉向他们走来，好像被吓了一跳，立刻息了声。

"你们在做什么？"方卉搭讪着问。

有人认出她就是医疗所的"那个美女"，（他们已经听说她到船上来了，只是还没见到），便立刻回复了方卉的问话。或许，在不同环境里，每个人的心理感觉都不一样，虽然面对的是同一个人，在医疗所体检时，他们是那么的拘束、羞涩，想看都不敢多看一眼；但在船上，在属于他们"自己的地盘儿"上，几个小伙子放松、胆壮，言谈举止就大方得多了。方卉问什么，他们就回答什么，一点不扭捏。尤其是张同乐，他还讨好地管这个女护士叫"姐"，甚至还没话找话说。

"姐，前几天体检我正好回家休假，我能不能后补一下？"

"当然可以，你明天就去吧。"

"姐，这阳光可是太毒啊，你这么站着，一会儿就晒黑了。"

第二天，方卉发现这个小伙子说的一点不错：在她的脸颊上，只有太阳镜遮住的部位还保持着原有的肤色，其他地方全被晒黑了。陶大姐讶然一笑："看你晒的。"

方卉却不以为然："你们不也在晒着吗？"

"早就晒黑了。再黑也黑不到哪去啦，我们不怕。"

方卉发现这个小伙子非常活泼，他穿着一身橘红色的连体水手制服，安全帽在头上戴得有点歪，一笑露一颗小虎牙儿，有一副喜感十足的面孔。方卉就逗他：

"你休假回家，你媳妇没嫌你黑呀？"

"姐，我还没媳妇呢。不过，我们村的一个发小一见我都愣了，他说这是你吗？我说是我呀。他说你这是得了什么病啦？怎么比驴粪蛋子还黑呢？我说黑有啥？虽然我黑，我放光辉；别看你白，你发挥不出来。"

一番话，逗得方卉哈哈大笑。她觉得这个小家伙真好玩，太可爱了。后来，每次来到"华威号"，她都要找"那个小虎牙儿"聊一会儿。

整个下午，方卉都没见到苏家灿。午饭之后，他让刘政委陪着方卉，说要更换什么机油，人就没影了。方卉在甲板上跟几个小伙子聊了一会儿,她走进一个开着水密门的泥泵房,以为苏家灿可能在里面,但没有。她只见到一个值班的机工。

"您找船长?要不要我打个电话?"

"华威号"真是太大了。从甲板到船舱,走廊曲里拐弯,到处是门,就像一座刁钻的迷宫。如果没有高频对讲机和船上的内部电话,想找一个人实在困难。

方卉告诉那个矮墩墩的小伙子,不用打电话,她就是随便走走,参观一下。聊了几句之后,她退出了泵房。里边机器轰鸣,像蒸笼一样,实在是太热了。

她看看表,已经下午五点,她突然意识到,必须抓紧时间回岛了。她沿着甲板的舷梯往上走,想回到船长或政委的房间去,却如同一头乱碰的苍蝇,晕头转向,怎么也找不到了。后来还是遇到了一位船员把她领到了船长室。

门开着(除了睡觉休息,所有船员房间的门大都是敞开着),人不在。方卉摘掉头上的安全帽,在洗手池的水龙头下洗了手,又对着上方的镜子,拿起一把掉了两个齿的梳子,梳理了被安全帽压扁的头型。她坐到沙发上,无意中,发现紧挨办公桌的墙角有个小书架。她凑过去,浏览着书架上的书。从某种意义说,书架就是一面镜子。主人是个有着什么样趣味的人,看看他所读的书,便可略知一二。

书架上的书不多,但很杂。除了《船员训练手册》之类和专业有关的书籍,还有《海底两万里》、《一千零一夜》、《古玩陷阱》、《佛典譬喻经》、《瓦尔登湖》(他居然读《瓦尔登湖》)、《晚清血泪》、《当代中篇小说选》、《塔木德》(这本不错)、《唐诗三百首》、《藏地密码》、《上海宝贝》(她莞尔一笑）、《白话一日一禅》、《老人与海》、《道德经解读》（还挺深奥）……就在这时，苏家灿回来了，他揸着胳膊——两只手上全是黑油。

"您去哪了？"两个人异口同声地问着对方。

他们彼此一笑，谁也没有回答。

"苏船长，我得回岛了。"

苏家灿没吱声。他仔细地洗着手，像是在故意拖延时间。

"不对啊，您不是住船上吗？"他慢条斯理地说。其实是一句玩笑话。他知道一个女人住在船上有许多不方便。他也知道方卉不会住。

"那哪行呀，明天我还得上班呢。"

"必须住。"他的口气不容置疑。

"真不行。"

这时刘建浦进来了。

"哎呀，方护士，我就差没找卫生间啦，您去哪了？可真是把我吓坏了。"

方卉笑着说："我不说了吗，您不用担心。对了，刘政委，我想回岛上，那条渔船……"

苏家灿拦住了方卉的话。"渔船好说，明天一早会把您送回回去。"

方卉认真地说："苏船长，我说了，真不能住。"

"真不住？"

"不住。"

"那得有个条件。"

"什么条件？"

"吃过晚饭送您回去。"

苏家灿知道这样一个道理：要想让一个人妥协，你首先要向他提出更高的要求，这样对方往往会"两害相较取其轻"，从而达到你最初的目的。不过他还是觉得没什么底气，说完又求助似的看了一眼刘建浦。

刘建浦也建议方卉吃了饭再回去。

方卉扑哧笑了，以一种超然的态度说道："我还以为船长的条件有多难呢。不就是吃个饭么？我接受了。"又爽快地说道："说实话，岛上的饭我还真是吃够了。"

四

"华威号"的生活空间设计得挺人性、挺气派。船长、政委、大副、二副、轮机长、水手长等领导层，都是每人一间房，基本都是小套间，办公加寝室，甚至带有卫生间；普通船员是两个人一间房，其中床、书桌、衣橱等生活设施一应俱全。有的房间还养着一两盆适合南海气候的"肉肉"，很雅致，很温馨。

"华威号"的餐厅有两个。在船舶的平面图上，设计者把两个餐厅标为"普通船员餐厅"和"高级船员餐厅"。不过，用苏家灿的话说"这就有点儿瞎扯了"，至少，苏家灿自从上了"华威号"，那个"高级船员餐厅"就一直没用过。特别是来到南海之后，它基本上就成了宿舍和库房。直到这次方卉等人到船上来参观，刘建浦才找人收拾了一下，算是真正派上了用场。

晚上，方卉依然被安排在这个独立的餐厅里用餐。除苏家灿和刘建浦左右作陪，大副、水手长、轮机长、渔船船长吉德令、锚艇船长赵国昌也被请了来。

"方护士，您看看，您一来我们有多重视。"苏家灿自我表白地说。

方卉很感动："谢谢苏船长，您真是太客气了。这么麻烦诸位，实在不好意思！"

与中午不一样，这天晚上还喝了酒。酒是赵国昌拎来的。开始他心里没底，不知道苏家灿能不能让喝，便把拎过来的酒藏在了桌底下，准备见机行事。开席后，苏家灿用征询的目光看着刘建浦，声音不大、嗫嚅着说："是不是喝点？"

刘建浦说："你说。"

"还有没有存货？"

"有两瓶。"

这时候，赵国昌觉得时机已到，他斜着肩膀一伸手，像个魔术师似的把两瓶酒拎出来，提得老高，秃着脑袋一笑说："酒在这儿。"

众人一怔，都乐了。

其实，喝酒的人没几个。吉德令喜欢喝，但不能喝，饭后他还得动船送方卉；大副刘大爽滴酒不沾；水手长和轮机长，前者值班，后者过敏；苏家灿和刘建浦是船上"两巨头"，必须有一个人不能喝。两个人推让了一番，还是由苏家灿喝。如此一来，也就是苏家灿、赵国昌，再加上客人方卉了。

坦率地说，方卉喝酒还可以。不过她平时很少喝。在许多场合里，她总是用女性普遍使用的托词说"不会"，便可轻轻松松地蒙混过关。这次她却没有蒙蔽住苏家灿：

"方护士，您不但会喝，而且能喝，今天还必须得喝。"

在很长一段时间之后，方卉曾问苏家灿是怎么看出来她会喝酒的。苏家灿实话实说："很简单。当时把酒往桌上一提，我发现你下意识地往酒瓶上看了一眼，肯定是想看看那是什么酒，我就知道你不可能不会喝。"如此明察秋毫，让方卉不得不服。

当时苏家灿却没那么说："方护士，因为您来，我都破例了。您总得给个面子，意思一下吧？"

"您也别破例了，还是注意您的血压吧。"方卉笑着说。

"我不是说了嘛，托您的福，现在一切都正常了。"

（还好，这一次他没说到他的耳朵。）

方卉推脱不过，只好"意思意思"。好在苏家灿、赵船长都没劝她酒。喝多喝少，她随意。

不过，方卉却依然是桌上的中心和焦点。众人的话题自然是围着方卉转，而方卉的话题则是围着她下午的所见所闻转，结果，在一个多小时的晚餐中，他们说的基本都是船上的事。

"方护士，我有个问题，不知道该不该问。"

"苏船长，您说。"

"您是个医护工作者，为啥对绞吸船感兴趣？"

方卉似乎一下被问住了。她想了想说："其实也不是什么感兴趣，就是觉得吧，你们造岛的事，对我来说挺神秘的……而且，我是个好动的人，总在岛上没什么事，不愿闲着，换个环境，感觉挺新鲜，挺好玩的。"说到这，她完全不知道该怎么说了。她看着苏家灿："就这些了，不知道我的回答您满意不满意？"

苏家灿笑了："基本满意。要是这样的话，欢迎您常到我们船上来换换环境。"

第十八章

一

世界上有一种男人,在众人面前,可以对某位女性谈笑风生、热闹、调皮,总有说不尽的俏皮话;可一旦单独面对那位女性时,却突然变得拘束、迟钝和羞涩,舌头就像上了锁。

苏家灿就是这样的人。在"华威号"上,他还油嘴滑舌地开玩笑:"刘政委说,我必须送方护士。人说'百年修得同船渡',我哪能错过这么好的机会呢?"可上了吉德令的渔船之后,他却奇怪地窘迫起来了。他和方卉坐在甲板的椅子上,两尺远的距离,仿佛隔着彼此未曾相识的岁月。他直直地挺着腰板,坐成了一截木头。好像他要说的话早就说完了,其实是完全不知道该说什么。

南海清朗的夜空,清澈透明,繁星闪烁,一轮磨盘似的圆月悬挂在海天之间,月光下的大海波光粼粼,美极了。

"月亮真大,真美!"方卉打破沉默,感叹地说。

虽然找不到话说,但对话还是没问题。

"再过三天,它才是一年中最圆的时候。"

昨天,苏家灿曾接到女儿的电话,问他回不回家,他才有了时间的概念。他补充地说:"再有三天,就是中秋节了。"

"我在哪本书里看到过,美洲的印第安人,每逢满月的时候,都要举行月亮庆祝会,他们用小槌敲击着木琴,整夜地唱着一种古老的歌谣。"

"云南的拉祜族人也是,他们把八月十五当成月亮节,祭献月亮。在月光下,全寨男女老少围着篾桌跳芦笙舞,欢度节日。我们汉族人好像缺少那么点诗意,把中秋节当成了团圆节。"

"过节你们也不能回家呀。"

"早就习惯了,别说中秋节,我参加工作十四年,有十一个春节都是在船上过的。"

方卉惊讶地说:"是吗?那你们平时多长时间回一次家?"

"说不准。最短三个月,最长四五个月,或者半年、十几个月的时候也有。没谱儿。"

"这里实在是太远了。在别的地方施工,也是这样吗?"

"都差不多。行业特点决定的。"

"真不易。长期在外,家人愿意吗?"

"男人总得工作呀,大部分都能理解。当然了,毕竟与家人团聚得时间太少,尽不到家庭责任,肯定也有吵吵闹闹的,甚至最后分手的也有。"

"你们船上有这种情况吗?"

"我们船上……有啊。有个船长……"

"船上几个船长?"

"就一个。但是公司里有替班船长。比如说,我休假了,就会来一个船长代替我。我休完假回来,再把那个船长替回去。是这样。"

"明白了,您接着讲。"

"我讲到哪了?"

"有个船长。"

"噢,对了,有个船长……是我不错的一个哥们儿,就因为常年在外,他妻子厌倦了这种经常见不到面的生活。每次休假,他妻子总是跟他吵,吵来吵去,最后竟然要离婚。我那个哥们儿不想离,因为他们有一个女儿,这样会给孩子心理造成非常大的伤害。但他妻子却执意要离。有一天,她告诉我……那个哥们儿,说她外边已经有人了。你想,对男人来说,这肯定是一把最锋利的刀子。我那个哥们儿当时就蒙了。他知道这不是一个真实的理由,事情不是这样的。他了解他妻子,那是个聪明的女人,热情、善良、一本正经。在观念上,最让她痛恨的就是第三者,即使电视剧里出现个插足者,她都气得浑身发抖,甚至摔碎过茶杯……你想,这么一个疾恶如仇的女人,怎么可能突然找了第三者呢?当时,我那个哥们之所以蒙了,是因为他没想到,妻子为达到离婚的目的,竟然把这样的屎盆子往自己头上扣,用牺牲自己名誉的方式,来恶心他、刺激他。这让他感到非常难过。他想,一个女人既然如此决绝,这样的婚姻再勉强维持下去,还有什么意思呢,实在没劲了。他只好妥协,办理了离婚手续。"

苏家灿面向苍茫的夜色,语气缓慢、平淡,像是在梦里说话。他觉得自己的声音很遥远,仿佛听着另一个人在诉说。

方卉安静地坐着。

"后来呢,那个船长又结婚了吗?"

"没有。"

"还做船长？"

"还是。"他停顿了一下，"毕竟，一个人无论经受了什么样的痛苦，都得去做他该做的事。"

时间凝固了一会儿。

方卉听出了这是苏家灿自己的故事，她只需一句话，就可以让他的故事穿帮。但她没说。

"一个人无论经受了什么样的痛苦，都得去做他该做的事……"她凝望着月亮，有点走神儿。

这时候，吉德令从船舱走出来，问苏家灿船往哪个方向走。

"驻岛部队，2号登陆点。"

"好嘞。"吉德令爽快地答应着。

"老兄，给我一支烟。"

"苏船长，我的烟不好呀。"

"冒烟儿就行。"

吉德令拿出一支烟，苏家灿沉默地抽着。

方卉转头看向他："您得注意了，又抽烟又喝酒，小心您的血压。"

"没事儿。只是偶尔抽一支。"

"那也得注意。"

海浪在喧哗，没有风，这是月亮牵引的结果。想不明白它怎么会有那么大的看不见的力量。在苏家灿的讲述中，方卉的视线一直没有离开随船而行的月亮。自然界中，月亮是一种神奇的事物。曾有种说法，只要两个人一起看过一次月亮，就永远不会忘记。方卉没有意识到，眼前的场景会给她留下多么深刻的印象。很长一段时间之后,常常像电影回放一样,在某个不经意的瞬间,清晰地浮现在她的脑海里。

"对了苏船长,有个事儿我一直没问您。"

"什么事?"

"咱们是不是在哪儿见过?"

苏家灿愕然转头,审视般地看着方卉,并借此重温着她的美丽。最后他否定地摇摇头:"没有,没有,肯定没见过。"

"可是好奇怪呀,我第一次见到您,就觉得在什么地方见过面。"

苏家灿很想开个玩笑:"那就是在前世见过,或是梦里见过。"但是他没这么说。他说得挺认真:"可能是我长得太大众化了,也可能有哪个地方和您认识的某个人相似。"

方卉不置可否。

"细想想,人和人的相识很有意思。我们本来生活在一个城市,以前见没见过暂且不说,现在我们却在这么遥远的南海认识了,真是难以想象。"

苏家灿笑了一下:"不是有歌唱道吗:'相逢何必曾相识,相识何必曾相见。'这就叫缘分。"

不远处,一艘灯火通明的船停泊在海面上,较远处还有另一艘,更远处则是几簇像火星一般微弱的光簇。苏家灿告诉方卉,那些灯光都是吹填作业的挖泥船。它们的灯光会整夜整夜地照向大海。他甚至能说出哪一处灯光是'华安船',哪一处是'远龙号'。

再往前行,灯火渐渐明亮起来。他们看到岛上掩映在月色和灯光里的建筑和房子。登陆点到了。

苏家灿和方卉站起身来，苏家灿收好她的救生衣，连同地上的安全帽一起交给吉德令。

渔船停稳后，苏家灿告诉吉德令稍等，他想把方卉送到宿舍去，但被方卉客气地婉拒了。

"我都看到岸上执勤的战士了。"她和苏家灿握了握手说，"再见，再次感谢您。"

"再见。"苏家灿只好留步，立在船上。

船开始缓慢地调头。

苏家灿看着已经上岸的方卉："方护士，您别忘了。"

方卉回头："别忘什么？"

直到这时，苏家灿才突然来了灵感似的："没事的时候，去船上换换环境。"

二

此后，方卉又到"华威号"上来过三次，也可能是四次。苏家灿记不清了。有一次她是带着陶医生，其余都是独来独往。每次来到船上，她就像个贪玩的孩子，喜悦、欢乐，来去无踪，不到吃饭见不到身影。有一次，她终于坐到苏家灿的对面，但谈论的依然是船上的话题。在苏家灿的感觉里，她谈吐优雅，带着外行人的谦卑，喜欢刨根问底，对许多事情都充满了好奇，让苏家灿常常忘记她是个护士，他甚至想，如果端上个笔记本，她倒像一位深入实地的记者在采访。

"过去，我喜欢写点东西。"她终于告诉苏家灿。

"您想写我们船吗？"

"不知道。我不敢确定。至少现在我还没有这个想法。我只是感兴趣。"

苏家灿认真地说："但有一点，我们在这里的工程，现在不可以公开报道。"

"我知道。上岛前我们有这方面的纪律要求。你们这个行业，过去我闻所未闻，完全陌生，让我写，我都不知道从哪里下手。我只是想借机会，扩展一下自己的视野。这和我将来能不能写一点这方面的东西，或者有关，也可能无关。"

苏家灿听得很认真，并赞许地点着头，只是觉得她最后那句模棱两可的话有点费解。

"听你们船员讲，你们已经到过好几个岛礁？"

"应该是七个吧。华阳礁、赤瓜礁、渚碧礁、南薰礁、东门礁、美济礁、永暑礁。"苏家灿扳着手指核对着，"没错，是七个。"

方卉讶然地看着他："南薰礁也去过？"

"去过呀。今年五月份，我们在那里干了接近一个月。"

"也是造岛吗？"

"没错。我们主要是开拓航道。开通之后，由后续的其他船舶去吹填造岛。我听说现在那里的吹填基本结束了，已经形成了人工岛，其他后续工程还在进行。"

"南薰礁什么样？"

苏家灿微微一顿，南薰礁的样貌在他的记忆中清晰地浮现出来："两座礁盘，一大一小，也叫大南薰礁、小南薰礁。最初，潮水高的时候，就被海水淹没了，潮水低的时候才能露出礁盘。虽然礁盘上建有我军驻守的礁堡,但还是有一种地老天荒的感觉。"

"南薰礁在什么位置?"

"从这个方位上说,它应该是西南,也就是在郑和群礁的西南角。"

"离这里有多远?"她又问道。

"不算远,大约四十海里。"

方卉点点头,若有所思。

"怎么,方护士对南薰礁感兴趣?"

"兴趣谈不上。不过,我倒很想去那里看看。"

三

方卉为什么要去南薰礁,苏家灿没有问,但直感告诉他,南薰礁之于方卉,一定是有着某种特殊的意义,否则,她不会"很想去那里看看"。

那是个周六的早晨,天刚蒙蒙亮。苏家灿带着吉德令的渔船接上方卉,便掉转船头,向着西南方向出发了。

在船上,方卉一改往日的问来问去,几乎没怎么说话。他们依然是坐在甲板遮光棚下的椅子上。她一袭黑色的长裙,外边套了一件马甲似的红色救生衣,戴着淡紫色的太阳镜,两臂环抱于胸前,不动声色地凝视着湛蓝的海面。当一轮红日跃然升起的时候,面对眼前的壮丽景色,她脸上的表情几乎没什么变化。此时的苏家灿甚为不解,她那么热切地想到南薰礁看一看,及至上了船,却又显得无精打采,心事重重。苏家灿觉得,在这个女人身上,还有许多他无从了解，甚至近似于神秘的东西。

"方护士，您是不是不舒服？"

"还好。"

"要不要到船舱里去？"

"不用。"

"时间很长。"苏家灿看了看手表，"大约还要三个小时，还是去休息一下吧。"

"一会儿再说。您去吧。我想在这里坐坐。"透过淡紫色的太阳镜，她依然看着大海。

"那好，我跟吉船长去说点事儿。"

一对同龄男女坐在一起，长时间不说话，是一件挺别扭的事。苏家灿找了个借口，到船舱里跟吉德令聊天去了。

大约一小时后，方卉脸色苍白地进了船舱，说是感觉有点晕船。吉德令赶紧把他零乱的房间整理了一下，让方卉到床上休息。他和苏灿关心了一番之后，便转移到甲板上去说话。

"这个女人长得好。"

"跟您夫人是不是有一比？"

"那怎么比？人家是精米白面，咱那个也就算是一把糠。"

"糟糠之妻不可弃呀。"苏家灿笑着说。

两个人瞎扯了一会儿。苏家灿不放心，又去船舱看了看，方卉斜着身体躺在床上，叠在一起的两只脚伸在床外，穿着鞋。一顶太阳帽扣在脸上，很安静，好像睡着了。苏家灿退出来。在甲板上，他告诉吉德令中午多准备两个人的饭。

"你们不是去项目部吗？"

"我问了方护士，她说哪儿也不去，就是去岛上看看。这个人挺奇怪，一上船就心事重重的样子，不知道她到岛上要看啥呢？"

半小时后，他们到达了南薰礁。昨天，苏家灿通过李铁报与南薰礁军方人员取得联系，通报有一艘渔船去岛上项目部办事。在一个海湾处，他们顺利地靠近了一个几乎废弃不用的木制码头。

方卉来到甲板，她脱掉了红色救生衣。

"怎么样，没事吧？"苏家灿关心地问道。

"现在好了。"方卉笑了笑，平静地说道。

船缓慢地靠近码头。

船头的吉德令伸出手臂，敏捷地抓住一只木桩，船以很小的惯性，在木制栈道的边缘撞了一下，停住了。吉德令拿起缆绳，在木桩上绕了一圈，松松地打了一个结。

"方护士，您想怎么安排？"

"我们上岛吧。"

他们来到岛上。苏家灿发现，眼前的南薰礁已经完全不一样了。这座岛礁的吹填是从礁盘正中位置开始的，也就是说，陆地是在大南薰礁与小南薰礁中间位置吹填的，分别向东北与东南两个方向延伸。吹填起来的陆地形成了一座矩形人工岛。礁盘上旧有的两座人工设施已废弃。岛上还有两个直升机停机坪。同时，一座新的混凝土大楼拔地而起。苏家灿发现，这里正在施工中的建筑，跟其他几座岛上的建筑基本一样，中间是主体大楼，在四角和边缘位置，有五座六边形塔式建筑，塔上装有雷达天线。主体大楼上，一面五星红旗迎风飘扬，在蓝天白云的衬托下，十分鲜艳。岛上仍有一些起重机、挖掘机在施工。

苏家灿介绍着过去他所见到的南薰礁是什么样子。方卉一直认真听着。

"我们到海边走走吧。"

他们走在海边上。连绵的白云下,绿松石般的大海一望无际,白色的浪花踏着海面上一片蔚蓝,美得令人心惊。在这样的环境下,跟一位美丽的女性比肩漫步,应该是一件不错的事情。遗憾的是,方卉一直不大说话。一百多米的海岸线,他们基本是在沉默中走过的。

"苏船长,您留步吧。我想一个人走走。"方卉转头看着苏家灿,"您可以在这里坐下来等我。"

说完,她沿着海边踽踽而去。微风吹拂着她的衣裙,使她临海一侧的身体凸显出清晰而优美的曲线。苏家灿沉思地凝视着她的背影,直到她渐行渐远、变成一个黑点。

我一个人沿着海岸走。走向远处。

在一个僻静的海湾处,我停下来。面对苍茫的大海,我长跪不起,泪水长流。二十三年的天上人间,我常常远眺南天、黯然而泣。今天,我终于来到离你最近的地方。透过海天之间透明的虚空,我似乎看到了你永远十八岁的笑脸。我没有香,也没有烧纸……我只能用挥洒不尽的泪水为你祭奠……哥,你看到我了吗?

半小时后,方卉和苏家灿坐在了岸边的沙滩上。

"说来话长。您知道南薰礁事件吗?"方卉强忍忧伤望着眼前的大海,缓缓说道,"是守岛官兵的事。"

"听说过。"

五个月前,"华威号"初到南薰礁的时候,苏家灿曾听一位守礁的战士说过,在二十多年前,也就是1990年,由于防卫设施很不完善,南薰礁曾发生过一件非常惨烈的事件。当时守礁的十二位官兵,有六人牺牲,五人失踪,只有一名战士因烫伤到永署礁治疗而幸免于难。惨案是如何发生的、究竟是谁制造的,到现在仍然是个谜。

"失踪的五个人里,就有我哥……"方卉眼里噙着泪水,她的声音战栗而低沉。

苏家灿禁不住浑身一震,愕然地看着方卉,惊讶得一句话也说不出来。方卉摘掉墨镜,拭去泪水,慢慢地开始了她的故事。

"我哥比我大七岁,会吹口琴。我至今还记得他吹的《牡丹之歌》特别好听。他是十七岁那年入伍的,走后一次没有探过亲。我从他寄给家里的照片上,见过他身穿军装的样子,特别帅气。到现在,我还没发现哪个男人能比得上我哥。我记得,那是秋天,我们家那棵杨树在院子落了一地金黄的树叶,它让我记住了那是秋天。有一天,我们接到了我哥的信。他在信里告诉我们,说他和十几位战友已经到了南沙群岛,执行守卫岛礁的任务,能站在祖国的最南端站岗放哨,他感到非常自豪。他还说,他在岛礁上捡到了一只大海螺,非常漂亮,等将来他回家探亲的时候送给我,让我在海螺里听听大海的声音。从此,我一直盼着我哥回家,盼望着那只大海螺……

"可是后来,我们再也没有接到我哥的信。就在那一年春节后不久,有两个人来到我们家,送来了一张像奖状的东西。当时,我母亲以为是我哥的立功喜报,接过来一看,原来是一张'革命军人因公牺牲证明书',当时我母亲就昏了过去。直到现在,我还清楚地记得当时的情景,我母亲躺在地上,她闭着眼睛,脸庞发黑，嘴唇没有一点血色，就像死去了一样。那天我父亲不在家，家里只有我和母亲两个人。我哇哇大哭。哭的不是我哥，而是被我母亲吓坏了。后来，我接受了这个事实，我母亲却没有。在很长一段时间里，她一直保留着一个习惯，无论是白天还是夜里，她都不让我和父亲插门，说是要等我哥回来……"

她的声音微弱而悲伤。苏家灿静静地听着。

"那年我十一岁，我哥十八。十一岁和十八岁之间有着很大的差别。这差别就是，我哥牺牲了，我还不怎么理解死亡的真实意义。随着时间的流逝，我甚至渐渐地淡忘了这件事……

"我高中毕业的时候，没有考上大学，非常沮丧。那一年冬天，县里征兵。有一天，在乡里当武装部长的表哥找到我，问我想不想当兵。他说，咱哥是因公牺牲的军人，如果你想去，我知道怎么办。我不知道我表哥是怎么办的，不久之后，我就走进了部队。我在部队里当了三年话务员，后来上了两年军校，然后做起了护士。我觉得，我今天的一切，都和我哥息息相关，或者说，是用他十八岁的生命换来的。

"虽然时间已经过去了二十多年，但是，随着我年龄的增长，我反而会常常想起我哥。这么多年，我和这座岛屿相隔如此遥远，没想到，有一天我会来到南沙群岛，来到我哥牺牲的地方，往事一下子被拉到了眼前。开始的时候，我在心里一直躲避着，竭力克制自己不去想这件事情。我从来不跟守岛的战士们聊天，不敢一个人到海边上散步。当我没事的时候，我一次次往你们的项目部跑，一次次到你们船上去，其实，就是为了转移我的注意力，填满我的时间……"

方卉把目光望向远方，语调缓慢，像在自说自话。她不时地摘下墨镜，用纸巾去擦拭脸上的泪水。她的讲述，一步步驱散了苏家灿心里的"谜团"。他怎么也不会想到，那场早就听说过的惨案，竟然和身边这位女性有着血肉亲情、刻骨断肠的联系，但他却找不到合适的语言来安慰方卉。他无力地觉得，有些时候，人要把自己内心的感受转化成语言，是一件多么困难的事。他只能怀着同样的悲痛，将方卉手里被泪水湿透的纸巾拿过来，握成一团，默默地装进他白色船长服的衣兜里。

"我之所以要选择今天来这里，因为今天是11月17日，是我哥和他那十位战友牺牲的日子。几年前，我通过百度在网上了解到这场惨案，才知道了南薰礁。我还找到了一张航拍图片，从形状上看，我总觉得它像一滴绿色的眼泪。今天，我能在我哥的祭日，在他牺牲的地方，面向大海，用泪水祭奠他，这是我从来没想过、也不敢想的事情。也许，这是冥冥之中的命运安排，是我哥在海天之上对我的召唤。我听从了他的召唤。我来到了南海，又来到他身边。虽然两手空空，但我带来了心灵的哭泣。它就像藏在我生命里的一条河流，今天终于可以一涌而出。

"这两天，我一直在想一个问题：每个人都有自己的命运，而一个人的命运又和国家、民族的命运息息相关。反过来说，一个国家和民族的命运，更是联系着千千万万的个体命运。我不知道这样的表达是否准确——我的意思是说，世界上所有的事件都不是孤立的。假如我们的国家像现在这么强大，假如我们的民族像今天这样自信，假如你们这些造岛工人早一些时间投入到南海建设——也许，不是也许——而是绝对不会发生当年那样一场悲剧。

"这些日子，我亲眼看到了南海岛礁的变化。我在想，我们的国家日益强大，作为一名军人，我的内心却如此脆弱和渺小。我开始反省自己。在南海这样的地方,能提升一个人的精神感受,或者说,你很容易受到周围事物的感化。想想那些守岛的官兵,想想你们这些南海的建设者,我突然觉得有一种强大的力量在心里暗暗涌动,终于让我有了正视那场悲剧的勇气。

"苏船长,我要特别感谢您的陪伴。现在,我可以从容地讲述这件鲜为人知的惨案,还因为您的介绍,让我看到岛上发生了这么大的变化。这是国家强大的一种标志,让那样的惨案不会再发生,这是对死难的烈士们最好的告慰。"

说到这里,方卉擦去眼角的泪水,把最后一张纸巾信任地递给苏家灿,把太阳镜戴上。

阳光,沙滩。海湾一片静穆。湛蓝色的天空清澈、纯净,飘浮着像棉花糖一般的白色云朵。成片的海鸥在空中发出悦耳的鸣叫。大海以一种高傲的蔚蓝,暗含着天地间最强大的力量。波涛滚滚,永不停息地为岸边推送着一层又一层洁白的浪花。它富有节奏的韵律,像跳动的脉搏一样,并不激扬澎湃,而是浑厚而低沉。

苏家灿与方卉并肩而坐,望着眼前的大海,他的心里翻腾着无数说不出来的话语。他的眼睛有点潮湿、模糊。不知过了多久,他才谨慎地说道:"我在哪儿看到过《圣经》里的一段话:'有德之人,尽管死于时代之前,必将永久安息。'我觉得,烈士们有灵在天,能看到今天岛上的一切。这就是他们最好的纪念碑。方护士,我们走吧。"

第十九章

一

两千多年前的秦汉时代,伟大的中国先民就在南海有了航海通商和渔业生产活动。从汉代开始,中国开通了与东南亚、南亚、大洋洲、非洲、欧洲等许多国家交往的"海上丝绸之路",其中,南海诸岛海域是必经之地。无数商船乘风破浪,满载国内的传统物品,沿着通往广阔世界的水上之路,出海贸易,同时运回国外诸多的奇珍异宝,航海贸易应运而生。在唐代,南海诸岛已列入中国版图,明代也将南海纳入行政管辖,经常派遣官员去巡视。

岛上是什么时候开始驻军的?

方卉没有细问。

一名年近四十岁的老兵,叫陈志良,河南人,已经先后在东门礁、赤瓜礁、永暑礁、渚碧礁、美济礁等地方守礁二十多次。他每天带着警勤分队的战士巡逻、走访。有天晚饭后,方卉和陶医生从食堂里出来,这个老兵陪着他们去海边散步。

"以前的官兵比我们苦多了。远的不说，我听一个老兵讲，九十年代初，守礁官兵才住上三十平方米的第二代铁皮高脚屋，这种高脚屋以钢桩作柱，铁皮当墙，到了酷暑季节，屋内酷热难耐。他第一次来南沙的时候，和一群朝气蓬勃的年轻战士整装待发。南海舰队几位将军赶到码头亲自送行，他们握着战士们的手叮嘱，一定要守卫好祖国的南大门，争做优秀士兵。'请祖国人民放心！请首长放心！'战士们个个精神抖擞。仅仅半年之后，这批战士换班返回陆地时，一位将军再次赶到码头迎接战士们，他几乎不敢相信自己的眼睛，眼前的小伙子们已经黑得无法辨认，个个目光呆滞、游离、眼珠半天不转，将军流着泪说：'孩子们，你们受苦了……'

"虽说这里高温、艰苦、隔绝，但最苦的还不是这些。最苦的是寂寞，是孤独。以前有个战士带来一条狗，没多久，那条狗就跳海了，自杀了。我没有亲眼所见，不知道真假，但许多人都这么说。我们刚上岛的时候，还没有电话，没有现在的通信设施。每当补给船靠上礁堡码头，我们不是急着去搬运那些渴盼已久的蔬菜、水果，而是一窝蜂地朝肩背信袋的礁长跑去。有时礁长跟我们开玩笑，他背着信袋跑，我们在后边追。当我们都跑累了，礁长会停下来，叫着我们的名字，把信分给战士们。我们把自己的信按着日期排好队，一封一封地看。看完一遍，回头再看。

"在这里，战友们最不愿看到的是电报。因为电报常给守礁官兵带来辛酸和眼泪。有一次，我们守礁的副礁长，同时收到两份电报，一封是'母病故速归'，一看日期已经整整过了十八天；一封是妻子的'速回家办理离婚手续'。那天，他把自己关进房间里，望着桌面上摆着的海石花和虎斑贝，伤心地哭了。海石花，是他采集来准备送给母亲的,没想到他已经永远见不到母亲了;那对漂亮的虎斑贝,是他准备送给妻子的,而他妻子却要和他离婚……"

老陈还特别说到了水。

"过去,这里的水比黄金还宝贵。我刚来守礁的时候,有一个老兵告诉我,二十世纪九十年代那会儿,礁上台风不断,又大又猛。有一次,风浪把海水灌进了淡水池,饮不得,用不得,只有厨房还有一桶二十五升淡水。礁长当机立断宣布停止做饭,把这桶水分给礁上每一个战士,要求战士们用各自分得的水坚持到换班船的到来。当时离换班还有一个星期,到了最后两天,所有人都因严重缺水,得了口腔溃疡。其中有两个战士渴得昏迷不醒。当时礁长把他军用水壶里的一点水,从箱子里取出来,用棉签蘸着,流着眼泪,往战士们的嘴唇上一点一点地润……怎么说呢,没有经历过的人,永远无法体会到战士们的那种艰苦。"

老陈的讲述,像电影画面一样展现在方卉的脑海里。她默默地听着,许许多多的感受交织在一起。

"现在岛上好多了,国家在不断地改善着驻岛人员的工作和生活条件。我们有了钢筋水泥礁堡,有了简易的发电机组,有了空调、通信设备、冷冻储藏室,有了海水淡化系统和程控电话,还有了卫星电视。守礁的战士们每次上礁前都要从家乡带来一袋泥土,或是从部队营区带上一袋泥土和花盆,种上一盆盆太阳花。有一首歌就叫《南沙太阳花》。"

说着,老陈轻轻地哼唱起来:

老兵上南沙,带着一盆花。

他说南沙也是家，不能没有花。

南沙太阳烈，花儿晒干啦。

南沙海风大，花儿吹落啦。

老兵伤心啦，他说无花不是家。

老兵没想到，家乡那盆土，

冒出一棵小绿芽，开出无名花。

南沙太阳烈，无名花更艳。

南沙海风大，无名花不怕。

老兵高兴啦，他说就叫太阳花。

太阳花，太阳花，

不求处处有，不图人人夸。

太阳花，太阳花，

独守天涯乐潇洒。

太阳花，太阳花，

陪我在海岛，伴我守南沙。

太阳花，太阳花，

功在千秋为国家。

老陈的嗓音很一般，但他唱得很动情。他笑了笑说："我唱得不好，岛上的战士们都会唱这首歌，因为它表达了我们的心声。

"原先的礁盘上只能闻到海腥味，现在有了鲜花和泥土的气息。在这样的环境下守礁，能称得上非常幸福了。特别是南沙诸岛开始建设后，各种施工船只来来往往，上千名工人日夜忙碌，把很小的礁盘变成了岛屿，有了陆地，还种上了椰子树、羊角树、草海桐等一些适合岛上生长的树木。这次我来到岛上一看，感觉像梦一样不真实。

"我们不仅感谢祖国的日益强大,同时还要感谢那些建设岛屿的工人们。是他们吹填起的陆地,为我们展开了一种新的生活。我相信,以后这里会变得越来越好,这是没有悬念的事了。再过两个月,我就要下岛了。一想到不知道何时再来,甚至今生都可能不会再来时,心里就会有一种特别的留恋。"

二

2014 年 11 月 25 日

自从去了南薰礁,云开见明月,一直郁积在我心里的痛苦终于得到了释放,我感觉心里一下子宽松、敞亮起来。我可以泰然地面对过去,不再躲避那些守岛的战士。在食堂吃饭的时候,我会主动和他们聊聊天,或到海边去散散步。昨天,我听了一个守岛老兵的讲述,了解到一些守礁官兵的故事,自然想到了我哥哥。我在想——整个晚上都在想:一个人,也许在一刹那、一瞬间就可以成为英雄,而活着的这些战士们,却终日在这里头顶骄阳、脚踏海水、日复一日忠实地履行着一名军人对祖国的责任。他们的艰苦,他们的寂寞,他们对家人的思念,甚至不被他人理解的痛苦……都必须要有一种强大的内心才能承受。那位叫陈志良的老兵,二十多次来南沙守礁,又何尝不是一种活着的伟大。

虽然岛上的生活很艰苦,但热血忠诚的战士们,却深恋着那份特殊的荣耀与责任。其中,有个小伙子已经是第二次来岛上守礁了。他的爱情故事,令我十分感动。

"我们是半年前结的婚。"

"妻子是哪里人?"她问那个安徽籍的小伙子。

"河南的,大学毕业后,在北京一所学院的医学部工作。"

"工作不错啊。"

"她辞掉了。"

"为什么?"

"为了跟我结婚呀。"

小伙子告诉我,他们是两年前在微博上认识的。他给女孩传了许多在岛礁上的照片。让女孩十分羡慕。后来,通过长期互动产生了爱情。

"她的工作怎么办?"

"她准备在当地医院找一份工作。"

我在想,两个遥远而陌生的人,能在微博上找到心仪的彼此,并敢于牺牲自己的工作,走到一起,从而共同分享人生的苦难和挚爱。这样的爱情,实在令人敬佩。

2014 年 11 月 29 日

我开始喜欢上了这个美丽的小岛。这几天,每天我都怀着浓厚的兴趣在岛上行走,以便更多地去感受那些不同于内陆上的未知事物。早晨,我喜欢沿着海滩独自漫步,潮水拍击海岸,涛声喧哗。整个小岛浮在淡淡的海雾里,朦朦胧胧,恍若仙境;傍晚,我站在岛上的制高处,观赏海上落日,目送一轮火红的夕阳沉没在万顷波涛之中。那种在陆地上不可能见到的景观,令人神迷。

2014年12月7日

今天是星期日。岛上又在下雨。陶大姐去和几个同事打牌了。我一个人在宿舍里整理我的日记。这样的日记我已经写满了两大本。我要认真地记录下这些南海建设者们的感人经历,记下他们在南海的点点滴滴。我觉得,这不仅是我的写作素材,更是我的写作动力。

2014年12月16日

这些日子,在项目部李总的安排下,我又去参观了几条别的工程船。如同"华威号"一样,无论是船长还是船员,无论是船上还是岛上,那些南海建设者所经历过的一切,他们的青春热血、家国情怀都深深地震撼着我。作为一名有幸的见证者,我一定要写写他们,哪怕仅仅是一种很浅显的纪录性文字。

2014年12月17日

今天我被吓坏了。中午,几个船员送来一个小伙子,他面色苍白,一只手被毛巾包裹着。我打开毛巾一看,心都揪紧了。只见毛巾里边黏糊糊的全是血。原来是他的一根手指头没了,被另一个小伙子包在毛巾里,哆哆嗦嗦地拿在手上。我赶紧找到李医生,一起为他紧急处理。

听陪同的船员说,这次事故的起因是一股猛烈的海风袭来,船上的一个密封门在敞开的状态下,突然关闭,沉重的铁门切断了小伙子的手指。根据医疗所现有的条件,我们立刻为他做了创口止血、加压包扎,同时把断指用清洁的纱布包扎、止血,又备了几样止疼药品。然后建议把患者紧急送往陆地医院。

职业知识告诉我,未经冷藏的断指,二十四小时可能再植存活;伤后立刻冷藏处理,再植的时限是三十小时。总之,缺血时间越短,再植存活率越高;反之,存活率越低。我悲观地估计,小伙子的断指再植已基本上没什么希望了。

俗话说十指连心。让我感动的是,小伙子疼得一头汗水,连睫毛都挂上了汗珠,人却特别坚强,他说既然断了,能不能再植,无所谓了。

2014年12月22日

时间过得真快。明天我们就要回陆地去了。

昨天,"华威号"的苏船长来到医疗所和我们告别。没想到,他竟然给我带来一只大海螺,十分漂亮,他说是在绞吸船的桥梁上捡到的。我十分确定,他是记住了我在南薰礁对他讲的故事,并想以此弥补我哥当年没能兑现的承诺。面对这样一位宽厚、善良而又如此细致的男人,我差点流下泪来。当时我真想扑进他怀里,叫他一声哥……

南海,我来了,我走了。

这三个月的工作和生活,给了我太多的感慨和记忆。我在这里的所见所闻,或许会成为我一生中最大的收获。在即将离去的时刻,我的心里装满了太多的恋恋不舍。虽然这里的生活条件很艰苦,但回想一下,我觉得一生中能有这么一段时光真的很美好。

潮来潮去,我喜欢这永不停息的大海之声。

南海,难说再见。

南海,有一天我还会再来。

第二十章

一

海洋不像河流，也不像都市，尤其是在昼夜不息的绞吸船上，你感觉不到时间的飞快流逝。但时间还是准确地来到了旧历年底。"华威号"船组的建设者们，在遥远的南海迎来了第二个春节。

头一个春节是2014年1月底。在此之前，重返南海的"华威号"被风浪层层围住，困了一个多月无法开工。在临近春节前二十多天，海况突然好转，"华威号"抓住时机，绕开影响正常通行的几处暗礁，直接进入设计航道的起点施工，生产局面快速打开。彼时，船员们怀着积淤了太多的郁闷，群情振奋，情绪激昂起来。甲板上，腊月的阳光照在人们汗津津的脸上，直冒热气。他们不分昼夜，怀着一种激情猛劲，一门心思地盯着各种数据，把所有事情都抛到了脑后，只顾挖泥，挖泥，挖泥……他们操纵着"华威号"，像控制着一头发疯的怪兽，报复性地啃食着海底的礁石：二十米，三十米，五十米……每一天的纪录都在超前。一种巨大的快感和喜悦冲淡了人们的节日意识,在很长一段时间后,他们根本记不起春节那天是什么情况了。就这样,一年中最重要的一天,被"华威号"的人在茫茫大海上给过丢了。

2015年的春节略有不同。距离除夕还有十天,休假回到船上的刘建浦就为过年动上了心思。从伙食安排,到娱乐活动,都作了通盘考虑,他把自己的想法告诉了苏家灿。

苏家灿支持刘建浦的想法,并告诉他好好整整:"一定要把这个春节激活。"

刘建浦是政委,分管工会工作,人仔细,搞起活动来很擅长,写写画画,都有两把刷子。他开始张罗,给船员布置各种任务,上上下下地忙起来。

此时,比刘建浦更忙的还有一个人。

这个人是牛河。他是驾驶员,技术不错,长瓜脸儿,腮上留了一绺漂亮的小胡子,喜欢足球,世界各国著名的球员如数家珍。他自己也踢,脚上功夫不赖,大学时还是校足球队的队长。当然,这些都已经不重要。重要的是,他还有一门手艺活儿:会理发。

在南海,理发曾经是个大难题。船上的人大都是年轻人,平时注重美感,讲究发型,在内陆各有各的美发厅,甚至还有固定的美发师。在南海没有这条件,别说是美发师,想剃个光头都办不到。也不是没人会,关键是没有家伙什儿,总不能用钢锯条给你拉是不是?在很长一段时间,许多人都成了艺术家,头发长得像野兽。

后来造出了岛,岛上来了新的建设者。其中有个开挖掘机的小伙子,工友们管他叫阿达,广东佛山人。过去他曾当过四年美发师,后来不干了,趁着年轻闯世界,一闯就闯到了南沙群岛。他不但理发好,还带来了一套理发工具。他上班开着挖掘机挖土;下班后就做上了义务理发员。管线工、围堰工、开汽车的、开吊车的、开挖掘机的，还有施工员、工程师、厨师等等，无论认识的，还是别人介绍的，只要找到他，都会有求必应，有时候还能"上门服务"。有一次，刘建浦曾专门把阿达用渔船接到"华威号"上，给兄弟们好一顿拾掇，长短不一的头发剪掉一大筐。什么三七分、一边倒、平头、板寸，个个像换了个脑袋似的精神。当然也有图省事的，干脆来个电灯泡。

"全推？"

"全推。"

"一点不留？"

"不留，一把光。"

一头狮子般的长发立刻变成了光头。乍一看，很突然，跟原来的形象反差特别大，很别扭，不顺眼。不过，看过几眼之后感觉就好多了，很阳刚，很自信，像另一类风格的艺术家。

后来就有了牛河。牛河理发的手艺也是相当不低，只是他此前无备而来，没法下手。他三次推迟了婚期，也推迟了向众人展示才艺的机会。直到上一次休假回来，他给工友们带回了喜糖的同时，也带来了推子、剪子、剃刀、梳子、镜子、海绵刷子、围布等一应俱全的理发工具。他才得以在工友们的脑袋上"纵横驰骋"，不断展示着他熟练、精湛的美发手艺，所有传统的发型，手到擒来，全不在话下。其实，牛河更喜欢的是反传统，搞设计。他的理念是：男人要拒绝平庸，就得首先从发型开始。他根据不同人的脑袋大小、脸型宽窄，尝试性地设计出了"冬菇""烟花"之类的新潮发式。开始有人担心他的设计没把握，要是难看就完了。后来一想，反正这是个没有女人的世界，难看就难看吧，大不了博得船上的人一笑，权当逗个乐子也不错。很意外，牛河的创意不难看，还非常好，用他自己的行话说："既有浓郁的现代元素，又体现了丰富的想象力，非常前卫，潇洒、帅气，酷毙了。"

按说，再怎么帅也是意义不大。这毕竟是在船上，再好的头型被汗水一泡，被安全帽一压，啥都不是，倒像个古怪的鸟窝。下了班还得睡觉，在枕头上一滚也不行，支棱八翘，鬼似的狰狞。最主要的这是个男人的世界，整恁好个头型干啥？你以为天天都会来一个女护士？做你的美梦去吧。人家早就回内地去了。可是爱美是人的天性。无论有没有女人，也无论处于什么样的环境，只要不破罐子破摔、自我作践，一个人的发型还是讲究一点为好。因而牛河的手艺大受追捧。特别是那些年轻的小伙子，即使临休假，也得"麻烦"他，理了发再走。

像阿达一样，牛河从未觉得这是个麻烦。"赠人玫瑰，手有余香"。在南海这样的地方，除了上岗，没别的事可做，给人理理发，既是助人为乐，又充实了自己的业余生活，何乐而不为呢。坦率地说，平时如果有段时间不摸摸他那套家伙什儿，牛河的手还痒，一双目光总在你的脑袋上前后左右地端详。

"得修修边了。"他说。

眼下到了年根儿，就用不着牛河提醒了。按老辈人留下的传统，谁都得理个发。有道是："正月不剃头，剃头妨舅舅。"从腊月十五开始，理发的人就没断过。不仅"华威号"上的人，锚艇上的人，还有渔船上的人，都得过年，都要理发，总计五十多号人，每天都在排着等。苏家灿还专门为牛河调了班，给他安排出两天时间，专门为船员们理发。即使这样，还是把牛河忙得够呛，脖子硬了，胳膊酸了，夜里睡觉，似睡非睡中，眼前老是晃动着不知谁的脑袋。年三十儿上午，牛河等了半天，不见有人来理发，以为全都理完了，刚要松口气，张同乐却笑嘻嘻地进来了。

"牛哥，受点累，给剪个头呗。"

"你不是前几天才理过吗？"

"有半个多月了。"

"一点不长，别剪了。"

"修修边儿，表示对过年的尊重嘛。"说着，他已经在椅子上坐下来，先入为主地进入了角色。

牛河只好拿起围布，啪地抖了一下，往他胸前一罩，绕过脖子，在后边熟悉地一挽，一掖，转身拿起了推子说："修什么边儿，我一推子给你整到顶算啦。"

镜子里的张同乐倏地瞪起眼，露出一种受惊吓的神态："别别别，大哥，这个玩笑可开不得。晚上我还得出节目呢。"

二

赵国昌也理了发。准确地说不是理，而是剃。赵国昌年轻时有一头好发，又壮又密，油黑儿锃亮，令人羡慕。他从四十岁开始早秃，也就是脂溢性脱发，用了不到两年时间，彻底完成整个头顶退化，亮亮的，只剩下后边的一圈，像列宁，也有人称他博师傅，说他是标准的博士头。这样的称呼令他烦恼。他一气之下，把余下的头发全部剃光了。开始他总觉得不得劲儿，曾戴过好几种帽子，什么棒球帽、贝雷帽、元宝帽，还在北京的盛锡福买过一顶鸭舌帽——往头上一戴，像电影里二十世纪三四十年代的地下党。最让他想起来就觉得荒谬的是，他还戴过一段时间用真头发做的假发套。总之，没少在那个光脑袋上费过心思。到后来，他渐渐发现，时代不同了，光头的人越来越多，越来越年轻，似乎成为了一种时尚。他这才扔掉所有的帽子，堂堂正正地亮起了光头。

赵国昌不是"华威号"上的人。他面颊瘦削、清癯、冷峻，眼睛有点凹陷，再配上那颗光头，看上去，是一张很有力量的脸。他是锚艇上的船长。

锚艇也叫起锚艇、抛锚艇，船身较小，功率大。艇上备有起锚抛锚设备：拖钩、巴杆、系缆绞车等，主要用于大型工程船舶在疏浚工程作业时起锚、抛锚，吊装吹沙管线等，并可执行拖带和救援任务。

作为绞吸式挖泥船施工中必不可少的辅助船舶，自从"华威号"来到南海，赵国昌就率领锚艇，一路跟随。漫长的水路，就像金星跟着月亮，它走，它也走；它停，它也停。"华威号"在风浪中颠簸，它也在风浪中飘摇，这时候，它们就是一同与大海搏斗、又相互关照的难兄难弟。

在一年来的吹填造岛施工中，赵国昌率领的锚艇一直是"华威号"的得力助手。在每一次紧张的架设管线中，赵国昌和他的五名船员与管线工人协同作战，都会出色地完成任务。在正常吹填作业中，坚硬的珊瑚岩吸入输泥管线后，负荷重，摩擦力大，管线破损、渗漏的情况经常发生。每当出现这种情况，不管白天黑夜，赵国昌都是随叫随到，驾驶锚艇迅速赶往现场，配合管线队员进行抢修，总是用最短的时间将破损的管线处理好。

有一次，"华威号"突然接到项目部紧急通知，命令所有船只、排泥管线、机械设备必须在三天内全部撤出施工区。赵国昌带领他的几名船员，顶着大雨，跟拍电影似的奋战了三天三夜，最终配合管线队的工人，把三千多米的海上管线全部斩断，装上驳船，安全地撤离出口门。事后回忆起当时的场面，有人说赵船长夜里顶着瓢泼大雨，在甲板上收拾工具和材料的时候，电光一闪，照在他的光头上，一瞬间，船上就像来了一个科幻电影里的外星人。

除夕这天上午，苏家灿来到锚艇，他告诉赵国昌，晚上不要准备伙食了，所有人到"华威号"上一起过年。

像吉德令的渔船一样，赵国昌的锚艇也是"华威号"外雇的船只。因为经济上独立核算，平时他们都吃住在各自的船上。

"苏船长，这不合适吧？"

苏家灿盯着赵国昌："有什么不合适的？我们是一个船组，一年多的合作，我们配合得非常默契，过年了，兄弟们一起热闹热闹。"

赵国昌摸着光头笑道："那就谢谢苏船长，我们就不客气了。"

之后，苏家灿又从锚艇跨到渔船上。

吉德令嘴里叼着一支香烟，正在厨房里杀鱼。这个瘦小的黎族人手脚麻利，干啥都内行。平时，他的主要任务是协助测量人员水上测量，跑不了渔船，就出小舢板。同时他的渔船也是"华威号"的交通船，自从岛礁上吹填起了陆地，建起了项目部，吉德令就几乎闲不着了。开会的，跑业务的，就医的，休假的，到"华威号"上验收的、检查的，还有到补给船驳领取物资的，都得用他的船。从施工区到陆地，一般情况下，都有差不多十多海里的距离，吉德令每天都要跑上几个来回。只要是有任务，即使正吃饭，他也会放下饭碗，立马解缆：或接或送，扶上扶下，总是沙哑着嗓子，说说笑笑，像鸟一样欢乐。

"哟，船长来了。有何吩咐？"

"来看看你怎么杀鱼。"苏家灿笑着说。

"刚钓的，过年了嘛，总得年年有鱼（余）呀。"

"那就多弄几条，兄弟们一块分享分享。"

听说要跟"华威号"的船员一起过年，吉德令还有点不信：

"真的吗？"

"我亲自来请你，还成了假的了？"

"太好啦，我有六十度的海口大曲。哎，对了，能喝酒吗？"

"今晚破例。"

吉德令满脸喜悦："那太好了，跟兄弟们好好喝几杯。"

三

向晚时分，"华威号"上灯火通明，机械轰鸣。岗位上的船员仍然坚守岗位；休息的船员则更加忙碌。海上的网络信号时有时断，许多人的手机打不通。从下午开始，刘建浦就宣布开放船上的卫星电话，船员们可以和家人通话，传递祝福，报平安。由于船上人员太多，每人通话时间限定为五分钟。其余的人都跑到厨房里帮忙。有的择菜、洗菜，有的在嘻嘻哈哈地包饺子，评论着谁包的饺子带劲儿，谁包的饺子像小猪似的，太丑；刘建浦跟张同乐、耿文辉等人则鼓鼓捣捣地布置餐厅，制造氛围，把它打扮成小俱乐部的模样。他们在正面墙壁上贴了两条用彩纸写的方块竖标：

南海摘星揽月

谱我炎黄壮歌

中间挂一条横幅：

我的南海我的家

如此，整个餐厅便有了节日气氛，有了庄严、神圣的仪式感。一走进餐厅，就禁不住令人精神一振。

七点钟，苏家灿下令停工，船员齐聚餐厅。有的船员还特意洗了个澡，换下了工装，把自己从一种工作状态中脱离出来。过年了嘛，就得像个过年的样子，是不是？最耀眼的是刘建浦，这个一向仔细的船政委，休假时竟然带来一件深黄色的唐装，上面绣有龙的图案，说是要取炎黄子孙之寓意。

晚宴伊始，苏家灿和刘建浦坐在主桌正位。左右分别是刘国昌和吉德令；其他船员分甲板部、轮机部分别落座；锚艇和渔船上的人围成一桌。平时，船员们吃饭都是你来我走，稀稀拉拉，从没有过这等集中的场面，大家感觉到了一种特别的温馨，狭窄的餐厅里，洋溢着一张张欢乐的笑脸。

刘建浦是今天晚上的司仪。年夜饭正式开席前，在他的主持下，由苏家灿作了简短的致辞。他并不高亢的声音，立刻吸引了人们的注意力。

"兄弟们，春节是我们中国的传统节日，也是每个人都想回家团圆的日子。在这个特殊的日子，由于我们的特殊工作，我们只能在茫茫大海中欢度除夕。此时此刻，可能每个人都别有一番感慨。春节年年过,但是能在祖国的南海过上这么一个春节的人却少而又少。因此,我最大的感慨就是骄傲和自豪。各位兄弟,我们都来自五湖四海,不管是锚艇上的兄弟,还是渔船上的兄弟,自从我们来到南海,就组成了一个战斗整体。一年多来,'华威号'船组所取得的一切成绩,都取决于我们出色的合作,取决于我们大家的共同努力。在此,我对所有的兄弟表示感谢,同时也给大家拜年,并为南海工程的早日竣工,让我们一起干杯。"

接着是锚艇船长刘国昌、渔船船长吉德令讲话。两位船长所言不多,都是感谢之类的话,感谢"华威号"领导和船员对他们的信任,感谢所有人对他们的关爱与支持,并豪爽地对大家敬了酒。

场面活跃起来。大家开始给领导敬酒,相互敬酒。船员们大多是年轻人,许多人不喝酒,便以饮品代酒,以茶代酒,频频举杯,彼此祝福。每个人的脸上都发生了奇异的变化,有人满面红光,有人笑眉喜眼,有人一杯酒咽进肚里满脸痛苦状。整个餐厅里的气氛喜庆、热烈,充满了兄弟般的友好与亲切。

菜也好,一共八品:水煮花生米,黄瓜拌粉丝,盐焗鸡,广东腊拼,鱼香肉丝,东北乱炖,清炒小油菜,还有吉德令贡献的五条清蒸石斑鱼。口味兼顾五湖四海,十分丰盛。饺子包的是猪肉大白菜,有的馅大皮薄,有的相反。出锅之后,有的还能看出是自己的手艺,一口咬到嘴里,这叫"自食其果"。

在一派喜庆、热闹的气氛中,刘建浦站起身来,拍了拍巴掌,以示安静。这个老成持重的政委,即使在酒桌上也是掌控局面的一把好手。

"兄弟们,俗话说,'酒吃微醉,花看半开',我们明天早晨八点要准时恢复生产,不喝酒的要吃好,能喝酒的要适量。下面,我们的联欢正式开始,大家说,谁先为我们唱一首歌?"

"船长唱。"不知谁喊了一声。

"对,船长,来一个!船长,来一个!"餐厅里的人们哄然兴奋起来。

苏家灿无奈地站起来,微笑着说:"唱不好,主要是记不住词儿。过年了,给大家助兴,算是抛砖引玉吧。"

"船长,你唱什么歌,我来伴奏。"耿文辉手提吉他,自告奋勇地来到苏家灿跟前。

"小耿,干脆咱俩合作吧。"

"船长,没问题。"

"有歌神在,我怕什么呀。"

两个人唱的是《东方之珠》,效果超出了预料。耿文辉不用说,是船上有名的歌神,让人意外的是,没人听过苏家灿唱歌,他却唱得那么好,赢得了大家热烈的掌声。

苏家灿唱过之后,还有两位船长,刘建浦自然不放过。锚艇上的刘国昌,相貌严肃,平时是个喜欢握着一根胡萝卜下酒的人,在酒桌上他有句口头禅,动不动就把脸一虎说:"你不喝,我揍死你!"说完便哈哈大笑,特别豪放。但是唱歌不行,说啥也不唱,只作揖。看来是真不会,大家喊着"罚酒一杯",也就放过了。轮到吉德令时,这个瘦小的船长一点没推辞,他站起身来,眼神里洋溢着欢乐,给大家唱了他最拿手的黎族民歌《心上人唱给你听》。他嗓音沙哑,表情丰富,叨叨咕咕地唱着,那种全情投入,甚至有些夸张的神态,有一种特别的感染力,让所有的人都更加欢乐起来。

餐厅很小。人们挤在屋子里喝着酒,听着歌。虽然远离大陆,远离亲人,但这样的除夕夜很特别,在一种忘忧的快乐中,情绪不断高涨起来。

接着就是耿文辉。他怀抱吉他,自弹自唱,一曲《怒放的生命》绝不亚于汪峰,特别是唱到"我想要怒放的生命"这一句,就像呐喊,满腔激情喷涌而出。许多小伙子都禁不住拳起拳头,随声助唱,热血沸腾。

"下面请听男声小合唱:《南海之歌》。这是我们船员自己创作的一首歌曲,作为今天晚会的主题,这首歌表达了我们南海建设者的豪迈与激情。作词张同乐,作曲耿文辉,演唱者:耿文辉、张同乐、周健、李悦强,吉他伴奏耿文辉。"

在政委刘建浦的主持下,几个小伙子离开桌边,走到前面,站成一排,最初还有两个人忍俊不禁,有点笑场。当吉他声一响,便立刻进入了情绪,一个和弦之后,他们开始唱起来:

> 你有长江的激情
> 我有黄河的血脉
> 沿着祖先开拓的航迹
> 我们披星戴月踏浪而来
> 南海啊南海
> 我是你摇篮中长大的子孙
> 你是祖先留给一个民族的未来
> 你的潮汐是我澎湃的歌
> 你的宁静是我深沉的爱
> 我们吹沙
> 我们填海

让碧波中不断延长的海岸线

见证一个民族复兴的新时代

南海啊南海

我不是你的匆匆过客

你是祖先留给一个民族的未来

你的岛屿是我远方的家

你的蔚蓝是我永恒的爱

我们养鱼

我们种菜

我们将有无数座房子

面朝大海四季花开

南海啊南海

你用永不熄灭的灯塔

点亮世界和平护佑国安民泰

    这首自创的歌曲,听起来深情、豪迈,经事先排练,被分成了高音和中音两个不同的声部。像许多流行歌曲一样,有几句带抒情旋律的歌词,多次重复,以一种深情委婉和猛烈而欢腾的自豪,强化着情感上的冲击力。四个小伙子配合默契,年轻有力的声音完美地融入旋律之中。演唱过程中,人们沉浸在歌声激起的情绪里,有人击掌,有人拍腿,有人用筷子敲打着钢精饭盆儿,虽是一首新歌,却没有一个人打错拍子。全场气氛达到了高潮。

    后来许多人回忆说,这是他们一生中最难忘的除夕夜。最后,在一曲《难忘今宵》的合唱声中,大家纷纷站起来,端着酒水,相互碰杯,边走边唱"共祝愿祖国好"。这些远在天涯海角的人,动情地感受着"祖国"这两个字眼的亲切与伟大,不少人的眼角都闪烁着晶亮的泪水。

晚宴结束后,苏家灿回到船长室,桌上一直没有信号的手机"突"地一振。他拿起一看,是方卉发来的短信:

给苏船长拜年!此刻,捧着您送给我的那只大海螺,我又一次聆听到了来自中国的大海之声。值此新春佳节之际,祝您和船员们在南海新春大吉,身强体健,早日凯旋!

看着漂洋过海而来的几句话,苏家灿眼前立刻浮现出那位女护士的音容笑貌,穿过遥远的时空,她深情的目光仿佛正在凝视着他。苏家灿顿时觉得心里暖暖的。

第二十一章

一

春节之后,苏家灿第二次休假。

他回到滨城,租了一套"设施齐备,拎包入住"的一居室,带着女儿住了一个月。他每天辅导她作业,开学后接送她上学,尽了一段做父亲的责任。

米乐长高了,也成熟了许多。苏家灿还记得,他从南海"溃败"而返的那一次,趁"华威号"在船厂大修时间,他专程去海口的前岳母家看米乐。当时米乐才五岁半,很天真。有一天他带她去公园,在马路上,米乐指着街边一个绿色邮筒好奇地问:"爸爸,这是什么啊?"

"是邮筒。"

"邮筒是干什么的?"

"是用来寄信的。"

"什么是寄信啊?"

"比如说，爸爸想你了，就会把想对你说的话全部都写在纸上，再写上你在的地方，放进这个邮筒。过不了几天，就会有个叔叔把信送到你手上了，你就能看到爸爸给你写的信了。"

米乐想了想，好像有点明白了。

"我也不会看信呀。"

"你将来上了学，学会很多的字，就会看了。"

"爸爸，那我能钻进这个邮筒吗？"

"你钻进这个邮筒干什么？"

"如果我想你了，就钻进邮筒里，让叔叔把我寄给你，我不就见到你了吗？"

当时苏家灿的眼圈都红了。

现在的米乐已经不可小觑。几天前，方卉请苏家灿吃饭，他带上了米乐。方卉问她妈妈怎么没来。她坦率地告诉方卉，现在她爸爸和妈妈已经不是一家人了。

苏家灿觉得，女儿的话肯定让方卉大为错愕。可方卉似乎只是象征性地表现出了一点惊讶。

"那你喜欢爸爸还是喜欢妈妈？"

"阿姨，那您呢，是喜欢爸爸，还是喜欢妈妈？"

米乐这一突然反问，把苏家灿都问愣了。那一刻，他突然意识到，时间对于一个孩子的意义是多么的巨大。

那天在回家的路上，苏家灿用一种平等交谈的口气问女儿："米乐，你怎么跟阿姨那么说话？"

"我觉得，爸爸妈妈对每个孩子来说都一样。"

"那你就这么回答好了。"

"我想逗她一下。那个阿姨好看，人也不错。"她像个小大人似的,带着一种权威的语感,"我喜欢跟她聊天儿。可是,她怎么老是问你船上的事呢?"

"阿姨对我们的工作感兴趣。"

"她去过你们船上吗?"

"去过。"

"爸爸,你为什么老是在船上不回家呢?"

"爸爸是男人,爸爸得工作。"

"你们的船在哪呀?"

"我们的船在很远、很远的地方。"

"是在外国吗?"

"不是外国,是南海。"

"南海是哪呀?"

"南海在南方,在我们国家最南边的地方。"

"南海漂亮吗?"

"非常漂亮。"

"爸爸,我们放假的时候,你能带我去南海玩玩吗?"

"不行啊米乐,你还太小,再过几年,等那里建设得更好了,更漂亮了,有了游轮,有了飞机,爸爸一定带你去看看。"

米乐是个不乏好奇心的孩子,但像所有懂事的孩子一样,不任性,不缠人。她像是妥协、又像是很善解人意地说道:"那好吧。"

通过几天的共同生活和交谈,苏家灿觉得,一转眼,女儿就长大了。为此他感到十分欣慰。

这次休假,苏家灿和方卉吃过三次饭。头两次,都是由方卉请。一是答谢在南海时他对自己的热情款待与关照，二是对远方归来的苏家灿尽一份地主之谊。更重要的是，从南海回来之后，她便开始整理她跟船员们的聊天记录和日记。现在她已经整理出五万多字的写作素材。

"如果您配合，说不定我会写出一本小说来呢。"

"那太好了。怎么配合？您只管吩咐。"

自从了解到她的身世，在方卉面前，苏家灿开始谨慎地控制自己，几乎不再跟方卉开那种旁敲侧击的玩笑。他原来的幽默、调皮、毫不自觉的调侃与坦率，部分变成了礼貌，部分变成了同情和尊重，同时还变成了几分说不分明的自尊。方卉感受到了苏家灿这种微妙的变化，或者说，她在苏家灿的身上感受到了一种亲切的沉稳与端庄。

"很简单，我问啥，您说啥。只是怕占用您太多的时间。"

"没关系，我的时间正多得没处用呢。您只管问。"

她问，苏家灿就说。在一种回忆的状态中，凭借他超人的记忆和非凡的口才，娓娓道来，从第一次出征失利，到第二次风浪中受阻；从第一块陆地的吹填成功，到南海工程的全面展开，一聊就是两三个小时。不知道的，还以为他们是一对娓娓私语的情侣呢。

"有来无往非礼也"。这天晚上是苏家灿做东，地点就是那家"南国之恋"。他觉得这里的环境不错，风格典雅、别致。开放式大厅，几排白色的镂空雕花隔栅，隔出一个个半私密的就餐空间，灯光柔美。低回的背景音乐营造出一种安静、温馨的情调，甚至回旋出一种淡淡的忧伤，让人想起过去的许多人和事儿，挺好的。自从第一次无意中走进这家餐馆，苏家灿就一直把它看作一处不错的就餐之地。当然还有个主要原因：他喜欢这里的酸菜炒海螺和农家猪脚煲。

这天是周六,米乐被前妻接了回去。苏家灿早早来到餐馆,坐在餐桌旁,心情很好地等候着他的客人。

六点钟,方卉如约而至。一如往常,她没有盛装打扮,穿着长裙和高跟鞋,上身紧身白衬衫,外配一件黑色短款夹克,简约、大方,一头齐肩的棕色秀发,把脸庞衬托得更加白皙,她笑容明媚地走向起身静候的苏家灿。及至近前,她突然止步一怔,凝神地注视着苏家灿,目光在他脸上停顿了足有三秒钟。

"以前您是不是来过这家餐馆?"她表情期待地看着他。

"对啊,来过几次。"

"有一次,是您一个人?"

"对啊。"

"还记得大约什么时间吗?"

苏家灿想了想,有两次他是带女儿来的;有一次他是几个朋友来的;只有他一个人的那次,他当然记得。太记得了。

"应该是前年秋天。准确地说,是2013年的10月12日。怎么了?"

方卉静默着,像是在计算着时间的长度。然后,她在胸前双手合十,犹如祈祷,神情热切地说:"妈呀,这就对了!我说我见过您嘛,我们就是那一次见过。"

那一次,就是苏家灿率领"华威号"返回到内地的那一天。有了这个重要的事件做参照,苏家灿当然记得是哪一天了。那一天,局里几位领导在港口把船员们接到宾馆里,摆了几桌丰盛的午餐。饭后船员们四散而去。苏家灿无家可归,被领导安排在宾馆入住。他足足睡了一个下午之后,晚上一个人来到了大街上。后来他就走进了这家餐馆,点了几道他喜欢的家乡菜。无意中他注意到了一个可爱的小女孩,并由此想到了自己的女儿。结果他一个人伤心地喝着啤酒,回想着往事……直到餐馆里只剩下他一个人,他才迷迷糊糊地回了宾馆。

"难道说,我们是旧地重逢?"苏家灿目光里充满了惊诧与迷惑不解。他们互相打量着对方。

方卉尘进一步确认说:"一点不错。"说完,她尘埃落定似的坐下来。同一个地点,同样的氛围,同一个人,还原了一个隐没在记忆深处的现场,让她猛然间捕捉到了一种记忆,是那么清晰,不可动摇。

"那天,您就是穿着这身运动服。说出来不好意思,您一走进餐馆,不知为什么我就注意到了您。当时我还想,这个人看上去好像是运动员,蛮帅的。"

方卉的话让苏家灿不胜惊讶。他试图回忆并印证一下,是不是像方卉说的,那天他穿的就是这身运动装。遗憾的是,他却怎么也想不起来了。

"忘了。我完全忘了那天我穿的什么衣服了。"苏家灿略带歉意地摇摇头。

方卉笑了笑,她知道大凡男人对于服装都不会那么敏感,包括大文豪鲁迅。她曾在作家萧红回忆鲁迅的一篇文章中看过这样一段趣事:有一次,萧红问鲁迅,她的衣裳漂亮不漂亮。鲁迅说,谁穿什么衣裳我看不见的……然后,他对着萧红从上往下看了一眼:"不大漂亮。"接着才说出一些色彩搭配不对之类的话。方卉禁不住为之一叹,在男人眼里,女人再漂亮的服装或许也是一种"白搭"。

"那个小女孩您应该记得吧?"

苏家灿的眼睛一亮:"小女孩我倒是记得。"

"那就太对了。"方卉的脸上有了新的欢乐。她总算唤起了苏家灿的记忆。

他们隔着桌子,凝视着彼此。

"真不敢想象,竟然有这样的巧合。"她接着说,"您记得不记得,我们是先走的,路过您跟前的时候,我还告诉她跟叔叔说再见。"

苏家灿想了想:"这个我也记得。当时我还想抱一抱小女孩,但是我忍住了。"

"说!我们算不算见过面?"她像是终于逮住了苏家灿。

"这么说,我们还真是见过呀。"

这种像戏剧似的机缘巧合,让方卉和苏家灿都异常惊讶。

"您还说,绝对没见过我呢。"

苏家灿想,茫茫人海,萍水相逢,怎么可能看一眼就能记得住呢。他想说人可不是月亮,看一次就能记住它是什么样子。但没说。他只是笑了笑说:"当时,我光注意小女孩了,没注意孩子她妈……"

"孩子她妈,谁是孩子她妈?"她不解地看着苏家灿。

"那个女孩不是您女儿吗?"

方卉哈哈一笑。

"我敬爱的船长,我还没结婚呢,怎么会有女儿?"

苏家灿差点惊站起来:"Sorry。对不起……"他拱手作揖,满脸通红。看着方卉冲他一笑,他又似乎有点怀疑:"您是在开玩笑吧?"

方卉看着他："您想想，我还是开这种玩笑的年纪吗？"

她告诉苏家灿，那个女孩是护士长的孩子。那天晚上，护士长接到临时通知，要做一台手术，就把女儿托付给她。她便带着小女孩儿来吃饭，又给护士长打了包。

"你们医院就在附近？"

"有一段距离。我不喜欢吃医院附近的餐馆。这家餐馆我来过好多次了。怎么说呢，这就叫天赶人凑吧。"

苏家灿惊讶地听着，依然觉得不太真实，喃喃地说："怎么会这么巧？"

"这说明，生活中有些美好的事物是可以重新出现的。"方卉的目光中流露出一种难以掩饰的喜悦与激动。

这天晚上，他们喝了比以往更多的酒。方卉没再问起绞吸船上的事，而是讲起了她自己的故事。

方卉的故事是一个未婚大龄女子的故事，这本是一个讳莫如深的话题，但此时的她却第一次妙趣横生地敞开了自己。

二

在方卉看来，爱情不是按着传统的"机械模式"制造出来的，它是一种"灵魂"之间的事。没有一把合适的钥匙，你进不了一个人的爱情世界。她又是个相信命运已经有了安排的人。所以她宁可等，也不去找。她不找，不是她不想找，而是她找不到她所要找的人。结果日子就这么过老了。

这些年，她接触过的求偶男人不止十几个。大都是经人介绍的，也有主动找上门来的。有个比她小五岁的小伙子，是个交警，老打电话、发短信，追她。但是不行，感觉都不对。最长的没处过一个月，有的见过一两面，有的还没见面，只通过几次电话或在微信上聊过几次就拜拜了。

"我母亲是个观念陈旧的人，在他们那一代人的老式规矩下，到处托人给我介绍对象，那种急于求成的心情，就差按着我脖子拉郎配了。她老担心我一辈子嫁不出去，垫了圈。可我总觉得生活不会那么不像话。她说小卉呀，你到底想找个啥样的呢？我说就找我想找的那个人。她说你找去吧，啥时候找到三条腿的蛤蟆，你赶紧告诉我。"

方卉的讲述轻松而愉悦，带着调侃与机智。她告诉苏家灿，她最后一次接触的那个人是在去年夏天，是她们护士长牵的线。

"那是个四十多岁的男人，他自己说，他的'爱妻'是在三个月前病逝的。他是一家证券公司的副经理。戴眼镜，文质彬彬，头发一丝不苟地梳向脑后，自信地嚼着口香糖，身上有香水味。一见面，我的感觉就被他破坏掉了。不过，长的模样还行，大个儿，跟您差不多的样子。那天晚上我值夜班，热心的护士长把我们送进她的办公室，她就回家了。后来我们就聊天。其实也不是聊天，主要是他问，我答，像采访。他问我，是否有过婚姻史，我说否。他问我，谈过几次恋爱，我说一次也没谈过。他怀疑地看着我说：'不可能吧？'

"在他看来，没经历过几次恋爱、没失过几次身、没有几次死去活来的折腾，就好像不配做一个未婚女人。

"我说真的。他说根据他的经验，每个未婚的大龄女性都是一部书。'我不信像你这么漂亮的人会没故事。至少，不像您说的这么简单。'

"我问他想让我有多复杂。

"他说：'我不反对复杂。'

"我笑着说，一个不反对复杂的人，如果他又不是个哲学家，这可不是什么好事。我忘了在哪本书上看到过类似的一句话。够他琢磨的。

"他琢磨了半天，微微一笑，我知道，他是想用微笑把自己伪装得深刻一些。他从兜里拿出一条绿箭递给我。我摇摇头。他自己扒一片放进嘴里，快速地嚼着，好像他的嘴还有别的什么事儿要做似的……真的，他的眼睛很大胆。然后，他点点头说：'我很欣赏你。'

"我没吱声。

"过了半天，他才转换了话题。其实也没转换，只是以一个过来人的口气说：'一些大龄剩女，不管怎么说，都是有她自己的问题。其中有个普遍的特点，就是眼光太高，高不成低不就，结果把自己的青春都找没了。'

"我没吱声。但我听出来了，他是想修改我的思想。

"后来，他又语重心长地问我：'你的家人，尤其是做母亲的，一定很着急吧？'不等我回答，他就武断地说，'这事儿我见过。'

"我说应该是吧。

"他好像已经决定把我作为一个合适的人选了。我从他的表情上可以看出，他觉得他有这个资格和能力。

"他搓了搓手说：'那什么……那就给个机会吧，如果我们能够相处，我觉得我该做的第一件事，就是去见见你家的老太太。'

"我说您见不到她。

"他说肯定要见的嘛。

"我说:'您要见到我母亲,那就太不幸了。'

"他说为什么?

"我说:'我母亲已经去世了……'"

苏家灿听得津津有味,心想,她还真是个写小说的料。他哈哈一笑,却发现方卉的眼圈红了。虽说她嘴上带着调侃、幽默、悬河泻水,实际上却是快乐中带着痛苦,幽默里怀着悲伤。

苏家灿默默地坐在那里,神情歉疚,像是为自己不合时宜的一笑,又好像方卉没有结婚是他的错误。

"后来呢?"苏家灿谨慎地问。

"没有后来,一次就足够了。"说完,她倦怠地一笑。

苏家灿想了想,他觉得应该为眼前的局面找回一点轻松和快乐,同时也为方卉心中的不快画上一个句号。

"那我们……是不是该为你们'没有后来'干一杯?"

方卉仿佛正等着他这句话似的:"为什么不呢?"

两个人端起酒杯,彼此会心地一碰。方卉似乎有点用力过猛,把苏家灿的酒都撞洒了。

离开餐馆后,他们坐进了同一辆出租车。苏家灿坐在副驾驶的座位上。出租车穿过繁华的城市灯火,拐进一条小街,又一拐,驶入一个光线昏暗的住宅小区,在一幢高层楼下停下来。

"谢谢您的晚餐,我就不邀请您到楼上坐了。"

他们很正式地互道晚安。

出租车原路开出了小区。苏家灿心里泛起一种微妙的快乐,他觉得这个晚上过得很成功,并预感到生活中依然有值得期待的信息。

第二十二章

一

苏家灿回到南海的第三天，"华威号"接到了转场通知。所谓转场，就是从一个岛礁转移到另一个岛礁。由于"华威号"是自航式绞吸船，功率大、性能强、航行自由，自从进入南海工程之后，便在七个施工点之间不断转场、周旋。哪里有啃不动的骨头，就调"华威号"去啃；哪里有难以攻克的堡垒，就派"华威号"去攻。有人做过统计：在整个南海工程建设中，"华威号"执行调遣二十八次，总航程达九千五百海里，是所有参建船舶中投入最早、生产时间最长、承担任务最重、受关注程度最高、唯一全程参与七座岛礁[①]建设的"功勋船舶"。在两年时间里，它累计完成疏浚工程量六百二十五万立方米，如果堆积在一起，可将整个天安门广场抬高十四米；吹填造地面积一百五十五万平方米，比梵蒂冈的面积还要大。因而，"华威号"被国内外誉为"造岛神器"

---

① 七礁：美济礁、华阳礁、赤瓜礁、渚碧礁、南薰礁、东门礁、永暑礁。

并非没有依据。

绞吸船的转场,不同于草原上的转场。过去,逐水草而游牧的草原牧民,会根据不同的季节选择不同的牧场。转场时,只需拆掉毡房、帐篷,连同必需的生活物品放到车上。整个部落,男人骑马,老幼妇女坐在勒勒车[①]里,确定路线之后,在广阔如海的草原上,赶着成千上万甚至十几万头牲畜同时行进。虽然声势浩大,但不会乱,也遇不到什么风险,甚至可以优哉游哉地行进,因为没有什么紧急的时间要求。

绞吸船的转场却不同。往往有规定的时间,程序也很烦琐。为保证航行安全,事先必须执行严格的封舱规定,收回船上所有处于工作状态的设备。主甲板的生活区、机舱的所有水密门、玻璃窗、天窗、通风筒、透气管和机舱、泵舱、备件仓等,全部要水密封闭。左右摆动锚、航行锚要收妥、加固;收起的桥梁也必须再加固,以防在风浪的冲击下上下颠簸、左右晃动,从而造成船体撕裂、桥梁坠海之类的重大事故。像两个大烟囱似的钢桩最麻烦,必须按操作规定倒桩、加固、绑紧,不能松动,以防航行途中前窜后移、左右晃动。起重机械、悬臂吊车都得固牢。最麻烦的是长达几公里的排泥管线,也要一节一节拆卸、收起,全是大活儿,又全是细节。从头到尾,必须做到万无一失,不能出错。即使这样,能否顺利到达下一个指定工区,还要看老天给不给"面子"。一旦风暴乍起,海浪滔天,就会像上次一样,少不了会有一场人与海的搏斗。

上次是躲避台风。在南海遇到台风是常事。一旦接到预报,所

---

① 勒勒车:中国北方草原上蒙古族使用的传统交通运输工具。

有施工船舶必须马上停工、封舱，纷纷朝着赤道方向跑，一直跑到一百多公里外的锚地去避风。不仅船舶如此，岛上也要采取紧急措施，所有施工机械、车辆、集装箱营地等，都要用钢丝、绳索绑扎、固定。稍有疏漏，就会造成损失。有天傍晚，苏家灿观察到一只"圆环儿"圈住了鲜红的落日，暗紫色的小条云像箭一般在天空中穿梭。乌云集聚，形状怪诞，有的像楼，有的像断桥，有的几乎就像"华威号"……同时他注意到，成群成片的海鸥掠过天空，飞向岛屿。通过眼下观察，他觉得说不定是一种恶劣天气的前兆。就在这时，吉德令来告诉苏家灿，说天气要变，提醒他做好应对措施。

果然，当晚便收到局里的气象传真："今年第十五号台风'海鸥'中心将于南海东北部海域形成，中心附近最大风力十三级，八级以上大风范围半径约三百十二公里。未来三到五天将影响施工区域，请各单位做好安全防护。"

苏家灿立刻启动防台预案，在生产安全部的统一指挥下，以最快速度完成封舱，带领船组（包括锚艇、渔船），驶出潟湖口门，一路南下。两天后，受台风外围影响，海面暴雨倾盆，突然出现六米以上的大浪，阵风达到十级。主甲板上浪严重，艰难航行的船队航速急剧下降。

一般说来，同样的危险发生三次以上，就会降低人的紧张情绪。就像小时候听恐怖故事，每次害怕都是一次精神锻炼。面对台风暴雨，"华威号"上的人已学会了镇定，没像前两次那样恐慌。值班船员发现两侧抛锚杆出现松动，不断撞击立柱，立刻上报。苏家灿和大副刘大爽、水手长周健惊险地爬上立柱，将部件绞紧。台车的顶升柱塞在船舶摇摆惯性下，左右晃动，一旦毁坏，船舶短期内将无法施工。为排除隐患,他们爬上台车二层平台,在狭小的空间里,抵抗着狂风骤雨,经过一个小时的努力,对几个部件进行了妥善加固。在苏家灿沉着、冷静的指挥和率领下,排除和化解掉了一次次险情,最终平安抵达锚地,抛锚避风。

当然,转场不像避台,一旦躲避不及就会被台风追上或围住。但转场也得行船。船在海上走,上百海里的航程仍然是个不可预测的未知数。为防止意外,必须做好所有防范,不可有一丝一毫的马虎。

这次转场调遣很突然。局里的特征就是雷厉风行,每道指令常常让人突然一怔。当时苏家灿正在餐厅吃午饭,接到项目部的转场通知后,他立即通知各部工程收尾,迅速启动转场程序。

为争抢时间,每次转场都像一次实战集训,整个船上从早到晚,不分昼夜,其紧张忙碌的场景像是要逃跑。但你又不能慌慌张张、丢三落四、顾此失彼,必须是那种一丝不苟的迅速、熟练。因此,每当转场,所有船员,无论是当班还是休息,一律出动,分头行动,奔赴不同的岗位。不用清点人数,一个都不会少。

但这次却偏偏少了三个人。

二

上午的南海雾气浓重,海天之间一片灰白。在潟湖里,一艘艘小艇穿梭其间。这些小艇宽约一点五米,长不过七米。由于潟湖内船舶航行区域有限,小艇具有娇小灵活的特点,可以自如地穿梭于施工船舶的缝隙,所以,测量人员基本都是依靠这样的小艇来完成水上测量。

雾中,一艘小艇贴上了"华威号",咯噔一下撞在船舷上,停下了。丁岩从小艇跨上了"华威号"。他是来送一份水文图纸的。他把图纸交给苏家灿,从船长室出来后,在走廊里碰上了张同乐。

"丁队长,好久不见,忙活儿啥呢?"

"瞎忙呗。你怎么样?"

"不怎么样,除了上班就下班。"

"现在干什么?"

"休班了,冲个澡,回屋做梦去。"

"睡觉有什么意思?"

"不然干啥去呀?"

在绞吸船上,每一班工作结束后,除了整理内务、洗洗衣服,就没事干了。时间会因为没趣而显得格外漫长。他们消磨时间的方式基本是睡觉。白天上班,夜里睡,反之也一样。有些白天,在空调机、压缩机、船舶发电机和各种作业机械的噪音中,他们会拉上窗帘,把赤道的阳光挡在外面,营造出一种黑夜的效果,这样会睡得更好些。他们还常常做梦。梦见高楼大厦,儿时的伙伴,大学同学,姥姥家的小河,爷爷家的大山……一觉醒来,蒙了,不知今夕何夕、是日是夜,往往要想上好半天。就这么稀里糊涂、没日没夜地混着睡。有时候却睡不着。躺在床上,双手捧着后脑勺,睁着眼睛瞅屋顶,闭上眼睛思绪就飞了,神游八方,想老婆、想孩子、想爹想妈,想过往人生中的一些乱七八糟的人和事,完全是一种无意识的跳跃思维,想来想去,才发现尽是些没用的胡思乱想。

"反正没事,到岛上玩玩去。"丁岩鼓动着张同乐,"你去看看我们那几头小猪，太好玩啦。"

也不知道是谁的创意，前不久，有四头小猪乘坐运送物料的拖轮，从遥远的三亚来到了项目部。在南海的岛礁上养猪，需要很大的想象力。四个小家伙非常可爱，短嘴儿，凹脸，只有七八斤重，就像迷你猪。寂寞的项目部一下子热闹起来。在这个没有任何动物的小岛上，几头小猪成了稀罕物。小伙子们没事儿就围着几头小猪转，喂它们剩饭剩菜，清理猪笼，给它们洗澡，还像按摩似的用毛刷梳理它们的后背、肚子、小脑袋，各种体贴，各种忙活。几个小家伙好像通了人气，不闹、不叫，很乖巧、很享受地配合着人们的侍弄。让工友们越发觉得有趣、好玩儿。有的跟小猪说话，有的给它们唱歌，有的睡不着觉，大半夜还跑到猪笼前蹲着，盯着那几个小家伙不错眼珠地瞅。

如果是往常，本来就好动的张同乐，肯定要去看看那些小猪的。但是他刚从乡下回来没多久，什么鸡、鸭、鹅，他全见过了。还有家里那头已不再年轻的驴，无精打采地站在院子里。不知道吃错什么药了，前不久，它一个蹶子踢在了母亲的肋骨上，幸亏母亲没大事，只是肋巴上瘀了一片青。但没事也不能踢人呀，所以一见那头驴，他就还以颜色地踹了一脚。一想到这件糟心事，对丁岩说的那几头小猪，张同乐自然没有太大的兴趣。

张同乐不去，旁边的孙腾却经不住诱惑，他还叫上两个同伴，怀着被丁岩煽动起来的激情，坐上小艇，到岛上看猪去了。哪想到突然要转场。在关键时刻，甲板部和轮机部分别少了人，怎么也找不到。急得水手长周健和轮机长李悦强板着面孔，直生气。难道是跳海了不成？后来，大副通过高频对讲机在驾驶室喊了三遍，张同乐才"哎呀"了一声说："坏了！"

原来，孙腾几个人上岛的时候，委托张同乐跟水手长和轮机长说一声。船上有规定，即使不上班，休息，任何人离船都必须要打招呼。可张同乐一转身去了一趟驾驶室，他竟把打招呼的事给忘了。

三个小伙子在岛上看了猪，又被丁岩留在项目部吃了午饭，回到船上已是下午两点。一上船，看到人们正在热火朝天地封舱，说要转场，几个人十分尴尬。特别是孙腾，很怕像上次下海游泳一样被船长训斥一顿，脸都红了，心里怦怦直跳。

但没有。苏家灿一向为人宽厚。作为船长，除非涉及人命关天的重大问题，他从不发火。这一次，面对孙腾几个人在关键时刻掉了链子，他轻而易举地原谅了他们，甚至没有半句微辞。

他知道，几个大小伙子去看猪，这在陆地上是极少会发生的事。听起来不可思议，甚至可笑，其实并不奇怪。他们去看猪并不是他们喜欢猪，而是太寂寞，太无聊了。

几年前，苏家灿看过一部纪录片，说的是一个女人在毛乌素沙漠里植树治沙的事。其中有个情节：有一天她发现沙漠里走着一个男人，便情不自禁地直追过去，吓得那个男人拔腿就跑。其实她没有别的意思。一个人在沙漠里，几个月见不到一个活物，她就想和他"拉拉话儿"。她无奈地发现那个男人已逃之夭夭，便跑回住地，拿来一个小盆儿，把那人留在沙地上的脚印用小盆儿仔细扣好。此后，她每天都要去看看那个脚印，用来排遣难以忍受的孤独和寂寞。

这个人性中的细节，给苏家灿留下了太深的印象。在寂寞面前，一个女人尚且如此，何况一些年轻的小伙子。虽说南海不是毛乌素沙漠，从某种意义上说，这同样是一个停滞不变的世界，是另一种形式上的"沙漠"。环顾四周，皆是一望无边的海水。三五个月，甚至七八个月生活在船上，看不了电视，无法上网，世界发生了什么事都不知道，没有什么新鲜的话题可以交流，也没什么娱乐。每天面对的尽是男人的面孔，你瞅我，我瞅你，毫无乐趣；伙食还不好，吃了土豆、吃圆葱。每天都是昨天的重复，单调、枯燥、令人心烦。因为想家，有的小伙子把自己藏起来偷偷地哭泣……在不需要工作又不需要睡觉的时候，时间更是难熬，更需有足够的耐心忍受着。总之，几个年轻人去看看猪，也是情有可原、无可非议，用不着吹胡子瞪眼、大惊小怪的。

这次封舱，用了不到两天时间，比往次还稍有提前。"华威号"缓缓驶离潟湖内的施工区，一路向北，朝着7号点进发。

三

7号点就是美济礁。它位于南沙群岛中东部海域。从彩色的卫星图上看，就像一块翡翠，或一块绿色的水胆石剖面，是南沙群岛中最美的一座岛屿。整座岛礁，东西长约九公里，南北宽约六公里，总面积四十六平方公里。退潮时，礁盘露出水面最高处约两米，礁盘外一公里左右，水深便超过一千米。

南沙的岛礁都差不多，每座岛礁都基本呈环形状，外围是深海，里边围住一个小盆地，也就是我们通常说的潟湖。但美济礁又和其他岛礁不同。在南沙二百多个岛礁里，尽管有许多露出水面的岛礁，却大多没有环礁，即使有也不"发育"，或者"发育畸形"，比如不是潟湖里的水太浅，就是潟湖太小，或者没有出口，或者有出口，但出口很浅。美济礁的独特之处在于，它的潟湖面积比较大，潟湖内水深二十到三十米不等，又有三道出口与深海相通，是一处天然的避风良港。

2012年，海南省三沙市南沙区美济村正式成立，这是中国"最年轻"的行政村。渔业队的五十多名渔民是第一批村民。村民的家和村委会，都设在潟湖内的一艘大型渔船上。他们常年居住在这里，进行远洋渔业捕捞和网箱养殖。

说到美济礁的捕捞和养殖，就不得不提到一场热带风暴：2007年11月，热带风暴"海贝思"袭击美济礁，最大风速达到了十六级，海浪二十一米，比六层楼还高。当时，海面上那些可怜的船只被吹得晕头转向。美济礁的渔业养殖更是遭到了重创，不但被卷走了全部投资心血，而且看管渔排的九位渔民兄弟全部遇难。至今在美济礁潟湖边上还立着一个遇难者纪念碑，碑上刻着九个人的名字。他们是：王国雄、王高明、邱小亮、桂良明、王国永、黄永进、陈金龙、陈明发、林韶剧。

春节后，南海正处于冬季风盛行期。转场途中，"华威号"船组虽是逆风而行，却没有遇到意外的风浪。他们航行了半天，又一夜，于次日早晨顺利到达了美济礁。

对于美济礁，苏家灿早已十分熟悉。前一年的整个六月，他和船员们都是在这里度过的。那时候这里还完全是一种原始的样貌，通往潟湖的三条水道，最深的一条只有十八米，三十多米宽的口门很狭窄，大型船舶无法通过，另外两条水道也还没有打开。"华威号"初次来到美济礁，就是带着开挖、疏浚的任务而来，尽管海底珊瑚礁坚硬得差点锛掉牙齿，最终还是不负众望，按着工程设计、时间期限，完成了航道的拓宽、挖深任务，为后续施工进场的船舶扫清了障碍。

这一次的任务是吹填。

一个雾气朦胧的早晨，"华威号"船组缓缓驶入施工区的指定位置，抛锚，解封。经过两天两夜的紧张忙碌，下刀、合泵，迅速投入生产。此后，开足马力的"华威号"机声隆隆，一头扎进海底，像一只不知疲倦的巨大蜗牛，卖力地啃着坚硬的礁石，整个船体都在不停地"哆嗦"。而在五公里之外的管头吹填区，一股柱状的海底泥砂源源不断地喷涌而出，昼夜不停，开始了新一轮的吹填施工。

此时的南海，每个参建单位在每座吹填作业的岛礁上都有各自的项目部。有一天，苏家灿来到岛上，跟项目经理李召政开着皮卡，去查看"华威号"的吹填区。皮卡车一路行驶，只见岛上建了许多集装箱房子，还有帐篷，各处散落着不同的机械和车辆。一辆水泥罐车像在城市里一样，吓人地超越了他们的皮卡，轰然开走了，像巨型地瓜似的水泥罐旋转着，一边走一边搅拌着罐子里的水泥。初具规模的岛屿，就是一片繁忙的工地，有的地方在临时围堰，有的地段已开始护坡。有几处工地正在建楼，主体楼上密集的钢筋和钢铁脚手架坚硬地刺向天空。这些建筑工人大多是来自全国各地的民工。开始他们拿不准要到哪里去干活，来到目的地才知道不是城市，是岛屿。他们接受了这里的热带环境和艰苦，承担起了他们该做的事。他们话语不多，汗水浸透了衣服，身体上散发出一股浓烈的咸味。有时候，他们跟在城市里干活一样，顶着酷暑蹲在工地上用餐，无所谓情愿和不情愿，就像一群来自异地的候鸟，没有声息。

岛礁西南侧的海面上，几十艘挖泥船仍在比着赛地日夜奋战。在我国拥有主权控制的七座岛礁周围，绞吸船、耙吸船、驳船、锚艇和交通船等各种类型的船只不断增多，在几艘护卫舰对人员安全、生活供给的保障下，形成了百船千机——疏浚、围堰、吹填和后续建设齐头并进的会战局面。

"看到那艘船了吗？"

透过前挡玻璃，苏家灿看到了海上很远的一艘作业船。他往前探着身子："哪个单位的？"

"'华龙号'。船长姓谢。"李召政介绍说。

"认识，叫谢飞，在集团公司的一次表彰会上见过面。"

"很厉害的一艘船。现在整个南海工程的指挥部就设在那条船上，负责工程的领导也在。我听那位谢船长说，他们刚来的时候，由于情况不熟，生产进度不理想，上级领导很着急，每天早上起床第一件事，就是拿着望远镜往管头的位置上看。他们熟悉了情况之后，越战越勇，第一个月下来，他们干了六十多万方。那位领导激动了，说只要是带龙字号的绞吸船，全都调过来。"

"确实很厉害。"

"知道现在每天上岛的泥沙是多少吗？"不及苏家灿开口，李召政便说出了答案，"四十万方。"

"四十万？光这一个岛？"

"没错，简直就是神速。有人做过计算，同样是造岛，按我们目前的速度，花费两年时间造出的陆域面积，有的国家得干四十年，有的则需要六十年。因为他们采用的还是那种传统的方式。"

"是的，我在网上看了，他们还靠人力装卸沙石，太原始了。"

"不但原始，我听说一个好玩的消息，说有个国家在离这儿不远的地方围出了两个小岛，一场台风席卷之下，填起来的岛礁一扫而光，几个月的努力白玩了。"

苏家灿说："必须承认，科技是第一生产力。"

李召政说："有句话，'科技兴，则民族兴；科技强，则国家强'。从南海工程上看，的确如此。"

苏家灿说："其实，这话还可以反过来说。"

李召政想了想："没错，完全说得过去。"

这一次，在热火朝天的美济礁，"华威号"一啃就是三个月。在后来几个月的时间里，苏家灿率领"华威号"又经过两次迎风斗浪的转场，分别在三座不同的岛礁周围昼夜不停地吹填作业。最终，在赤瓜礁完成扫浅收尾。至此，南海的吹填造岛工程宣告结束。

从"华威号"第一次奔赴南海，到后来上百艘船舶相继加入工程建设，在短短十八个月的时间里，这些来自疏浚行业的建设者们，在南沙的七座岛礁上吹填起了一块又一块的陆地，为我国九百六十万平方公里的国土，增加了十五平方公里的面积，创造出了彪炳史册的伟大奇迹。

当年那些只裸露出几块石头的岛礁，那些远自太古以来就被大海包围的岛礁，那些历经千万斯年在海浪冲击下而延续不变的岛礁，被南海建设者们改变了模样。有了灯塔，有了房舍，有了摇曳多姿的椰子树,有了鸟,有了翠生生的蔬菜基地;整齐的草坪绿茵如毯,大片的太阳花热烈开放;还增加了一些必要的民用、国防与军事设施。不仅彻底改善了守礁官兵的工作和生活条件,也为统筹南海、造就一支强有力的海军和建设海洋强国提供了坚实的基础,向世人展示出中华民族前所未有的强大。

四

2015年6月25日。

大海波平如镜。阳光刺透东方天际堆积的云团,映红了海面。

"起航!"

伴随着一声悠远的汽笛长鸣,"华威号"缓缓离开赤瓜礁,朝着北方大陆的方向凯旋。

彼时,在南海通往大陆的海面上,一艘艘大型绞吸船、耙吸船、驳船、锚艇、交通船、辅助施工的渔船接连不断。这些吹填造陆的疏浚英雄们,怀着激动和留恋的心情,相继告别南海,把一座座吹填而成的岛屿交给后续的建设者。

尾 声

"小说看完了?"

"拜读完毕。"

"谈谈看法。"

"我是外行呀。"

"不要谦虚。"

"总体还行,就是有些地方不太真实。"

"说说看,哪些地方不真实?"

"有些事,不是我们船上的事;有的人也不是我们船上的人;我这个船长嘛……怎么说呢,有些事也不是我经历的事呀。"

"说对了。小说里每个人物都不是具体的哪一个人。你也不是。你只是一个原型,是一百多个船长的代表。我这么写,就是让所有的南海建设者,从这些人物身上都能看到自己的影子。不管我讲述的准不准确,这些人物和故事,都曾以他们原有的样子存在过。"

"要这么说,还真是差不多。我说我是外行,你还说我装呢,不过……"

"不过什么?"

"我觉得男女主人公的故事还没完。"

"当然没完了。真正的结尾在这儿呢。"

经过五天的昼夜航行,"华威号"缓缓驶入港口。

秋天的阳光下,满是各种船舶和高架吊机的码头,色彩在炫目地旋转移动。从船上下来的船员们,肩背手提各种行李走在坚硬的水泥路上。他们棕色的面孔有的像东南亚的华侨,有的像印度人。一个三十多岁的女人匆匆忙忙地迎面走来,也许是因为她戴着墨镜,也许是长时间的海上颠簸,让人变得迟钝和麻木,竟没人认出她就是多次走上"华威号"的那个女护士。

"苏船长下船了吗?"她问一个小伙子。

"他在后边。"

她迎着人群急忙向后走去。当她发现苏家灿的时候,他已经上岸。

她迎上前去,并摘下墨镜:"抱歉,路上堵车,我来晚了。"

苏家灿:"一点不晚,正合适。"

他们幸福地相视一笑。向着码头上的人流走去。

"结束了?"

"对。"

"又不真实。"

"哪里不真实?"

"你也没去接我呀!"

"为了弥补真实,小说可以虚构嘛。"

"弥补真实……真实可以弥补吗?"

"你说呢?"

他笑了。因为,在小说里他已经读懂了她。

后 记

  写完这部书稿,我的心情久久不能平静。一年来,在创作这部作品的过程中,我的脑海里总是装满着一望无际的海水,我的耳畔总是萦绕着永不停息的海浪喧哗,那些南海建设者们的身影和他们的感人事迹,更像电影画面一样在眼前挥之不去。

  如今,南海筑岛工程的船舶早已回到内陆,并投入到了新的工作。有的去了海南岛;有的去了漳州;有的去了广州南沙;有的去了天津滨海新区;有的去了黄骅港;有的则远渡重洋,去了埃塞俄比亚或俄罗斯的布朗克港……无论是国内、国外,也无论是春夏秋冬——那些默默无闻的疏浚人总是以大海为伴,日复一日地从事着漂泊、单调、繁复的工作。但那些早已离开南海的人们,并没有淡漠他们的情感,依然深深地爱恋着那片美丽的南海。

  一次偶然的机会,让我和这个陌生的行业产生了交集。为了这部书稿,我在国内跑了好几个省市和地区,我一次次登上那些颤动不已、弥漫着柴油气味、如同小型工厂般的挖泥船:天凤船、华安龙,还有小说中"华威号"的原型"天鲸号",去寻找那些南海工程建设者的身影。采访中,他们的热血忠诚、家国情怀,深深感动着我,让我在这些普通人的身上看到了光辉。是的,他们都是普普通通的人。谈起为什么会选择"常年漂在海上"这样一份工作,他们无一例外都回答:"为了养家糊口,为了生活。"当问起给他们留下最深印象的工程是哪一个时,他们无一例外都说道:"当然是南海了,那还用说吗!"

我发现,一说到南海,他们就像回到了南海,神情庄严而肃穆。他们滔滔不绝的话语,伴着狂风大浪和烈日炎炎,一次次把我带回到南海工程的激情岁月。

> 每一粒沙都是国土
> 每一段堤都是长城
> 每一分钟都是历史
> 每一个人都是英雄

我在小说里反复提到的这几句标语,就是对那段激情岁月的最好概括。是的,他们都是一些普普通通的人,但他们创造了奇迹,创造了历史。正是这些普普通通的人,以不畏艰险、勇于开拓的精神,演绎出一曲具有历史丰碑意义的南海之歌。他们所经历的艰辛与磨难,已经不是为了养家糊口,而是远远超越了他们个人生活的目的和意义,成为国家和民族利益的一部分。

作为我国第一部描写疏浚行业的长篇小说,这部作品难免还有许多不足之处,诚望业内人士批评指正。在此,对这部作品在创作和出版中给予大力支持的有关单位和所有朋友们,致以诚挚的敬意。

2018年2月于北京

图书在版编目(CIP)数据

南海精卫 / 荆永鸣著. —— 重庆：重庆出版社，2021.11
ISBN 978-7-229-16562-8

Ⅰ.①南… Ⅱ.①荆… Ⅲ.①长篇小说-中国-当代 Ⅳ.①I247.5

中国版本图书馆 CIP 数据核字 (2021) 第 280589 号

南海精卫
NANHAIJINGWEI

荆永鸣 著

责任编辑：郑宁宁
责任校对：刘小燕
封面设计：苏静宇
版式设计：李巧娜

重庆出版集团 出版
重庆出版社

重庆市南岸区南滨路162号1幢　邮政编码：400061　http://www.cqph.com
重庆博优印务有限公司印刷
重庆出版集团图书发行有限公司发行
E-MAIL:fxchu@cqph.com　邮购电话：023-61520646
全国新华书店经销

开本：880mm × 1240mm　1/32　印张：10.75　字数：250 千
2022 年 8 月第 1 版　2022 年 8 月第 1 次印刷
ISBN 978-7-229-16562-8
定价：**49.80** 元

如有印装质量问题，请向本集团图书发行有限公司调换：023-61520678

版权所有　侵权必究